転生しまして、現在は侍女でございます。 7

何かあったら
頼ってくれるかい？
アルダール
バウム伯爵家の長子で近衛騎士。
恋人のユリアへの熱い気持ちを
隠さない。
……私は、アルダールを
信じています
ユリア
王女宮筆頭侍女として、プリメラに
仕える。有能だと思われているが、
恋愛ごとにはまだまだ疎い。
この後、二人で観劇してから
戻ることにしたの！
プリメラ
クーラウム王国第一王女。ゲー
ムでは悪役令嬢になってしまう
予定だったが、ユリアの奮闘に
より才色兼備な姫に育った。
登場人物
紹介

アリッサ
バウム伯爵夫人でアルダールとディーンの母。二人の息子の恋を優しく見守る。
折角こうして会えたのだもの、もっと親しくしたいわ
まあ、狼はいるけどな
アルベルト
クーラウム王国の王弟で、プリメラの叔父。飄々としているが、ユリアのことを兄のように気にかける一面も。
お久しぶりでございます、アルダールさま
ライラ
バウム伯爵家の使用人で、アルダールの教育係を務めていた人物。アルダールに執拗に冷たく接するが――。
あたしだったら、あの人を自由にしてあげられるんです
ミュリエッタ
ゲームのヒロインで、ユリアと同じ転生者。アルダールのことが好きで、ことあるごとにユリアたちの前に現れる。

Contents

	プロローグ	6
第一章	役者が揃(そろ)った	16
幕間	何かが、ひび割れる音がした	65
第二章	いざ、湖へ！	76
幕間	きつねがり	108
第三章	雨降って地固まる？	118
幕間	ある少年の挑戦	181
幕間	笑みを深める	189
第四章	予定外のご挨拶	200
第五章	お見送りのお茶会	260
幕間	いつかを描く少女	309
第六章	あなたと、わたし	315
番外編	不器用にもほどがある	357
番外編	幸福論	363

プロローグ

実家への帰省から戻って、ようやく慌ただしい生活も一段落いたしました。

親戚付き合いが切れるわけでもないパーバス伯爵家に関しては、少しだけ頭が痛い問題ではありますが……それを考えるのはこれから当主となるメレクと、両親でしょう。

姉として、または娘として協力を求められたら全力で応えようと思っていますが、それ以外では余計な手出しはしないつもりです。

アルダールとの関係も順調ですし、色々順風満帆です！

いや、まあ旅行先でミュリエッタさんがちょっとした騒動を起こしたのはどうなることやらって感じですが……。私たちが悪いわけではないので気にすることではないのですけど、こう、不思議なことに彼女との縁はなかなか切れないんですよね……。なんでだろう。

とにかく、そんな感じでようやく普段通りの生活が戻ってきたと思います。

そんな中、プリメラさまから狐狩りのお話を伺って、私は準備のために王子宮に赴き、打ち合わせをすることにしました。

そして、私は驚くことを王子宮筆頭から伝えられたのです。

なんと私に対して『狐狩りの際は子爵令嬢として参加するように』と、王太子殿下からご指示があったときたもんだ。

それ、伝言で済ますような内容ではないよね？

思わずびっくりして無表情になってしまいましたよ！

王子宮筆頭がそっと視線を逸らしたけど、私は悪くありません。

「え、狐狩りって再来週の話ですよね」

「ええ……その、貴女も自分の業務があるのに大変申し訳ないのだけれど、王太子殿下はそのようにお望みだし、調整していただけないかしら……。その、本当にごめんなさいね……」

「……わかりました」

私にとって先輩でもある王子宮筆頭が、恐縮しきった様子でしたし……表向き、彼女のお願いみたいな空気になってますけど……これって実質、王太子殿下からの命令ですからね。

承諾する以外、道はないんだから仕方ありません。

しかし本音を言えば、参加させたいなら事前に連絡をくれと思いませんか？

報・連・相は大事です！　声を大にして言いたい！

確かに今は特別忙しい時期でもないですし、大きな行事もありません。

だから仕事の調整はしやすいとは思います。王女宮も今は人員が増えて後輩たちもすっかり頼もしいですから、任せることに不安はありません。

きちんと指示を残しておけば、後は大丈夫だと安心して任せられますとも。

とはいえ、ですよ！

だからって、『じゃあ参加で』って簡単にできると思うなよって話です。

こちとら社会人で一応責任ある立場にいるんですから、それなりに仕事も忙しいのです。

再来週なら子爵令嬢としての私に招待状の一つも送ったり、人を寄越したりできましたよね？　それを王子宮筆頭と相談する際にでも伝えておけって……。

アナタそれはちゃんとした連絡とは言いませんよ！　と、物申したいところです。

……まあ、相手はやんごとなきお方ですから、私から苦情を申し上げる機会などありませんけどね！　機会があっても直訴なんてできるはずのない身分差の壁ってやつです。

こういうところが宮仕えの悲しいところ……。

（まったくもう！　私は侍女としてついていくだけで良かったのに）

こういう事情ですからね、きっと王女宮のみんなも嫌な顔なんてせずに協力してくれることでしょう。ただ、申し訳ないのでまたチョコレートやグミを買って渡したいと思います。

（プリメラさまだったら！　こういうとき、事前に『ごめんね』って言いながら調整してくれるよう、きちんとご自身でお伝えくださるのに!!）

……そういうところはプリメラさまの方が断然気遣いのレベルが高いですからね！

プリメラさまはきちんと私たちに対しても優しく接してくださるし、だからこちらもやる気倍増ってなもんですけども。

（王太子殿下もちょっとは妹を見習え！）

とりあえず心の中で文句を言ったところでどうにかなるわけではありませんので、私はその件を了承（りょうしょう）してプリメラさま側で準備するものを確認することにいたしました。

基本的に当日の狐狩りは親しい身内で行う程度なので、随従（ずいじゅう）する人員は多くない方が望ましいと王太子殿下は仰（おっしゃ）っていたそうです。

そのため、王子宮側では少人数の給仕担当者と護衛、それに狐狩り用の犬とその調教師という構成でいくのだそうです。それとお客さまですね。

「お客さまはバウム家のご兄弟と聞いています。ですから、貴女も自由に動けた方がなにかとプリメラさまも気兼ねなく楽しめるのではないかとの王太子殿下のお心遣いでして……」

「さようですか」

王子宮筆頭からその説明を聞いてなるほどと思いましたね！

アルダールも一緒だから私を子爵令嬢として招いたとかそんな配慮、いらないから！

（なんだ、そのお膳立てされてる感じ!!）

こうもあからさまだと、照れるよりもなにか裏があるんじゃないかって心配になるじゃないですか。人間不信になりそう。

まあ、バウム家の兄弟を招くということで、当然あちらからも護衛が来るのであまり人数が多くなっても困る……というのが人数を絞る理由らしいです。

なんでも、王太子殿下はディーンさまが将来、バウム家の当主として、また義弟（おとうと）として、己の右腕となるであろうと大変、期待しているのだとか。

そして同時にアルダールがどんな人物なのか知りたいらしいのですが……。

（勿論（もちろん）、有能な人材を手元に置いておきたい、という前提はあるんでしょうけど）

それ以上に、彼がディーンさまに今後どのような影響を与えるのか。

今後、国を運営するにあたり、ディーンさまが自身の右腕に足るかどうか、兄弟の存在がどのように影響を及ぼすのか、危険性はないのかなど、まあとにかく色々と深くお考えらしいです。

（え、考えすぎじゃないかな？）

それを聞いて、私は心の中で盛大に驚きましたけどね！

（少し慎重すぎじゃないかしら……？　そんな先のことまで考えるとか）

まあ、将来国を背負う立場なのだから、そのくらい慎重でもいいのでしょうが……。小心者の庶民派である私からすると、ただただ、驚かされるというか。

アルダールが大事な弟であるディーンさまに対して悪い影響を及ぼすような振る舞いとかはしないと思いますし、心配なんていらないよって私は思うのですが。

普段から良き国王となることを常に意識し行動しておられる王太子殿下ですから、今の内から多くのことを見定めたいという思いが強いのかもしれません。

……とまあ、そんな風に王子宮筆頭が言っていました。あくまで王子宮筆頭の意見なので、私としては話半分……いえ、八割くらいの感じで聞いておきましたが。

志を高く持たれることは素晴らしいと思います。ええ、素晴らしい。

ですが、広く視野を持つのも大事ですが、報・連・相など小さなことにも是非目を向けていただきたいなと考える私はだめでしょうか。

まあ、おそらく王太子殿下はそのあたりも理解の上でやっているのではないでしょうか。

（しかしアルダールも個人……というか、バウム家の長子という立場で参加するってある意味、貴重な姿よね。あまりそういうの好きじゃなさそうだったし）

初めて会った時もディーンさまの兄という立場で王女宮を訪れましたが、その時は近衛騎士隊の服装でした。今回は王太子殿下のお誘いということで『バウム家の長子』らしい装いで来るのでしょうか。それはそれで楽しみです。

そこで隣に並ぶのがファンディッド子爵令嬢としての私……って何故だ！　おかしい!!

いや、答えはわかってるんですよ。

プリメラさまには話し相手が必要。で、私はプリメラさまから信頼を得ている人間でなおかつ、狩りの参加者であるアルダールの恋人っていう、うってつけの人材ですもんね……。

ビアンカさまをお招きしても良かったのでしょうが、恐らく王太子殿下は本当に少人数で狐狩りという名目の、見定めをしたいのではないかなと私は思っています。

（ただね？　うん、どうしてもね、納得できないっていうか？）

ええ。気になることがあるんですよ。

まあ色々事情は理解できてますし、社会人ですし、飲み込むことくらいできます。

そしてニコラスさんがいるのも王太子殿下の専属執事なのだから当然ですよね。

勿論そこも理解しておりますし、想定だってしておりますとも。私だって王城に仕えて長い、ベテランの一人だと自負しておりますから。

王弟殿下がご参加なのも、まあわかりますよ。

（甥っ子姪っ子と過ごしたいって他にも、色々また理由があるんでしょうね、きっと）

そこのところは突っ込みませんが、変に巻き添えをくらうのはごめんです!!

他にも誰か誘われているようですが……そちらは教えていただけませんでした。

王女宮筆頭である私にはある程度事情を把握してもらった方が助かるが、基本的にはお客人扱いなので詳細はちょっと……ということでした。釈然としません。

まあ、王子宮筆頭もお仕事で王太子殿下に色々指示を受けているのでしょう、私だってその立場であれば従うしかありませんから、駄々をこねたりなんかしませんよ！

あまり考えないで、当日の自分がすべきことを考える方が建設的ですね。

（……狐狩り自体はプリメラさまも私も不参加なのだから、動きやすいドレスかしら）

プリメラさまは狩猟に興味はないときっぱり仰っていましたし、まあテーブルを用意して私とおしゃべりをしながら待っていただくってことなのでしょう。

だから服装は軽装のドレス、ということでいいと思うのですが……。うーん、難しいな！

プリメラさまのドレスは悩まないのですが……問題は私です。

（いや、まあ、あの服ならなんとか。そうよ、夜会とかよりは難しくない）

ただ王太子殿下の御前に立つには少しラフ過ぎないかなとかもうちょっといい物を着た方が……いやいや待つんだ、公式の場じゃないんだった。

「おやユリアさま！　奇遇ですねぇ!!」

「……ニコラス殿……」

考えながら王女宮に戻る途中、朗らかな声に呼び止められて私は声のする方を向きました。

気が付かないふりをしても良かったんですが、その程度では相手がめげないことはわかっています。案の定、笑顔で私の横に来ましたからね。

なんせニコラスさんの勤務先は王子宮なのだから、いてもおかしくはないしさ。

（奇遇も何も、私が王子宮に来ていたことは知っていたんじゃないの？）

予定を聞きに筆頭侍女同士が会話をしているのは別に隠してなんかいなかったから、私が戻るとなれば王子宮筆頭からそのことを彼が聞いたとも思えるし。
とはいえ、わざわざ追っかけてきてご挨拶（あいさつ）、なんて可愛げがこの人にあるとは思えない。
思えないけれど……じゃあなんでここにいるのって聞かれると、ほんっとニコラスさんって得体が知れなくて何を考えているのかがわからないのよねえ。

「いやいや、そんな目で見なくても良いじゃありませんか。ボクらは仲間でしょう?」

「そのようなものになった覚えはございません」

「いやだなあ、王家にお仕えするという点ではみぃーんな仲間ですよ」

「……それで、なんのご用ですか」

「いいえ、ただお姿をお見かけしたのでご挨拶に!」

相変わらず、初めて彼と会った人物ならきっと好印象を抱くであろう笑顔を浮かべています。にこにことして、朗らかで、人懐っこい……そんな印象を与える表情です。

そんな相手を、初見から嫌う人は少ないと思うんですよね。

しかし私としては初対面の印象そのままだから、やはりただただ胡散臭（うさんくさ）いだけなんですが。

そんな風に私が思っているからなのか、態度に出ていたのか。

ニコラスさんは小さく苦笑を浮かべました。そして私の手を取ったかと思うと、空いているもう片方の手を胸に当ててまるでダンスを申し込むかのように軽くお辞儀をしました。

「謝罪いたします、ユリアさま」

「……ニコラス殿?」

周囲を憚（はばか）るように声を落とし、彼はそっと私に向けて謝罪してきました。え、謝罪?

思わず驚いた私に、彼は手を取ったまま、少しだけ身を寄せてさらに声を落として続けました。

「ボクはありとあらゆることを疑い、そして晴らし、王太子殿下のお役に立つことが役目です。それゆえに、貴女に不快な思いをさせたことを、お詫びします」

「……」

「貴女に嫌われたくないんですよ、そこは本当です」

今までのニコラスさんの口調とは違う、落ち着いた声音。

相変わらずうっすらと笑みを浮かべた口元と、糸目なところは変わりませんが……本当によくわからない人だな。

でも、この人は王太子殿下のためにならなんでもする立場だということを、私に明かした……ということですよね。

まあ、そういうことですよね。

少なくとも敵ではないと、私も思っております。

今までの態度とかはいただけませんが、受け入れないのも大人げない、か……。

「では……。過剰にからかうような言動などは、今後は控えてくださるとお約束いただけますか」

「ええ、約束いたしますよ。ユリアさま」

「……それならば、謝罪を受け入れます」

「ありがとうございます！」

私の言葉に笑みを深くしたニコラスさんが、握ったままの私の手を持ち上げて手の甲にキスを落とす。くっ、騎士とかじゃないのにえらい様になってるな！

やっぱりこの世界の男性スペックおかしくない？　いや、わりと本気で。

「ユリアさまは、本当にお優しい方ですね。バウムさまがいらっしゃらなかったら、なんていう言葉を以前申し上げたかもしれませんが、割と本気になるかもしれません」

「からかうような言動は慎むようにとお願いしたはずですが」

「ふふっ、まあまあ。でも以前、言ったでしょう？　他人のモノに手を伸ばすほど、下種な輩ではないんですよ。ボクは」

「いい加減手を離していただけますか」

「本当にツレないなあ！」

　わざとらしくがっかりした様子のニコラスさんが私の手を離し、しょんぼりとした様子のままにゆるく手を振りました。

「まあ、狐狩りの際にはご令嬢としてのお姿、拝見できることを楽しみにしております」

「……当日、ニコラス殿の働きぶりも見せていただくこととといたしましょう」

「それはそれは！　失望させせないように頑張らないといけませんね。そうそう、特別ゲストが来られるんですよ」

「特別ゲスト？　ああ、王子宮筆頭も似たようなことを言っていました」

「ええ。それはもう、特別なお客さまですとも」

　彼は、にっこりと笑いました。

　そりゃもうにっこりと、大きく笑みを浮かべて私に向かって朗らかに言ったのです。

「ウィナー男爵ですよ」

　な、なんだって――――!?

いやいや王太子殿下、できたら私、平和で堅実な侍女ライフのままでいいんですけど!!

巻き添えダメ！　絶対!!

第一章　役者が揃（そろ）った

そして迎えた、狐狩りの日。

王城からさほど距離のない、それこそ日帰りで行ける王族領の森林。

私たちは朝から馬車で移動して、そこにある館に集合しました。

避暑地っていう扱いでもあるんですけどね、そりゃもう……王族専用ってこともあってですね、館ってレベルじゃないよね、これ？　お屋敷だよねっていう建物です。

ええ、代々王族の方、特に男性陣の中でも狩りを好む方々が利用することの多い館だと私も知っておりましたよ！　忘れてなんかないよ！

王家の女性陣も避暑地として利用した記録もあるそうですが、ほとんどが狩猟を嗜（たしな）む男性陣だったと記憶しております。

そんな私ですが、今はご挨拶の真っ最中です。

誰にかって？　そりゃもう、本日の狐狩り主催者である王太子殿下にですよ。

「来たか。ご苦労」

「王太子殿下、本日はお招きにあずかり光栄と……」

「良い、公式の場でもないからな。急な誘いで悪かった、ファンディッド子爵令嬢」

「勿体(もったい)ないお言葉にございます」

「バウム家の兄弟はすでに着いて部屋で寛(くつろ)いでいる。妹と、他の客人が到着するまでの間、お前もゆるりと過ごせ」

「お心遣い、痛み入ります」

到着と同時にお目通りをお願いしてご挨拶をって、この王子さま……いやぁ、ゲームほどじゃないにしろ、ちょっくら俺様に育ちすぎじゃありませんかね⁉

尊大な態度は、まあ……身分差だから仕方がないとして。

悪いなんて、これっぽっちも思っていないでしょコレ。

態度からみえみえですよ‼

思わず王子宮筆頭を見ましたけれど、サッと視線を逸らしましたね……？

(まったくもう)

まあ、いいんですけどね。私にとって大事なのはプリメラさまですから！

それよりも王太子殿下の後ろに控えるニコラスさんがにこにこ笑顔でこちらをじっと見ているもんだから、落ち着かないわ！

(ご挨拶も済んだし……ゆっくりしてろって言われたんだから、どこかでおとなしく待っていた方が良さそうね)

何も見なかったことにして私は部屋を辞し、誰か侍女でも見つけてゲストルームにでも案内してもらおうと周りを見渡しました。

（プリメラさまはどうしていらっしゃるのかしら）

私は王城で暮らしているので当然そちらから来たわけですが、子爵令嬢として招かれているのでプリメラさまとはご一緒できなかったんですよね……。よよよ。

その辺、融通利かせてくれてもいいんですが、別行動するようにと事前通達が来ちゃったらもう私にはどうしようもなかったっていうかね。

一応、プリメラさまのオマケではなく、私個人を客人として招いたという態度を貫いていることの表れだそうですが……いいんですよ、内々の会だっていうんならそんな風に気を遣ってくださらなくて！

だってこのためだけに自領から使用人をわざわざ呼びつけるわけにもいかないので、ぼっちなんですよ。安定のぼっちです……。

とはいえ、きちんと立派な馬車は出していただけましたけどね！　実家のものよりも格段に高品質な馬車にお客さまとして乗るのは、かなり緊張しました。

いやぁ、うっとりするほどふかふかでした。……きっとお値段も、いや考えてはいけない。

その辺りの配慮をきちんとしてくださったことは、嬉しいです。

（でも本当だったら侍女としてプリメラさまと一緒に来られるハズだったのにぃ……）

なんでこんなことになっているんでしょうね、悲しくって涙が出そう。

あ、でも、朝の仕事はこなしてきました。

勿論、プリメラさまの専属侍女として！

朝のお支度は全部！　私が！　してきましたよ!!

そりゃヘアメイクとかはメイナに任せましたけれど、まだまだ私がプリメラさまのお世話をするんですからね……!!

時間の都合で、お出かけのお支度を整えるのが私ではなかったってのが悔しいところです。

今回ディーンさまもいるということで、プリメラさまも気合いを入れてらっしゃいました。

恋する女の子のパワー、すごいですよ！　キラキラしちゃってまあ……！

きっとディーンさまも惚れ直すこと間違いなしですとも。

（王太子殿下はすでにおられるし、バウム兄弟は到着していて、私もいるってことは後はプリメラさまだけってことでいいのかしら。……ウィナー男爵も？）

それにしては、部屋から出てここまで誰にも会えていません。

みんな、どこにいるのでしょう……。

広い館だなあなんて思いながらキョロキョロと周りを見渡して、私はようやく侍女を見つけて声をかけました。

「すみません、今お時間よろしいかしら」

「はい。これは王女宮筆頭さま！　……いえ、本日はファンディッド子爵令嬢さまでした、大変失礼をいたしました……」

「いえ、気になさらないで。お仕事、ご苦労さまです」

王子宮の侍女なのでしょう、私のことを役職で呼んでしまって恥ずかしそうにするあたり、なんとも可愛らしいではありませんか！

（そうだわ、ディーンさまとアルダールにもご挨拶しなくちゃ）

どうせ後で会うことは確定しているとはいえ、挨拶は社会人の基本です。

折角(せっかく)ですからね、ちゃんと〝令嬢として〟ご挨拶したいじゃないですか。

「仕事中申し訳ないのだけれど、バウム家のご子息方がどちらにいらっしゃるか知っている？　知っていたら、案内してもらいたいのだけれど……」

「かしこまりました、こちらです」

侍女は私に笑顔を見せて、先導するように歩き始めました。

そして歩き出した私たちの前方に、見知った方を見つけたのです。私が声を上げるよりも先に、あちらの方が気が付いてにこやかに手を振りつつ歩み寄ってきてくださいました。

「おう、ユリアじゃねえか！　お前も到着してたのか」

「これは王弟殿下、ご機嫌麗(うるわ)しく」

バウム兄弟のところへ案内してもらう途中でお馴染(なじ)みのヒゲ殿下にお会いしましたよ！

相変わらず無精(ぶしょう)ヒゲスタイルですけど、いやぁやっぱりこの人もイケメンで直視はできないなぁ。

気さくな態度で接してくれるところに、親愛の情を感じます。

……ほんとこの人、女性慣れしているっていうか。

そういう態度でよそでも女性たちと浮名(うきな)を流すもんだから、周囲に早く身を固めろとかせっつかれるんですよ！　まあ、ちゃんと相手を選んで遊んでいるようなので、今のところ大きな問題は起きていないようですけれどね。

勿論、この方がうわべだけではなく、本当に紳士なのは私も認めておりますけれど。

ただ、先日はどこぞのご令嬢と観劇に行くからって書き置きだけして書類を大量に残したまま抜け出したってんで、戻ってから大変な目に遭ったらしいですよ。

なんでも、秘書官さんが怒り心頭で待ち構えていたって噂を耳にしましたけどね！

「アルダールのヤツと一緒に来られなくて寂しかったか？　ん？」

出会い頭のご挨拶がそれってどうなのさ！

前言撤回。ニヤニヤして聞いてくる辺りは紳士じゃありませんでした。

どこのおっさんだ！　しかし下卑てはいないのはイケメンのなせる技でしょうか、それとも親愛の情がものを言っているんでしょうか。

憎めないんですよねえ、本当に。

「……そういうお言葉は慎んでいただけますと、私としては大変ありがたく」

「ちぇっ、相変わらずお堅いやつだ」

つまらなそうに口を尖らせるところはまた少年のような仕草で、大人の男がやっても似合うとかとんでもない人ですね！　罪深い!!

ヒゲ殿下はそのまま私の隣に立つ侍女に向かってひらりと手を振りました。

「おう、こいつのことはオレが引き受ける。お前は下がっていいぞ」

「かしこまりました」

「それにしてもお前が来てたのに、さっぱり気づかなかったぜ」

侍女を下がらせたヒゲ殿下は壁に背を預けるようにして、その場で立ち話を始めました。

え？　引き受けるとか言って立ち話ってどういうことなの。

思わず遠くを見そうになりましたが、ええ、不満は顔に出しません。淑女としてもこういう時は不満を前面に出すのではなく、相手の様子を見ろと言われているのです。

なにを考えているのかとか、どうやったら相手を不快にさせずこちらが望む行動をとってくれるよう誘導できるか……それができたら一人前の淑女なんだとか。

「王弟殿下はいつ頃こちらへ？　お忙しいのでは」

「オレはアラルバートと一緒に来たんだよ。仕事ばっかじゃ体がなまっちまうからな！」

まあ、王太子殿下も今回は主催者として張り切っておいでだという話でしたからね。

ヒゲ殿下は、王太子殿下と共に先にこちらにお越しだったそうで。

王子宮筆頭が事前にこっそり教えてくれたので知っています。

（未来の義弟と仲良くしたいだなんて、王太子殿下も可愛いところがあるんですねぇ……）

いつも王太子殿下が狩りを楽しまれる時は、王弟殿下と一緒のことが多いらしいです。

その腕前はなかなかのもので鹿や猪なども余裕だという話も王子宮筆頭が教えてくれました。

それはもう、誇らしげでしたね……。

まあ、公務もありますし、そんなにしょっちゅうではないそうですが。

（そりゃそうですよね、王族は公務をこなしてなんぼですから。国王陛下だってお忙しそうだとプリメラさまがお体の心配をしていましたから）

それでも王家の方々がいつ利用しても万事大丈夫なように、森の管理人として雇われた猟師が常駐しているらしいです。

なので、動物たちが増えすぎるなどの問題もないんだとか。

そんな仕事もあるんですね……。世の中は広いです。

「ここの森にお前が来るのは初めてだったたな。安心しろよ、熊みたいな猛獣はいねぇし、腕利きの猟師と猟犬も揃ってる」

「……それは安心ですね」

「まあ、狼はいるけどな」

「えっ」

「安心しろよ、そっちは問題ないから」

……安心しろって言われても、それはどうなのよと思わずにはいられませんでしたが……当然表情には出さないものの、ヒゲ殿下は私の考えなどお見通しなのでしょう。

なんと、この人ったらさらにニヤニヤ笑ってきやがりましたよ！

「心配すんなって。お前が気を付けてりゃ大丈夫ってこった！」

ぽんぽんと、まるで子供にするかのような言いようです。

安心しろと言いつつ、気を付けろって……。

（これは、からかわれたのかしら）

ちょっぴりカチンときましたが、まあ私も大人ですからね。当然スルーです。

そんな反応が少しつまらなかったのでしょう、肩を竦めたヒゲ殿下でしたが、特に何かに腹を立てた様子もなく言葉を続けました。

「今回の狩りは、猟犬を使って狐を追い立てる方法だ。知ってるか？」

「一応、知識としてですが」

「まあオーソドックスな狩りの方法だが、のんびり楽しむには十分だろうな」

王太子殿下は乗馬をしながらディーンさまとの会話を通してその人となりを知りたいらしいです。

まあそのあたりはアルダールとヒゲ殿下もついているのできっと大丈夫でしょう。

……狼とか。うん、狼とか。

（そもそも、本当にここの森に狼っているのかしら）

プリメラさまが利用しないから、そこまで詳しくないのだけれど……そんな噂、聞いたことないんですけど。私が世間知らずだから少し驚かせてやろうと思っているとか……？

そういう魂胆じゃあないよね。さすがにね！

「プリメラが到着して全員で昼飯を食って歓談したら狩りに行く。あくまで狐狩りは集まる名目だからな、別に本当にやる必要はないさ」

「そうなのですか？」

「プリメラだって、婚約者の坊主に狐より自分の方を見てもらいたいだろうしな」

「まあ！」

それ、プリメラさまに直接言ったら、多分むくれちゃいますよ！

最近、大人のレディでありたいって背伸びしている女の子ですからね。

まぁまだまだ甘えん坊なのですけれど……でも、ディーンさまと一緒に過ごしたいから乗馬用ドレスを着ると仰ったり、本当に可愛くて……。

そのやりとりを思い出して、ついほっこりしましたが、一応表情には出さずに済みました。

いやー、しかしあれは可愛かったな……。

「まあ、我らが王太子殿下サマはあれで案外狩りが好きだからな。あいつはちゃんと狐狩りをしていくだろうが、お前らまで付き合う必要はないってことさ」

「……さようですか」

じゃあ本格的にただお喋りするのが目的？　だとしたら別に王城でも……ってだめか、ウィナー男爵も招いているのだから。あの人が王城っていう場所で王太子に呼ばれたってなると大事に捉えられそうですが、非公式の狐狩りに招かれたってだけだとそこまで問題にはなりません。

前者は次代の王が英雄を重要視していると周囲に受け取られかねないってのが問題でしょうか。

（まあ民衆人気を考えたら、軽んじることもないだろうけど……）

今回まさかとは思いますが、ミュリエッタさんも来るのでしょうか？

一体、今回の〝狐狩り〟にはどんな意味があるのかと思うと、少し気が重いんですけどね。

まあ私ごときがどうこう案じたり足掻いたりしても、きっと結局は誰かの手のひらの上で転がされているってやつなのでしょう。人間、諦めが肝心です！

（……はあ、やれやれ）

なんて。理解のある大人のふりをしましたが、心の中ではため息ばかり。

頭ではわかっちゃいますが、私としてはただただ平和に生きたいだけなんです。

プリメラさまの侍女をして、恋愛も職場の生活も、とにかく穏やかに。

それこそ腹の探り合いみたいなものや、なにか陰謀っぽいものを感じることがない、ちょっと退屈なくらいの平々凡々な生活こそが理想なのです。

そんな私の様子に、ヒゲ殿下は小さく苦笑して慰めるように肩を叩いてくれました。

「まあ折角来たんだ、非日常を楽しんでいけよ」

「非日常……ですか」

「おう。狩猟に興味はないだろうが、ちゃんとそんなお前たちのことだって考えてあるんだぜ。この館以外にも森の中にはいい感じの湖もあるし、お前らがピクニックするのにちょうどいいんじゃないか？　近くに小屋があるから休憩もできるし、退屈はしないだろ」

「色々あるんですね？」

「ま、王家の男どもの隠れ家って言われちゃいるが、嫁を連れてきたヤツも多かったんだから夫婦で過ごせるように配慮はされてるんだろうさ」

けらけらと笑うヒゲ殿下に若干呆れつつ、まあ王族だって人間だからやっぱり息抜きは必要なのでしょう。それにオトコノコってのは秘密基地的なものが好きなんだよなと思いました。

まあこの場合、秘密基地ではなく、隠れ家ですけど。

なんで私がそんな男心を知っているのかって？

昔、メレクもよく庭師の小屋に自分の宝物を持っていって隠していましたからね！

おねえちゃんとして、そこんとこは理解がありますとも……!!

「さてと。あんまりお前とくっちゃべってっと機嫌の悪くなるやつがいたなぁ、そういえば！」

ヒゲ殿下が唐突に大声で変なことを言い出したなと思って私は首を傾げました。

ですが、すぐにその視線がこちらではなく、別のところを見ていることに気が付きました。

つられるようにそちらに視線を向けると、廊下の先にアルダールがいるではありませんか。

アルダールはヒゲ殿下の声に苦笑しながら、こちらに歩み寄ってきました。

「……わざとらしい物言いですね、王弟殿下ともあろうお方が」

「へいへい、見てたんならさっさと声をかけりゃいいのによ……。そんな目でこっち見てるんじゃねえよ、まったく……」

「王弟殿下のご歓談を邪魔するなど、とてもできませんからね」

「はっ、よく言うぜ。まったくいい根性してるよ、ホント」

二人が軽口を叩きながら挨拶をする姿に私はどうしていいのか困りましたが、ふとアルダールの後ろにディーンさまがいらっしゃることに気が付きました。

ディーンさまは私の視線に気が付いて、にっこりと笑顔を浮かべて私の手を取り淑女への礼を示してくださって……その成長ぶりに思わず感動でジーンとしてしまいました！

（初めてお会いした頃よりも格段に貴公子としての振る舞いが身について、立派な若君になられましたね……!!）

なんでしょう、そんな昔の話とかじゃないんですけど。

成長が早すぎてこう、感動がやみません。立派になられて……!!

感無量っていうのはこういうことなんだなあと思いました。

「侍女殿！　……あ、いや侍女殿とお呼びするのは変かな……とにかく、お久しぶりです！」

「さようですね……では、どうか私のことは名前で呼んでいただければと思います」

「では、兄上に倣ってユリア殿と呼ばせていただきます！　俺のこともディーンと気軽に呼んでくださると嬉しいです！」

ぱあっと広がるわんこスマイルよ……！　ああ、可愛い。

男の子はちょっと会わないうちに成長すると思ったばかりですが、やはりまだまだ可愛らしいじゃありませんか！

「今日はお会いできると聞いて、楽しみにしていたんです。お元気でしたか？」

「はい、おかげさまで恙なく暮らしております」

「と、ところで、その……、プ、プリメラさまは……ご一緒では？」

「私とは別の出発となりましたのではっきりとは申せませんが、じき到着なさるかと」

「そ、そうですか！」

私の言葉にぱっと顔を輝かせたディーンさまに、大人たち全員でほっこりしたのは当然だと思いません？　恋する少年のこの純粋な姿！　ああ、癒されますよねえ……!!

プリメラさまと並んで座る姿、早くこの目に焼き付けたい。

「よーし、それじゃあバウムの坊主。オレと馬でも見に行くついでにプリメラを待つとしようじゃないか。どうだ？」

「はい、是非！」

「それじゃあバウム卿、ファンディッド子爵令嬢のことは任せるぜ」

「承知いたしました」

ああ、そうか。今日は騎士として来ていないから、アルダールも貴族令息としての立場で……ヒゲ殿下が彼を『バウム卿』と呼ぶのは、なんだか耳慣れなくて不思議な感じがしました。

いや、まあ私が子爵令嬢って呼ばれるのも、大概慣れていないんですが。

ディーンさまは去り際に私に向かって大きく手を振ってくださいました。

まだまだそういうところは男の子ですね……可愛らしい。

私もアルダールも揃って笑顔で手を振って見送りました。

「さて、ディーンたちも行ってしまったし。私たちはお茶でもどうかな」

「……アルダールはディーンさまと共に行かなくてもよろしいのですか？」

「いいさ。大体、私はユリアのことを任されたわけだしね？」

アルダールは私に向かって手を差し出しながら、ぱちんとウィンクをしてきました。

ヴッ、顔がいい……!!　私がこういうことをされると弱いって知っていてやっているな！

咄嗟に堪えたので変な声は出ませんでしたが、胸が苦しくなりました。

ええ、勿論そんなことは微塵も顔に出しませんでしたけど。

よく耐えた、私の表情筋!!

「それにディーンは王弟殿下の話に目をキラキラさせていたからね、私たちに気を遣ったとかじゃなくて普通に楽しんでいると思うし、大丈夫じゃないかな」

「なら、よろしいのですけど」

さすがにあのヒゲ……じゃなかった、王弟殿下だって純真な少年に変なことは吹き込まないでしょう。何よりそんなことをしたと、後で可愛い姪っ子にバレたら嫌われてしまうかもしれないと思えば絶対やらないでしょうし、そこはきっと大丈夫です。

アルダールにエスコートされるまま、サロンのような部屋でソファに向き合って座れば、室内に待機していた侍女たちがさっとお茶とお茶菓子を持ってきてですね。

……やりおる……王子宮筆頭、さすがの教育ですね。行き届いている!!

ま、まあ？　王女宮だって負けていませんよ？

スカーレットとメイナだって、ぱっと察してきちんと行動できる良い子たちなんですからね！

とはいえ、ここで対抗意識を燃やしても意味はありません。

美味しい紅茶を素直に楽しむことにして、他愛ない会話をしつつお茶菓子に手を伸ばしたところでアルダールがとんとんと自分の首元をつつくようにして首を傾げました。

「そういえば、今日はアクセサリーをしていないんだね？」

「えっ、ああ……いいえ、ちょっと心配だったものだから」

「心配？」

どうやら私が、あのペンダントをしていないことが気になったようです。

私としては申し訳ない気分になりましたが、ここは素直に答えることにしました。

今回は非公式とはいえ王太子殿下にお招きいただいた席です。

本来ならばそれなりの格好をして参加するのが筋というものだと思うのです。

そういう点において、アルダールがくれたペンダントに、イヤリングも併せて使用するのが適しているとは思ったんですが……思ったんですが、今回はそうしませんでした。

別に公式の場ではないので、なくても大丈夫と言えば大丈夫なんですが！

これが公的な狩猟ということでの参加なら、淑女としてはどうかなと思うところですが……私にも色々と都合があるのです。

けれど、確かにアルダールからしたら気になりますよね……。

「だ、だって狐狩りということでしたし」

「うん……？」

「王弟殿下の悪戯で、私も馬に乗れと言われたりする可能性も踏まえてですね」

「うん？」

アルダールがきょとんとしたまま私の言葉の続きを待っている姿は大変可愛らしいですけど。

いや、なんかこれ口にするのはちょっと恥ずかしいな。

だからってここで止めたら絶対気になるって言われるのが目に見えているっていう……!!

「お、落としたら、いや、じゃ、ないですか……」

イヤリングとかって、ちょっとしたことで落ちてしまうことがあるんですよ。

これがどこかの茶会とか、そういう会場的なものなら、落とし物ってことでそこの責任者に尋ねれば済みますけれどね。

さすがにここ、王族直轄領ですからね？

落とし物をしましたので探しに行っていいですかって、気軽に問い合わせられるような場所じゃないんですよ!!

しかもそれが森の中だったら……と思うと、大事なものを持ってこられるワケないじゃないですか！　森の中で小さなイヤリング一個とか、まず見つかりませんよね。

（そんなの、絶対いやだもの……!!）

でもそのくらい大事っていうか、それをこうやって口にするのはかなり恥ずかしくってですね。

アルダールはただ目を瞬かせただけだったので、本当にそんなことは思いもよらずって感じなんでしょうけど。

でもでも！　私としてはかなり重大な問題だったんですよ……。

いや、まず落とさなければ良いだけの話だって言われればそれまでなんですけどね！

でもほらなにがあるかわからないじゃないですか！

用心するに越したことはないんですよ……!!

「う、馬に乗るとは限りませんけど……ちょっと心配になったものですから」

「……そう」

くすくす笑うアルダールに、ああ全くもってこの人は！

どうしてそうやってすぐに嬉しそうな顔をするんですか、もう。

こっちが余計恥ずかしくなるってわかってやっているのでしょうか。

そんな私の心情を言えるはずもなく、話題を変えることにしました。

このままでは色々な意味でまた敗北を喫するとしか思えませんでしたからね!!

「そういえばアルダールはウィナー男爵が参加するという話、もう聞きました？　まだいらしていないようですが……」

「ああ、うん。まだ来ていない。話を聞いた時は私も驚いたよ」

どうやら、ウィナー男爵はまだ到着していないようです。

王太子殿下が、プリメラさまとお客人の到着について言及していたのでそうではないかなと思いましたが……いえ、客人がイコールでウィナー男爵というわけではないのでしょうが、ニコラスさんの言い方を用いるなら〝特別ゲスト〟ですし、お客人と呼んでも不思議ではないかなって。

でも、うーん。なんだかそれも少し違うような気がするなあ、なんて……。

「どういうことなんでしょう。詳しくは聞いていますか？」

「聞いていない。バウム家としては、王太子殿下がディーンと私と話をしてみたいと仰ったということくらいかな。親父殿はもう少し事情を知っているだろうけど、説明はなかった」

「そうですか……」

私が聞かされていないだけで彼らは詳しく聞いているのかと思いましたが、違ったようです。

深く考えない方がいいのかと思い悩む私に、アルダールは優しく笑顔を見せてくれました。

「まあ私たちに何も言ってこないのだから、親父殿としては何もしなくていいという認識なのだと思う。多分だけど、王太子殿下は私たちに何も求めていないんじゃないかな」

「そう、かもしれないですね」

私もニコラスさんからウィナー男爵がゲストとして招かれている、ということを耳にしただけです。別に何かあるとか、不穏（ふおん）な話は一つもしていませんでした。

ただ何も教えてくれなかっただけじゃなくて、あの胡散臭い笑顔で去っていくから余計に気になったっていうかですね……。

はっ、もしや思わせぶりな態度を取って、私が勘ぐる姿を面白がっていたとか？

あり得る。ニコラスさんだとそういう意地の悪いことしそうだ……！

（まあそれは置いておくとして。ウィナー男爵が、という言い方が引っかかるんですよね）

男爵お一人で参加ってこと？　つまり、ミュリエッタさんは招かれていない？

うーん、英雄と話がしたいなんて可愛いことを、あの王太子殿下が言うとは思えません。

失礼な言い方かもしれませんが、王太子殿下がそんな純粋な動機で招くなんて、私には到底思えないんですよね……。

なにせあの方はプリメラさまの兄君です。

見目麗しいだけでなく、聡明で素晴らしい才能を秘めているお方です。

そしてその力を王太子として遺憾なく発揮されていて、あの齢でもう為政者としての物の見方をされているのだと私は知っています。

ですので、あの方をディーンさまのような純粋な少年と同じには見ることができないから、ついつい疑り深くもなるというもので……。

「まあ男爵については、狐狩りという名目で殿下たちが何かしら話をするんじゃないかと私は思っているよ、ただ……」

「……それがどんな話なのか、なんですよねぇ」

「ユリアは何が心配なんだい？」

「何がって……」

アルダールに問われて私は少し考えました。

別段、男爵が来ても私にとって悪いことは一つもありません。

なんてったってただ狐狩りをするだけですし、あちらがミスをしようが何だろうが私にとって不都合なことは何もないのです。

（男爵と私は、直接的な関わりもないですし……）

ミュリエッタさんがいたらアルダールにちょっかいをかけないか、そこが心配だけれど。

うん、まあ。そこは来るかどうかもわからないのだから、心配してもしょうがない？

「……プリメラさまが悲しい思いをするようなことになったら、と」

「王太子殿下は王女殿下をとても大事にしていらっしゃるだろう？　なら、きっと大丈夫だよ」

「そうだと、思いますけれど……」

「ユリアは本当に王女殿下のことが大切なんだね。臣下としては当然なんだけれど……少し、妬けてしまうな」

くすくす笑ったアルダールが、お茶を飲んでウィンクを一つ。

本当にそれが様になっているから困るのよね。

誤魔化すように私もお茶を飲めば、アルダールが手を伸ばして私の髪に触れました。

「ペンダントの代わりに、髪飾りをつけてきてくれたんだ？」

「……これなら、落としにくいかなと思って」

「ありがとう」

「でも落としたらごめんなさい」

「そうしたらまた買うよ。だから気にせず、いつでも使ってほしい」

いやいや、それはちょっとね？

いや、うん。気持ちは嬉しいんだけど、それはちょっと申し訳ないでしょう。

アルダールの申し出に私は曖昧に笑って、答えを濁すことにしました。

こういうやり取りではいつも負けているから、あえて言葉にするなんて下策は取りませんよ！

私は学ぶ女なのです。

ええ、どうやったって負けるのが目に見えていますからね……いつかは勝ちますけど！

「そういえば、森には狼が出るという話を王弟殿下から聞いたんですけど」

「狼？」

私の問いに、アルダールが首を傾げました。

ああ、うん、その反応。そうだよね、知ってた。

「……やっぱり嘘だったんだ……」

「うーん、聞いたことはないかなあ」

「私が気を付ければいいいんだって言われたんですけど、そんなに私ぼんやりしているように見えるのかしら……」

「……ああ、うん。なるほど。……大丈夫、ユリアが心配する意味じゃないと思うよ。それに、私がいるからユリアは安心して傍にいてくれればいい」

くすくすと笑ったアルダールが優しく私の頬を撫でてくれましたが、私としては笑えません。

まったくもう……あのヒゲ殿下！

折角だからと、とっておきの新作マシュマロを持ってきましたけど、あの方に出す分は少なめにして差し上げましょう、そうしましょう！

「オオカミ、ねえ……」

アルダールがそう呟いて笑っていましたが、私はもう気にしないようにするのでした。

それから程なくして到着されたプリメラさまと、王太子殿下が仲良く並んでお喋りをしていらっしゃるその光景は本当に眼福です。

目の保養！　麗しい！　可愛い！　素敵！

なんということでしょう、お二方が揃ってそこにおられて微笑み合っている。

それだけでまるで世界が光り輝いて見えるではありませんか!!

語彙力がどこかに吹っ飛んでいくような感じで大変申し訳ないと思いますが、やはりね、麗しの兄妹なんですよ。はあ、眼福……。

その場面だけで絵画が何十枚と描けるんじゃないでしょうか。

宮廷画家が知ったら、ハンカチを噛んで悔しがるんじゃないかと思うくらい麗しい光景です。

王太子殿下も優しい兄としての笑顔でプリメラさまに話しかけておられますし、それを嬉しそうに笑って受け入れるプリメラさまもまた愛らしい……。

はぁ……なんて尊いのでしょうか。

これを尊いと言わずなんと言う!!

まあそれは置いといて。

集まった我々は、王太子殿下の提案で揃って昼食をという話になり、庭がよく見える場所に集まりました。まあこれは王子宮筆頭から聞いていた予定通りです。

円形のテーブルに王太子殿下にプリメラさま、王弟殿下、ディーンさまにアルダール、そして私という顔ぶれです。

本日のプリメラさまは、乗馬用のドレスでまた一段と可愛いです。

これなら絶対、ディーンさまもメロメロですよ!!

（まぁドレスを選んでお勧めしたのは私なんですけどね！）

髪型は運動向けの編み込みスタイルで、あれはきっとメイナの力作でしょう。

私がしたのは事前準備だけで、出るまでのスケジュール管理についてはスカーレットにお願いしておいたのです。だから作業を分担できてスムーズだったはず。

そして給仕についている王子宮の侍女や執事たちとは別に、王太子殿下の後ろにニコラスさん、プリメラさまの後ろにセバスチャンさん。

おや？　腹黒い執事さんが揃って……じゃなかった、いや、なんでちらっと思っただけなのにこっちを見ているんですかねセバスチャンさん。

そんな、腹黒とか思っていませんよ素敵ダンディと思っております、はい!!

セバスチャンさんからの無言の圧に私が冷や汗をかいている中、王太子殿下が軽く杯を掲げて、私たちを見回しました。

「忙しい中、今日はよく集まってくれた。礼を言う」

「お兄さまの狩りにお誘いいただくのは初めてなので、プリメラも楽しみにしておりました!!」

「……お前はあまり狩猟には興味がなさそうだったからな、悪かった」

「いいえ、こうして場を設けてくださっただけで十分です」

ニコニコ笑うプリメラさまと、それにつられるようにふっと笑みを浮かべちゃう王太子殿下。

ああ、本当にこの兄妹、なんと可愛いのでしょう……!!

思わず不躾にも凝視してしまいそうでしたので、そっと視線をお茶の方へ落とし、優雅に飲んでその思いをやりすごしました。

ええ、私もちゃんと場を弁えておりますからね。

空気が読める女として、褒めていただきたいところです！

そして視線をちらりと動かせば、自分もプリメラさまとお話ししたいっていう空気を隠し切れないディーンさまのそわそわっぷりが目に入ってもうね、……もうね……!!

（ああー。なにこの空間、尊い……尊すぎる！）

何度でも言いましょう、この空間は癒しに満ち溢れています。

勿論、大人の女として、社会人として、デレデレした顔は見せません。

これまで侍女として培った〝冷静な表情を保つ〟というスキルがこんなところで役に立つだなんて思っていませんでした。いやあ、何があるかわからないものですね。

プリメラさまに信頼される侍女としても、令嬢としても、ここでニヤニヤなんてできるわけがありませんのでとても助かりました。

不愛想とか鉄壁侍女とか、私としては不本意なあだ名ですが、こういう時には役立つものなのですね……こういう時に口元を隠すため、扇子を持ってくれば良かったと後悔しております。

そのあたりが私は令嬢としてはまだまだ半人前なのですね……。

次回があるかはわかりませんが、気を付けるといたしましょう。

こんな尊い場がそうあるとは思いませんが。

（でもウィナー男爵を待たずに始めて、いいのかしら？）

私だけが男爵が参加することを聞いていたなら、ニコラスさんが私に対して揺さぶりのような何かを仕掛けてきたのかなと思うところですが……。

アルダールも聞いているとなると、別にあえて隠そうとしているわけでもないのでしょう。

だとすると、この場にいないのはどうしてでしょう？

（遅れてくるとか、そういうことなのかしら）

その疑問をニコラスさんに視線を向けることでぶつけてみましたが、にっこりと笑顔を返されただけでした。いやいや、わからんて。

勿論私が視線を向けただけで疑問が伝わるとは思っていませんけど！

でも絶対わかっててやってるよね‼

人差し指を口元に当てて笑うとか、私の意図をあちらは確実に理解しているはずです。

（とりあえず、黙っていろってことかしら……）

アイコンタクトとかできるわけじゃないんで、できたらもう少し何かアクションをくれませんかね⁉　いつもと変わらない笑顔で何を察しろと。

そう思っていると、ニコラスさんから何故か唐突なウィンクが。

……。いや、糸目だからウィンクだったのかという疑問はありますが、多分、ウィンク……？

「ユリア、あれはどういうことかな？」

「さあ……。私にもさっぱりです」

アルダールが小声で私に問いかけてきても、私だって何もわかりませんよ！

私は無実ですよ……！　なんて思いましたが、アルダールもそれ以上は特に突っ込んできませんでした。面白くはなさそうでしたけどね！　ほっ、よかった……。

そんな私とニコラスさんのやりとりの間も、和（なご）やかな空間は続いていました。

王太子殿下は穏やかな笑顔を浮かべ、ディーンさまに話しかけておいでです。

「バウム公子、君とはプリメラの兄として一度ゆっくりと話してみたいと思っていたのだ」

「は、はいっ！　本日は、お招きいただきありがとうございます！」

「王太子としてではなく、妹の身内として仲良くしたいと思っている。聞けば、バウム公子は私と同じ年齢だとも耳にしている。これから将来この国を盛り立てる友人としても共にあれたらと考えているんだ。いずれはバウム伯爵と同じで騎士として仕えてくれるのだろう？」

「あ、ありがとうございます……！　俺、じゃなかった、自分も王太子殿下のご期待に添えるよう精進してまいります！」

「そう畏まらなくて良い。プリメラの婚約者として、今後は顔を合わせることも増えるだろう？」

「そ、そう……でしょうか。自分はこの春より学園に通う身となりますので、王城に上がる機会は今よりも少なくなると思っております」

「学園か、ではバウム公子も次期領主として多くのことを学ぶのだな」

「はい。父からは、学園で数多のことを学べるその機会を大切にせよと言われました」

きりっとして答えるディーンさまのお姿からは、お父上であるバウム伯爵さまを尊敬している様子が窺えました。ディーンさまには、良い父親なのでしょう。

なんとなく、私はちらりと横に座るアルダールを見ました。

アルダールは弟の発言を微笑ましそうに見守っている様子で、それ以上はわかりませんでした。

うん、まあなんとなく家族とは上手くやれるようになったと言っても、なかなかそうまるっと変わるわけじゃありませんから……胸中複雑だったりしないのかなあって心配になってしまったんですけど、大丈夫そうですね。

（余計なお世話……か）

自分の家のガッタガタだった関係を考えると、まったくもってバウム家の複雑な事情の方が大変なんだろうなとしみじみ思います。

それを考えると、そこから家族関係を修復できたアルダールはすごいなって改めて思うっていうか……惚気じゃありませんよ、断じて!!

「近衛騎士として何度かその顔は見たことがあるが、言葉を交わすのは初めてか。バウム卿」

「は、この場に招いていただけたこと、光栄に存じます」

「若くして近衛騎士隊に入隊し次期剣聖としての呼び声も高いが、驕ることもなく真面目に職務に取り組んでいると耳にしている。そのような人物が王家に忠誠を誓ってくれることは、むしろこちらが感謝すべきだろう」

「……畏れ多いお言葉にございます」

「ファンディッド子爵令嬢も、よく妹に仕えてくれている。急な誘いで済まなかったが、普段とは違う身分の方が何かと自由に過ごせるだろうと思ったからだ。二人とも今日はこの会を楽しんでくれると良いのだが」

「ありがとうございます、王太子殿下」

王太子殿下とディーンさまが同い年、とはいえ、もうなんだか貫禄がほんと段違いっていうか、王太子殿下が成長早すぎるのかなって思うんですけどね。

とはいえ、和やかな始まりです。

主にプリメラさまを間に挟むようにして王太子殿下とディーンさまが楽しく会話をし、時々そこにヒゲ殿下が混じって……というなんだか目の保養のための会ですかねこれ？

いえ、幸せだからいいんですけど。

狐狩りが始まったら私はプリメラさまの相手役、そしてアルダールは参加者とディーンさまの護衛を兼ねるという役目があるのでしょうが、今のところ穏やかでいい感じです。

なんにせよこの尊いやりとりを目の前で見ることができるのは役得ですし、特に面倒がないんだったら全然オッケーですね!!

「王太子殿下、失礼いたします」

「なんだニコラス」

「はい、ウィナー男爵さまがご到着されたのですが、どうやら手違いがあったようで」

「……なに？」

ニコラスさんがちらりと私に視線を向けましたが、私はそれを受けてセバスチャンさんの方に視線だけ向けました。

だって私を見られても困りますし。

ウィナー男爵のことなんて知りませんよ、なんでこっちに持ってくるんですか、あの人どうにかしてくださいよという気持ちを込めてセバスチャンさんを思わず見ちゃっただけです。

しかしセバスチャンさんは私の視線に気が付いているはずなのに決してこちらを見ず、どこか一点を見つめて微動だにしませんでした。

その姿は執事の鑑（かがみ）に見えますが、ただ単に厄介（やっかい）なことを押しつけるなってことでしょう。

でもその厄介な人、セバスチャンさんの身内なんだからね……!!

「ウィナー男爵さまをご招待する旨を確かにお伝えしたのですが、男爵さまはご息女を伴って到着となりまして」

「……一人で来るように伝えなかったのか？」

「はい、私めは確かにウィナー男爵さまをお招きするとお伝えいたしましたが、お一人でとは伝わらなかったようで」

「ではお前のミスだな、ニコラス」

王太子殿下は眉を顰めて、とん、とテーブルの上を指で叩きました。

それからため息を吐いて、厳しい声を発しました。

「お前の失態について、客人らの前で話すわけにはいかない。後で覚悟しておけ」

「申し訳ございません」

どうやらウィナー男爵は私と同じように、口頭で招待されたクチのようです。

確かに慣れていない人がそんなフランクに招待されたって、知らないことばかりで色々と段取りを間違えてしまうのは仕方のないことだと思います。

でも、ニコラスさんがそんな初歩的なミスをするだろうか……という疑問が私の頭に浮かびました。

大切なお客さまをお迎えするにあたり、そんな誤解するような言い方をするだろうか、と。

こういった場に不慣れなお客さまであることを前提として私が口頭で招待するならば、何時、どこで、誰がどうするのか、それを具体的に示すでしょう。

簡易的に、かつ相手を不快にさせないよう内容を噛み砕いて丁寧に伝える。

それをニコラスさんができないとは思えないのです。

私の疑問に答えるように、あるいは上書きするように、王太子殿下が言葉を続けました。

「彼らはまだ招かれることに不慣れだからな。やはり招待状を出すべきだったか……とはいえ、今それを悔いても仕方がない。ご令嬢に恥をかかせるわけにはいくまいし、客間でもてなせ」

「かしこまりました」

「ウィナー男爵には私自ら説明しよう。……叔父上もそれでよろしいですか」

「ああ、いいぜ。親愛なる我らが王太子殿下にそちらはお任せしようじゃないか」

にやりと笑ったヒゲ殿下に、王太子殿下はただ頷いただけでした。

あれっ、でも急に空気がぴりっとした気がしますけれど。

それと同時に茶番臭がするのですが、気のせいでしょうか？

いいえ、多分それはニコラスさんの笑顔のせいですね。そういうことにしておきましょう。

王太子殿下は真摯に男爵たちを案じておられるご様子ですし。

……まあ、ヒゲ殿下は違うようですが。

とにかく、ミュリエッタさんもこの館に到着したというところまではわかりました。

「……ウィナー男爵さまは到着の時間が我々と異なるのですか？」

「ええ、ファンディッド子爵令嬢さま。テーブルマナーなどについてまだ不安があるというウィナー男爵さまは、狐狩りよりご参加いただく手筈だったのです。迎えの馬車も王子宮の方で手配いたしましたが、こちらの連絡に不備があったのやもしれません」

にっこりと笑ったニコラスさんが「それではお客さまをこちらにご案内いたしますね」と去って

いく姿を見送って、私は改めて思いました。

こいつやっぱり胡散臭い……と！

いいえ、勿論、顔には出しませんでしたけど。そう思ったのは、私だけではないはずです。

その後、王太子殿下の指示で俄に館が慌ただしい空気になったかと思いましたが、特にトラブルというトラブルではありませんでしたからすぐに場の空気も元通りになりました。

私たちが再び歓談していると、ウィナー男爵がニコラスさんに連れられてこちらに歩んでくる姿が見えて私たちは誰からともなく口を閉ざし、そちらに視線を向けました。

ウィナー男爵は私たちの視線に気が付いたのでしょう。

彼はまだ距離があるにもかかわらず、ぺこりと頭を下げてきました。

その様子はとてもおどおどしていて、顔色も悪いように見えます。

おどおどしているというか、緊張しすぎで足がもつれそうな歩き方をして、視線は泳ぎ気味で、いかにも場違いなところに連れてこられてどうしていいのかわかりません……といった風情です。

狐狩り参加者らしい装いの、がっしりした体格の男性が身を小さくする姿は、なんだかいっそ哀れで同情してしまいます。

まだこうした場に来ることは、緊張しかないのでしょうね……。

まあ、気持ちはわからないでもないです。

（私も子爵令嬢として……なんて言われると、挙動不審になりそうだしね！）

侍女としてだったらいくらでも落ち着いていられるんですけども……。

いざ、令嬢としてと言われたらやっぱり緊張して挙動不審になってしまうんじゃないかなと思うと、そこは同情を禁じえません……。

ましてや、この集まりだってただの貴族同士の集まりではなく、貴族から見ても滅多に同席なんてできない王太子殿下たちとの席なのですから、その緊張たるや推して知るべし。

「よく来たな、ウィナー男爵。非公式とはいえ急な誘いで驚いたであろう。しかし手違いがあったようですまない」

「はっ、いえ、あの……本日はお日柄も良く……」

お見合いの口上か！

思わずそう突っ込みそうになりましたが、ぐっと我慢です。

王太子殿下にお声をかけていただいて、しどろもどろな姿になった……なんて話を耳にしたら、教育係さんがまた頭を痛めるか、それとも目を吊り上げるのか。

ウィナー家の教育係という方にはお会いしたことがありませんのでどなたかは存じませんが、そんな感じがいたしますね!!

「男爵だけを招いたつもりだったのだ、許せ。貴殿の娘については別室にて、きちんともてなすと約束しよう」

「も、勿体ないお言葉、ありがとうございます。……あ、あの、しかしながら、何故、娘はここに連れてきてはいけなかったのでしょうか。娘も私と同じで冒険者をしていたこともあり、狩りの腕に不足は……」

「そりゃお前、前にも説明されていると思うんだが」

呆れ顔でヒゲ殿下が口を挟みました。

思わず、だったんでしょう。声を上げてから、しまったという顔をしていました。

ヒゲ殿下はちょっぴりバツが悪い顔をして、ちらっと王太子殿下の方へ視線を向けたけれど、ため息を吐いて言葉を続けました。

「非公式とはいえ、こうした場に社交界デビューを終えていない娘を連れてくるのはどうかって話でな。プリメラに関しては叔父である俺と、兄である王太子。それに婚約者まで揃ってのことだから対外的にもなんら問題ないんだが」

「そ、そうなのですか……」

まぁ保護者同伴だから構わないといえば構わないだろうけれど、とは私も思わないでもないですが。ヒゲ殿下が言っていることはそういうことだしね。

だけれど、ウィナー男爵もミュリエッタさんもこうした場に慣れた人たちではないし、いくら『狩りに慣れているから』といっても、まさか男性陣に交じって狐を追わせるわけにはいかないし。だからといって私たちと残ってお茶会となると、それは……うん、ほら、生誕祭での一件もあることですし……ね。

そうなると結局、お留守番をしてもらうのが一番無難という結論に至ると思うのです。

「招待状を出さなかったのも、王家から正式に招待されたという物品が出ては他の貴族家に対して不平等となるかと思ってな。それがこのように仇となったわけだが……」

王太子殿下のお言葉はまあ、理解できます。

ぽっと出の平民上がりの貴族が王太子殿下のプライベートな時間に招かれたとあっては、厄介なことになりかねません。クレームをつけられる格好の理由を作る必要はないでしょう。

英雄というネームバリューを利用して、王太子殿下に娘を売り込もうとしている、なんて見方をする人がいないとは言い切れないのです。

それほどまでに王太子の妻という座は……正妃でなくとも、魅力的なのでしょうね。正妃の座はすでに他国の王女と決まっていますが、寵姫(ちょうき)ともなれば王太子妃の一人として敬われ、将来、男児を産むことができれば未来の国母と呼ばれる可能性だって出てくるわけですから。

王妃にはなれなくても権力を得ることができるわけですね。そして、その寵姫の実家にはそれ相応に富がもたらされることでしょう。

だからこそ、一部の貴族たちは王太子殿下に年近い、自分の娘や近親のご令嬢たちを売り込むのに躍起(やっき)になっているって話ですが……当の王太子殿下はそれを煩(わずら)わしく思われているご様子。

私には、なぜみんながそんなにも権力を持ちたがるのかわかりません……。

(だってどう考えても面倒でしかないじゃない⁉)

別に、平和に生きるだけだったら、権力って必要ないと思うんですよ。まあ、ある程度の財力は生活に必須ですが……誰かの上に立つのってそれはそれで面倒じゃないですか。

(こういうところが貴族としてはいけないのかもしれないんだけどさ……)

とりあえず、今回この場にいたメンバーと使用人に口止めするにしても、どこから話が漏れるかわかりません。人の口に戸は立てられぬと申しますから。

(いやその前に、男爵たちが他の人たちに話している可能性もあるか。……貴族のオトモダチがいれば、ですが)

ちらりと王太子殿下の後ろに控えるニコラスさんへと視線を向けましたが、またにっこりと笑みを返されただけでした。

（いやいや、なんでこっち見てるの？）

偶然にしてはタイミングよくこちらに笑みを返してくるニコラスさんに、少し怖さを覚えます。

私は顔が引きつりそうになり思わず視線を逸らすようにしてウィナー男爵に向けると、あちらは可哀想なほど顔色が真っ青でした。

「ウィナー男爵、今回この場に貴殿を招いたのは英雄としての貴殿に興味があったからだが、それとは別に話をしておくことがある」

「は、話でございますか」

「ニコラス」

「はい、王太子殿下」

名前を呼ばれたニコラスさんが、一歩前に出て私たちに一礼しました。

そして全員の顔を見てから最後にウィナー男爵の方へと体ごと向きを変え、侍女たちが運んできた椅子を指し示したのです。なんて芝居がかった所作でしょう。

「王太子殿下の執事たるこのニコラスめがこれより説明をさせていただきますので、ウィナー男爵さまもお寛ぎくださいませ」

（いや、寛げないでしょうよ……）

私は心の中でそんなツッコミをしつつ、納得していました。

ああ、やっぱりこの場は何かのために用意された舞台なのだと。

特にあのニコラスさんの胡散臭さっていうか、いや一見するととても有能な……違うな、有能には違いないんだと思うんですけどね……。

　ぱっと見て違和感はない。

　けど、あの人の何かこう……作りものみたいな態度がですね。

　……うん、上手に説明できないけど、違和感があるわけです。

「ウィナー男爵さまは、冒険者時代からご息女と共に苦楽を分かち合われてこられたがゆえ、どこに赴かれるのもご一緒と伺っております。大変、親子仲がよろしいのですね」

「は、はぁ。まあ、そうだと思いますが……そ、それが何か？」

「冒険者をしながらの子育て、ご苦労も多かったことと思いますのでこのニコラス、その話を耳にいたしました時には感激したものにございます！」

「そ、そうですか？　それほどでも……」

　ニコラスさんの芝居がかったわざとらしい賛辞に、ウィナー男爵は素直に照れています。

　えええ、絶対この人カモられるタイプの人だ！

　うちのお父さまと同じ系統の人だ⁉

　いや、それとも違うか……なんていうか、素直な人っていうか、純朴な人だ。

　絶対、城にいる人たちにいいように手のひらの上で転がされちゃうタイプの……。

「ですが、男爵さまは叙爵を受けられ、これよりはクーラウムを担う貴族の一人として尽力くださる運びになりました。これからはご息女はご息女の、男爵さまには男爵さまの、それぞれの道を歩んでいただかねばなりません」

「……えっ？」

饒舌(じょうぜつ)なニコラスさんの言葉に、椅子に座ってひと息つく間も与えられなかった男爵は目を白黒させています。

そりゃそうでしょう、褒められたなと思ったらいきなり〝それぞれの道を歩め〟ですからね。

急にそんなことを言われても一体何のことだってびっくりして当然です。そもそも、今起きている状況ですら飲み込めていないのに立て続けですし。

しかしそんな男爵の様子を気にかけるでもなく、ニコラスさんは続けました。

「今までは交渉ごとなどもご息女が共におられ、互いに支え、補い、助け合うという素晴らしい美しい親子愛で過ごしてこられたことと思います」

「え、ええ……」

「ですが、これよりは男爵という地位に見合ったお立場として、別個に人を雇い、使うなどしていただければと思うのです。そう、王太子殿下にお仕えする執事であるこのニコラスのようなものでございますね」

私だったらこんな胡散臭い人に仕えられるのはちょっと……って思いますけれどね。

まあ王太子殿下クラスになると、このくらい腹に色々なものを抱えていそうな人も軽く扱えないとあれなんでしょうか。

（ただの子爵令嬢で良かった……）

いや、子爵家でもそれなりに人は使いますので、ニコラスさんは特例中の特例っていうか、世の中にあんな胡散臭い人がぽこぽこいても困るか。

可愛い弟であるメレクには、くれぐれも人を雇う時には気を付けるようにアドバイスしたいと思います。あの子、あれでまだまだ純真ですので……。

お父さまとお義母(かあ)さまもそういう意味では人を信じやすいタイプな気がしてなりませんから。ああ、実家が心配になってきました！

これからはセレッセ家の方々もついているので、そんな詐欺みたいなものに引っかかるようなことはないと思いますけれど、なにせお父さまは前科がありますし……。

そんなことを考えている私でしたが、ニコラスさんの笑顔が深まったような気がしてそちらを見ました。にこにこ顔が、ニタリ……って感じです。

ひぇって思いましたが、声には出さずに済みました。頑張った。

「それとは別に、ご令嬢の社交界デビューについてもお話をさせていただきたく、この場にお招きした次第でございます、はい」

「で、でびゅー、ですか？」

いまだ説明されている内容に頭が追いついていないのでしょう、困惑した様子のまま男爵がそう声を発すれば、ニコラスさんは笑顔で頷きました。

それは肯定というよりは否定を許さない、そういう圧を感じさせるものです。

ただ、そこまで男爵が気づいているかどうかはわかりません。

「このように申し上げると失礼に聞こえるやもしれませんが、男爵という地位は決して高くありません。また、個々でパーティを開くには少々資金も心許(こころもと)ないと思われますし、それに加え、招待するお客さまについての人脈もないかと思います。いかがでしょうか」

「そ、それは……はい……」

「やはり！　ですが、ご安心くださいませウィナー男爵さま。そのような思いをする貴族はなにもウィナー男爵さまだけではないのでございます。名家とその名を轟かせるような家柄の方でもない限り、皆さま同じようなお悩みを抱えておられるものでございます」

「そ、そうなんですか……」

怒涛のニコラスさんの喋りに、ウィナー男爵は目を白黒させて相槌を打つのが精一杯のようでした。王太子殿下なんて、我関せずでプリメラさまにお菓子を勧めているし。

プリメラさまはちょっと目を丸くしているけれど、静観することに決めたようです。

ちらちらと男爵とニコラスさんを見比べている姿は控えめに言って……んんん、可愛い。

それからアルダールとディーンさまですが、『名家とその名を轟かせる』でニコラスさんがちらりと二人に視線を向けましたが、それを華麗にスルーしていました。

うん、慣れているのかな！

名家って言われることも、あんな感じで含みのある視線を投げかけられることも、きっとたくさん経験しているのでしょう……。

あっ、そう考えると一気に色々ニコラスさんのせいで胃が……。

なんとなくそんな風に思ったのは多分私だけなのでしょう、まあ、別の意味で男爵も胃が痛い状況だと思います。こんなことで共感したくなかった。

「そこでご提案なのですが、適齢期となられたご令息・ご令嬢を一堂に集め行う社交界デビューのためだけのパーティを催すことが年に一度ございます」

「あ、……うちの、ミュリエッタを、そこに？」

「はい。さすが、理解が早い！　ただし、男爵さまのご令嬢は他の方々に比べると少々年上となってしまうことが懸念といえば懸念ですが……しかしご参加いただければ、多くの方々とお知り合いになれることかと思いますが、いかがでしょうか」

「そ、そうなのですね……是非！　よろしくお願いします!!」

「はい、かしこまりました。今も貴族社会について勉学に励まれておいでと耳にしております。なにかとお忙しいかと思いますが、手続き等はこちらで全て処理させていただきますので、どうか気にせず多くのことを学び、この国を支える一員として名を馳せてくださいませ」

にっこぉぉと笑みを深めたニコラスさん、嬉しそうですね！

まあそのパーティについては私も当然、知っておりますよ。

（というか、メレクはそのパーティでデビューしたんだしね……）

いくら自分の家でパーティを開かないにしても、それなりにドレスとかアクセサリーとか……結局のところお金は必要です。

うちだって領地持ち貴族ですが、領によって収益が違えばそこに差は生まれます。

ある程度近い階層って言っても、持ち物で貧富の差が丸わかりですからね！

（だからこそ、私かメレクか、どっちかにしかお金をかけられない状況だったから、迷わずメレクを行かせたんだし）

大きな社交界デビューのパーティを開けるような家に比べればどんぐりの背比べで、後々そこで一緒に社交界デビューした仲間とは笑い話にできるらしいのですけれども。

今でもメレクはそこで知り合った仲間と文通しているそうですよ。

そういった貴族のお財布事情、ウィナー男爵はこれからどうやって工面するのでしょう。

(でも、これでなんとなくわかったかも)

王太子殿下が指示したかどうかまではわかりませんが、ウィナー男爵とミュリエッタさん、それぞれを切り離し独立させようって魂胆ですね！

親子べったりじゃなくてそれぞれに頑張りましょうねって感じで綺麗(きれい)にまとめてますけど。

(多分、そういうことで合っているはず)

まあ、それはそれでいつかはそうなるのだから慌てて誰かがお膳立てするようなものなのかしらって感じがしますが、ミュリエッタさんの年齢的にもおかしな話ではないからすごく良いことずくめのように思えます。

貴族になりたてでデビューについて援助ではなくそういうやり方もあると教えた上で、面倒な手続きは全部やってくれるとあれば、ウィナー男爵としては断る理由なんてないでしょう。

要するに、メリットしかない状態なんですから！

(でもわざわざここまでお膳立てするってことに、裏の意味がある気がする)

そんな風に思いましたが、私がその裏の意味まで知る必要はきっとないのでしょう。

多分。うん……多分ね！

ちょうどいいから私のことも巻き込んで使おうなんて王太子殿下はお考えにならないはずです、ただほら、ニコラスさんが不気味なんだよなあ！

なんとなく今、彼の方を見ると、あの胡散臭い笑顔がこちらに向いているような気がして……。

予想が当たると怖いので、私は自分のティーカップをじっと見つめることにしました。

「話がまとまったようで何よりだ」

「は、はい！　畏れ多くもこのような新参者に、お優しき配慮をしていただけること、光栄でございます……！」

「ああ。この国の民であり英雄である男爵には今後も期待をしている」

期待、その言葉にパッとウィナー男爵が笑顔を浮かべました。

王太子殿下からの期待。確かにまあ、雲上人がそんな風に言ってくれたなら高揚するかもしれません。失敗したと落ち込んでいたわけですから、特に。

ウィナー男爵のその様子にふっと笑みを作った王太子殿下は、言葉を続けました。

「周囲の環境が変わったことで苦労もあるだろう、そなたの娘もデビューの場で良き繋がりができて互いに支え合う友ができるといいな」

「む、娘のミュリエッタもその優しいお言葉を聞いたならば感激することと思います！　ありがとうございます‼」

支え合う友という言葉に王太子殿下がちらりとディーンさまを見て、二人して何故か頷き合っている姿はなんだかよくわかりませんが……この短時間でお二人は友情を育まれたのでしょうか？

二人の間にいらっしゃるプリメラさまがにこにこしているので、いいんですけど。

ああ、なんと可愛らしいことでしょう‼

（なんにせよ、いい関係を築けたのならばいいことですものね）

ぺこぺことお礼を言い続けるウィナー男爵に、王太子殿下が一つ頷いて「そういえば」と言葉を続けられました。

「予定よりも早く到着したようだが、昼食はどうした？」

「え、いえ、あの……た、食べておりません」

真っ直ぐなその視線にウィナー男爵は、再び体を縮めて下を向いてしまいました。

ですがその姿に王太子殿下が気を悪くする様子はありません。

緊張のしすぎで食事が喉を通らず、遅刻なんてできないと予定よりも早く出てきたとかそんなところでしょうか？　それなら私もわかります。

「ニコラス、食事をウィナー男爵たちの分も準備しろ。共にテーブルをと言いたいところだが、あまり娘を一人にしておくことは男爵も心配だろう。二人の分は客室の方に準備をさせるように」

「あ、ありがとうございます……‼」

「かしこまりました。すぐに準備をいたします」

そしてニコラスさんは、そのまま王太子殿下に向かって綺麗なお辞儀をしました。

ああ、これで茶番は落ち着いたのかなと私は内心ほっと胸をなで下ろしたものです。

「では、男爵さま。客室までご案内いたします」

「よろしくお願いします」

ウィナー男爵もほっとしたのでしょう、来た時よりは幾分か緊張も薄れている様子でした。ただまあ、客室で待っているであろうミュリエッタさんはきっと今頃、荒れてるんだろうなあ。

（あれ、でも……いえ。まさか、でも……そうとしか思えない）

私はこのウィナー男爵の到着に関して、ニコラスさんが仕組んだのではと思いました。

おそらく本来の時間よりも少し早く着くように、御者に指示を出したのではないでしょうか。

王子宮から迎えの馬車が出ているのに、時間を誤るようなことはないはずなのです。王城で勤める御者ならば、こういった場で時間に対して遅れることはもとより、早く着きすぎてもいけないということくらい知っています。

何かトラブルがあって馬車の運びが調整できないということも考えられますが、王族直轄の森に向かうのに、他の馬車とぶつかることなどあり得ません。道だって整備されています。

そのことを考えると、時間通りに着かないほうが不自然なのです。

それなのに我々の昼食が終わらないタイミングで到着したことを考えると、ウィナー父娘はかなり早く着いた計算になります。

気づくのが遅いというか、まさかそんな姑息なことをする必要がどこにあるのか、意図がまるで見えなくて……なんでしょう、怖いなあ！

(口頭での招待なら、証拠も残らないわけですし)

思わずヒゲ殿下を見れば、にやりとした笑みが返されましたよ。

その笑顔の意味はどっちだ⁉

意味を図りかねて、私はアルダールの方を見ました。

彼ならわかるかなと思いましたが、私の視線に気が付いたアルダールは小さく苦笑を浮かべただけでそれ以上何かを教えてくれる様子はありません。

(……つまり、私はあまり深く関わるなってことでいいんですね？)

多分、そういう意味で合っていると思うのですけれども。

にこにこと楽しそうにしているプリメラさまのお気持ちが暗くならないならば、まあそれで構わないのでしょうが……楽し気なこの会の裏で何が行われているのかなって思うと、アレですよ。

オトナって、コワイ。

そこに尽きますよね‼

私なんてこう、しれーっとなんでもないような顔してこの場に座っていますけれど、ぶっちゃけこの中で一番下っ端なうえ、モブですからね！

内心、こんな大人の陰謀渦巻いているような場所になぜ私みたいな人間が招かれているのか、心底不思議でしょうがないのですけれども。

（私はしがない侍女なんですよ！）

いやまあ筆頭侍女している時点でしがなくはないのか⁉

よし、言い方を変えましょう。私はこの場においてはしがない子爵令嬢です！

うん、これならしっくりくる。

（って違うわ！　そういうことじゃない‼）

ああーもう、どうしてみんな、平和に生きていけないのでしょうか。

いえ、わかっていますよ。ミュリエッタさんの今までの行動が貴族社会に、ちょっとばかり相応しくない行動だったってことですよね。

だから監視だけで済んでいた状況から、もうそれじゃ足りないって判断が下されてのニコラスさんですもんね！

わかってますよ、ちゃんと理解しておりますとも。

で、私絡みで……というか、アルダール絡みで彼女が妙な行動を起こして、ひいてはクーラウム王国の品位を落とされては困るってことですよね？

(そういう意味で捉えていますが、違うのかな)

まあなんにせよ、私としては積極的に接点を持っているわけじゃないし、アルダールだってそうなんだから、逆にこんな場を整えられちゃったことの方が怖いんですよ。

デビューの場があるからそこに行くようにねって教育係さんを通じてお知らせしてくれれば、それで済んだ話じゃないですか。

(……あえてこの場で、仲間外れ状態で、多分、今頃は父親からさっきの話を聞いているであろうミュリエッタさんの気持ちを考えると、ちょっと……うん、いや大分、同情的な気持ちになるっていうか)

そんな風に考えるのは良くないって、前も自分で思いましたけどね。

それでもこのやり方は、随分と意地が悪いように思うのです。

プリメラさまはどこまで知っているのだろう、とか……私だけが知らなかったのかな、とか……まあこう、ぐるぐるモヤモヤするっていうかですね。

わかっちゃいるんです。理性では。

これは、『英雄』というネームバリューを持つがゆえに生じた問題点。

それだけ彼女たち父娘は国内外から注目を集め、民衆にも影響力があるということです。

民衆から貴族になるという羨望と憧憬を一身に集める立場となった彼らが、軽率な言動を取ることを許し続ければ国としての示しがつかず、だからといって厳しくしすぎては国家は民衆の反感を買う……そうならないためにも必要な『教育』なのでしょう。

（でもこれ、逆効果になったりしない？）

ミュリエッタさんが私と同じ転生者だとして、前世の感性のまま行動をしていたら。

前世を物差しにして行動していると考えると、ちょっとよろしくない気がします。

この世界における一般常識の物差しと、彼女が描く『ゲーム世界』の物差しではかなりの違いがあるはずです。それがストレスにならないかなって。

そして、ストレスを抱えた彼女がどんな行動をとるのか、今までよりも予想できないことをしでかすんじゃないのかって不安がひしひしと……。

「ユリア」

「はい！　なんでございましょう、プリメラさま」

変な思考の渦に嵌まりそうな私に、控えめで可愛らしい声が聞こえました。

そりゃもう素早く返事をしましたね！

だってプリメラさまに呼ばれたのなら、なによりも笑顔で返事！　これは外せません。

「あのね、もし、よかったら……なんだけど、あの、ウィナー男爵とミュリエッタ嬢にね、マシュマロを分けてあげられないかしら。今回は同じテーブルを囲むことができなかったけれど、ここまでいらしたのだもの。せめて何かしてあげたいと思って」

「プリメラさま……!!」

ああっ、私がぐるぐると悩んでいるっていうのにこの天使！

天使がいます‼　なんてお優しいのでしょう……‼

そうよね、やらない善よりやる偽善って何かで聞いたことある気がしますしね‼

私がしてあげられることなんてないのだから、せめて美味しいお料理……は、王子宮の方々にお任せするとして、デザートにマシュマロくらいは楽しんでくれたらいいですよね！

「かしこまりました。数に限りがありますので、そう多くは差し上げられませんが……私のマシュマロでよろしければ、喜んで。ウィナー男爵さま方のお口に合えばよろしいのですが……」

メッタボンに手伝ってもらったから形も綺麗だし売り物と遜色（そんしょく）ない出来映えと思いますが、それでも手作りお菓子で大丈夫だろうかと不安になる私にプリメラさまは笑顔を見せてくれました。

「このお菓子、わたしは大好きよ！　ね、兄さま、ディーンさま、いいでしょう？」

「ああ、プリメラの好きにすればいい」

「自分もいいと思います。王女殿下の優しさが、ウィナー男爵方にもきっと届きますよ！」

「わたしのユリアが作ったお菓子だもの、きっと喜んでくれると思うわ」

「今回はメッタボンも協力してくれたので、味も絶品でございますよ」

「わあ！　やったあ！」

メッタボンの顔を思い出して、私とプリメラさまは笑い合いました。

プリメラさまの気遣いによって、場の空気が一気に、こんなにも温かなものになるなんて！

やっぱりうちの姫さまは、最高です……‼

幕間　何かが、ひび割れる音がした

お父さんが招かれた、王太子殿下の狐狩り。

今、目の前にはお父さんと、王太子殿下の執事だというニコラスがいる。

ほっとしたような顔をしているお父さんと、にこにこしているニコラス。

二人とも和やかな雰囲気であたしの前にいるはずなのに、あたしには、なんだかひどく、まるで違う世界にいるみたいに思えてならなかった。

ニコラス。

隠しキャラの中でも難易度の高い人。

（王家に忠誠を誓い、王太子殿下の『影』として人に言えないようなことを冷静に、笑顔のまま処理をしていくっていう役割を持っているキャラで……愛情に、飢えた人）

彼のエンディングは、他のキャラに比べるとひどくシンプルな印象だ。

シンプルだからこそ、ストレートに〝良い！〟って声に出ちゃうエンディングだった。

『ボクは、普通とかそういうのはわからないんです。だけど……貴女といると、自分が人間になれたような気がする。……これが、恋ってやつなのかな』

ただ寄り添うようにして、偽りの笑顔を止めて穏やかに微笑む姿は感無量だった。

ヒロインと共に生きることを選んだ彼は、人間としての自分を取り戻した上で己の役目を見つめ直し、また一つ成長して王太子殿下にとってなくてはならない『人間』になるっていう……。

だけど、それはあくまでゲームストーリーを攻略して得られるものだ。

今、目の前の現実じゃない。

あたしは【ゲーム】をやりこんだから、彼のルートだって勿論、攻略した。

発売してすぐ手に入れたもんだから、当時はまだ攻略サイトも本も出ていなかった。だから、情報が足りなくてすごく大変だったんだよね。だからこそ、クリアできたときは本当に嬉しかった。

ニコラスルートは基本的に王太子ルートからの派生。

一歩間違えると、あっという間に王太子ルートになっちゃうのだ。

しかも王太子殿下の好感度が低いと、ニコラスルートそのものが発生しないという綱渡りでしかクリアできない隠しキャラ。

ただでさえ王太子ルートはステータスを全体的に高めにすることが条件、それでいて他の人とフラグを立てちゃいけないっていう難易度高めなルートなのに、そこにさらに難易度あげてくるとか制作会社は鬼なのかってあの頃は何度頭を抱えたか……。

まあだからこそ、ルートに入った時にはガッツポーズしたよね。

（本当の彼は、一途(いちず)な人だもんね）

彼は自分の役割をきちんと理解して、そしてそれを誇りに思っている。けれど反面『普通』に憧れている、とっても複雑な人なのだ。

だから主人公であるあたし、つまりミュリエッタが『普通の女の子』であることを眩(まぶ)しく感じて……っていう、ダークな一面と初々しさを併せ持つストーリー。

なのに、現実の……私の目の前にいるニコラスはにこにこ笑ってはいるけれど、あたしに対して好意的とはこれっぽっちも思えなかった。

前回、学園の先輩だってことで声をかけてくれたんだけど……設定集には『ニコラスは幼少期、修業に明け暮れていた』ってあったから、それはきっと嘘だ。

それでもあの時は、あたしに興味があるから会いに来たんだって言われて、浮かれた。

今にして思えば迂闊だったとしか言いようがないけど、やっちゃったものはしょうがない。

予想外のイベント発生に浮かれて、あたしは油断して思わず彼の名前を呼んでしまった。

初めて会って声をかけられただけで、まだ名乗ってすらもらってないのにそれは当たり前だけど不自然だった。

幸いニコラスはお父さんと話をしていたから、あたしの発言は気づかなかったみたいだった。

(……聞かれていたら、どうして名前を知っているのか追及されちゃったろうな)

あたしはこれまで、失敗なんてしなかったのに。

こんな些細なミスで取り返しがつかなくなるなんて、今更過ぎて笑えない。今まで以上に、気を付けなくちゃいけない。

思わず爪を噛みそうになって、それをここで見られるとマズいと気が付いた。

あたしは咄嗟に自分の手を押さえ込んで、なんとか笑顔は保てていたと思う。

(気を付けないと。ここで興味を持たれてニコラスルートに突入なんて笑えない)

あたしの目的は、たった一人。そう、アルダールさまだけ！

ニコラスも素敵なキャラだけど、あたしは彼よりも、もーっと一途なんだからね。

良くも悪くも興味を持たれたら、ニコラスはあたしにつきまとう。

だって、そういうキャラだから。嬉しいけど、今は困る。

「いやあ、誤解を招くような言い方をしてしまい、大変申し訳ございませんでした」

「い、いえいえ。不慣れなこちらのミスですから……心細さのあまり、優秀だからとついつい娘を頼ってしまうようでは父親としていけないと改めて感じましたので、これからは頑張りたいと思います。そのことを王太子殿下にもお伝えいただけたらと……」

（あたしの知らないところで、何があったの？）

二人の様子に、訳がわからなくて不安がよぎった。

どうして、という声を上げそうになったけれど、声は出なかった。

（上手（うま）く、いっているはずよ。あたしは、今まで上手にやってきたはずだもの）

どうして二人はここに戻ってきたの、王太子殿下たちのところに行くんじゃないの？

ここに着いてすぐ、お父さんは挨拶があるからって連れていかれてあたしはこの部屋で待たされて、二人が戻ってきたから移動するのかと思ったらそうじゃないみたいで。

目の前で繰り広げられる会話に、何か嫌な予感がする。

ニコラスが不意にあたしの方を向いて、にっこりと笑った。

でも。

その目は笑ってなんか、いない。

どうしてお父さんは、それに気が付かないの？

「それは心強い！　勿論ですとも、男爵さまのそのお言葉、王太子殿下も大変お喜びになるかと」

（どういう、ことなの。何を言っているの、あたしにもわかるように説明して！）

怒鳴りたかったけれど、そんなことはできない。

あたしは、〝良い子〟でいなきゃ。〝ミュリエッタ〟は良い子だもの！

ヒロインなんだから、当然だわ。だからこそ、みんなが好いてくれるの。

「ミュリエッタさまも客室で待機となり、誠に申し訳ございませんでした。こちらの不手際のせいでお一人で待つことになり、さぞかし心細かったことでございましょう」

「……いい、え。大丈夫、です」

「さようですか、さすがは英雄たる男爵さまのご息女です。王太子殿下より、お二方をおもてなしするよう申しつけられておりますので、ああ、どうぞそのままお待ちくださいませ。今、給仕の者たちが参りまして昼食の準備をいたします」

ニコラスの言葉に、あたしは少しも動けない。

お父さんはあたしに嬉しそうな笑顔を見せながら、向かいに座った。

豪奢（ごうしゃ）な部屋、だけどそれは王族の持っている別荘の一つに過ぎないらしい。

勿論あたしたち父娘からしたらとんでもない場所で、ここに招かれるってすごいことだって二人で喜んでいたのはつい最近だったのに。

（なんだろう、これは、思っていたのと違う気がする）

歓迎されている、今までの失敗よりも〝これから〟を望んでくれている。

お父さんは招待されたと素直に喜んでいたけど、それは甘ったるい幻想だとあたしは感じていたから、妙だと思った。だけど同時に、挽回するチャンスかもって考えた。

これまでやらかしちゃったあたしの礼儀関係のミスなんかは、正直マイナスだとは思ってる。でも平民出身だからしょうがないって、可愛いものとして許されたはずだ。まだ貴族になって一年も経っていないんだから当然でしょう？

お父さんが旅先で冒険者仲間に愚痴(ぐち)ったのは色々な意味でいただけなかったけど、それだってあの時、セレッセ伯爵さまに叱られて反省したし……あの時の仲間たちには、変な噂なんて流さないようにきちんと釘だって刺したし。

だから、ここらでポイント稼ぎをしなきゃって思ったのに。

（英雄なのに）

あたしが知っている【ゲーム】とは違って、プリメラが悪役令嬢じゃなくなってた。

それには驚いたけど、その後は【ゲーム】通りにあたしたち父娘を『英雄』って、誰もが認めてくれた。それこそ、プリメラだって。

だから、あたしはヒロインのはずだ。

勿論、英雄なんて肩書きは今だけのネームバリューでしかないことも、ちやほやされてるのは今のうちだけっていうのもわかってるつもりだった。

でもあたしはヒロインとしての能力を秘めているんだから、それを上手く使えば今後も乗り切れるって……。それなのに、まさか、違うの？

（だけど、英雄だよ？　そんなすぐ消えちゃうネームバリューじゃないでしょ？）

英雄には価値がある。そのために、王太子殿下が手を差し伸べてくれたんだって思ったの。

お父さんは招待状が届いてからもうウロウロしちゃって、動物園の熊みたい。

だから『ああ、ここでもあたしが頑張らなくちゃ』って思ったの。

あたしは、いつだってお父さんを支えてきたんだもの。

初めてお父さんの代わりをしたのは、商人と賃金の交渉でやりとりした時。

あたしはまだ、幼いって言われるような年齢の子供だった。

お父さんは計算とか、そういったことを気にしないどんぶり勘定な人だ。

それが当たり前の日々を過ごしているから、適当になんでもかんでも「大丈夫大丈夫」って言っちゃって、後で困っちゃうタイプの人間。

内訳とかを説明されて理解できなくなると、『面倒だからそれでいいよ』って簡単に言っちゃうもんだからぼったくられちゃうんだよね。

そんなお父さんに、あたしが我慢できなくて行動したのが始まりだ。

正しく報酬をもらって、適正価格で買い物をして。

たったそれだけといえば、それだけなんだけど……お父さんは、それはもう喜んでくれた。

『すごいなあミュリエッタ！　お前は本当にすごいよ‼』

あたしからしてみれば、前世の記憶があるから簡単な足し算や引き算レベルなんてどうってことない計算だけど、我が子が神童だなんて感激だってそりゃもう騒がれたっけ。

(この世界じゃ、冒険者とか農民だったりすると教育レベルがガクンと下がるから、仕方ないのかもしれないけど)

あのはしゃぎっぷりは、正直ドン引きレベルだったよね……。

嬉しいのはわかるんだけど、傍で見ていてあたし、恥ずかしかったもん。

一応ね、喜んでくれていることは嬉しかったから、何も言わなかったけどさ。

（あたしってば本当によくできた娘だよね……）

ミュリエッタは頼りになるなあ！　そうはしゃぐお父さんを見て、逆に『お父さん、頼りなさ過ぎ……』ってため息が出そうになるのを何度も堪えたことを覚えている。

（でも、あたしがお父さんの役に立てるって思ったら、嬉しかった）

そこは別に『神童だ』なんて、周囲に褒めてほしかったわけじゃない。

ちやほやされて嬉しくなかったわけじゃない。ちょっと自慢だったけどね。

だけど、それはお父さんの頑張りをずるい商人に持っていかれるのが許せなかっただけで、あたしたちは真面目に生きてきただけだ。

今だって、そう。

（なのにどうして、上手くいかないのかな）

真面目に生きて、幸せを望んでいるだけなのに。

なんだか、あたしが描いていた幸せと、全然違う。

知識を活かして能力ブーストをして、お父さんを手助けして巨大モンスターを倒して、王城に迎えられるオープニングを確実なものにした。

お父さんは、今、とても嬉しそうに笑っている。本当に、幸せそうだ。

あたしは、お父さんを幸せにした。

（だけど、あたしは？）

急に、足元が崩れるような気がした。

部屋の中にいるし椅子に座っているのに、なんでかすごく不安になった。

(ねえ、お父さん、あたしはもう、要らないの?)

あたしに頼ってばっかりじゃだめだって……。

どうして今になって、そんなことを言うの。

(あたしがいなかったら、あのままだったら、お父さんは英雄になれなかったんだよ?)

きっと地方とかで細々とした仕事を請け負って、報酬を誤魔化されて、それでも気づかないままへらへら笑ってお酒を飲んで……それはそれで楽しい人生かもしれないけど。

「ミュリエッタ、お前の社交界デビューの日も決まったんだよ!」

「え? だって、生誕祭の日にあたしたち、パーティに……」

「ああ、あれは特例というか、叙爵のお祝いでしたからねえ。合同式のような形になってしまいますが、令嬢として正式なデビューをするべきだというお話をさせていただいたのですよ」

「合同、式……?」

何それ、成人式みたいに集まってワイワイするってこと?

あたしは特別な、英雄で……ヒロインなのに?

「それが済みましたら色々な茶会からの招待状も届くと思いますよ! 大変見目麗しいお嬢さまですからね、どこかの奥方がご子息の妻にと望まれる未来もそう遠くないかもしれませんねえ。逆に申し込みが多すぎて大変かもしれません」

「そ、そうなるといいですねえ……! 親の私が言うのもあれですが、うちの娘は亡くなった家内に似てこのとおり見目もいいですし、気立てだっていいので、良い縁があれば是非……」

にこにことんでもないことを言うニコラスに、お父さんが照れ笑いをしている。

違うよ、お父さん。

それって、あたしがどこかの誰かに申し込まれたら、断れない状況ってやつじゃない。

だってあたしたちは『男爵』で、しかも一代貴族。

そのランクは貴族の中で言えば相当下なんだって、教育係さんも言っていたじゃない！

（……違う）

お父さんは、喜んでいる。

あたしが、自分の力で何かを切り開いていくよりも、どこかの貴族男性と結婚したら、安泰だって……あたしが生涯、食べるに困らない、綺麗な服を着て笑っていられるんだって本当に思っていそうだ。

だってそれは、あたしがお父さんに、思ってしてきたことだもの。

「王太子殿下はお前にも、男爵としての私にも、それぞれに道をくださったんだ。お互い期待に応えないといけないな！　ミュリエッタ」

「いえいえ、ご息女の優秀さは多くの方々の耳に届いているかと。学園でも天才少女が現れたのではと、すでに話題となっていると聞いております」

「本当ですか！　ニコラスさん‼」

「はい、自分もあの学園の出身者でございますから」

（うそつき‼）

学園なんて通っていなかったくせに。

思い切りそう叫んで、声の限り罵倒してやりたかった。

でも、言えない。そんなこと、できやしない。

あたしの立場が、危うくなる。

きっと、そう、今だって本当は危ういのかもしれない。

(知らない人に嫁ぎたくなんてない)

あたしは貴族になんて未練はない。

だけど、お父さんはそれを望んでいる。

お父さんの地位を安定させるためにはあたしがここで『良い子』でいるしかない。

(神童? 天才少女? 冗談じゃない! あたしが知っているのは、あと一年しかないのに!!)

学園の外のことなんてわからない。

パラメータは十分高めたから、後はそれでなんとか乗り切るしかない。

「失礼いたします」

「おや、どうしました?」

「王女殿下より賜りものにございます。巷で人気の『マシュマロ』を、是非、ウィナー男爵さま並びにご令嬢さまにと」

恭しく、銀の皿に盛られたマシュマロ。

白くてふんわりして、あたしの記憶の中では粗末なおやつくらいの感覚だった、懐かしいそれがまるで特別なものに見えた。

侍女が置いたそれをニコラスが「どうです？」なんて勧めてきたから、おそるおそる手を伸ばして一つ、食べる。

「最近人気が出ている菓子なのですがねえ、なかなか入手困難という話でしたが王女殿下のお気に入りということで、王女宮の料理人が作って持たせてくれたそうなのですよ。……まあ本日持ってきてくださったのは王女宮筆頭にして子爵令嬢である、あの方ですが……ね」

ふわっとして、柔らかくて。

ああ、優しい味がする。

あたしの足元が崩れていく。

でも、この甘いお菓子と今のテーブル、これがあたしの立ち位置なんだ。

(……どうしたらいいの？　この状況を、どう脱したら)

あたしが、幸せになるには、どうしたらいいんだろう。

口の中に広がる、マシュマロの優しい甘さ。

それとは別の、甘ったるくて冷たい目をしたニコラスが、にっこりとまた笑った。

第二章　いざ、湖へ！

「それでは私たちは先に行くが、お前たちもあまりはしゃぎすぎないようにな」
「はい、お兄さま。……どうしてもセバスを連れていかれるのですか？」

「ああ、お前の執事は狐狩りの名手とニコラスから聞いていたから……。その技量を是非、この目で見たいと思ってのことだったんだが、……だめか？」

「……お兄さまがそこまで仰るのでしたらだめではないです。ちょっと不思議に思っただけで……でも、次はちゃんともっと前から相談してくださいね！　急なことだからセバスだって驚いてしまったんですから！」

「ああ、突然の申し出ですまなかった。湖の辺りは景色も良いから、プリメラたちも楽しめると思う。そう待たせることもないとは思うが」

「はい。……セバス、何もないと思うけれど、お兄さまたちのこと、よろしくね？」

「承知いたしました」

狐狩りに出発する男性陣を見送るために、私たちは玄関先に出てきているのですが……私としては狐狩りメンバーの安否（あんぴ）よりも、居残り組に不安しかありません！

だって、何を思ったのかニコラスさんの入れ知恵によって、なんとセバスチャンさんが狐狩りに同行するってんですよ。

そしてその代わりに、私たちの給仕兼護衛としてニコラスさんが同行するっていうね？

（不安しかない!!）

当のニコラスさんは私の横に立ち、満面の笑みを浮かべてお見送りの態勢を整えています。そしてセバスチャンさんがそれを超絶睨（にら）んでいらっしゃるのです。

……二人とも腹の内がわからないタイプっていうか、似た者同士っていうか。

さすがは親族……？　もうなんていうんでしょうねえ。ねえ！

「ではウィナー男爵さまも、どうぞ狐狩りをお楽しみくださいませ」

「ありがとう、ニコラスさん」

「どうぞボクのことはニコラスと呼び捨てで結構です、ボクは王太子殿下の専属執事ですが、一介の使用人に過ぎませんので」

「……ああ、でも、えーと」

「ウィナー男爵さまは爵位をお持ちの『貴族』なのですから、そろそろ身分差による付き合い方にも慣れませんと。公的な場での振る舞い、その練習と思って、さあどうぞ遠慮なさらず」

「……では、その。ニコラス、ありがとう」

「どういたしまして」

馬に乗ったウィナー男爵が照れ笑いを浮かべましたが、私としてはなんともいえない気分です。

いや、やりとりそのものはとてもいい感じだと思いますけど。

ですが今回の目的が、ウィナー男爵とミュリエッタさんを、それぞれに立場を教え込んで引き離すこと……まではいかないのでしょうが、似たような空気を感じますから。

狐狩りが終わるまでミュリエッタさんは館の客室で待機、私たちのはしゃぐ声が聞こえては哀れだという配慮から、私たちは森にあるという湖へ行くという説明を聞かされています。

まあ、元々退屈だろうからピクニックへ行くよう王太子殿下が準備をしていてくれたようではあるのですが、どこまでが計算だったんでしょうか。

私はここまで全部が計画の内だったのではないかなと思っておりますが。

それもこれも仕方がないのでしょうが、そこまでする必要があるのかと思ってしまう辺り、私はやっぱり世間知らずで、そして甘いのでしょうね。

いずれにしろ、私は意見できる立場なわけじゃないんですが。

（……まあ、今まで色々やらかしちゃったのが積み重なった結果、こうなったんでしょうね……）

ミュリエッタさんはヒロイン補正でこれまでの失態もなんとかなると思っているみたいですし、これを機にその能力を活かして令嬢として成功できたら、きっと大丈夫だと思うんですけどね。

取り返しがつかない失敗をする前に気づいてくれたらと思わずにいられません。

下手（へた）に顔見知りっていうか、言葉を交わした相手が不幸になるというのはあまり気分がいいものではありませんから……。

（いや、でも結構なことしてるよな……登城する前からのプリメラさまへの暴言、王城に上がってからは礼儀知らずな言動の数々、それからプリメラさまに直接あり得ない発言をして、こうして思い返すとすでにヤバいのでは。仏の顔も三度までって言いますし……）

とはいえ、率先して助けに行くとかそんなヒーローみたいなことは私の役目ではありません。

そこは自覚しているので、心の中で彼女を応援するばかりです。

なんせ私は真面目が取り柄の、ただの侍女ですから！　モブですから‼

彼女の方から誠意を持った態度で助言を求められれば、それに応じるくらいはしようと思っています。大人としての対応は大事です。

ですが、きっとミュリエッタさんは賢い子だと思うので、現実さえちゃんと見えれば今の窮地（きゅうち）も立て直すことだってできるんじゃないでしょうか。

男爵は……あれですよ、もうちょっと危機感を持った方がいい。

ニコラスさんをいい人だと素直に思っちゃう辺りが心配ですね！

そんな男爵が、ふと上を向いて笑顔で手を振りました。

つい、つられて私もそちらに視線を向ければ、二階の窓際にミュリエッタさんの姿が。

なんともいえない表情で、窓に手をついて私たちを見る彼女はいつもの溌剌（はつらつ）とした、キラキラ輝くヒロインの雰囲気ではなく、不安そうにする年相応の女の子でした。

「ユリア」

「えっ、あ……。アルダール」

頼りなさげな表情を浮かべたミュリエッタさんに思わず目を奪われていると、後ろから声がして私はハッとしました。

慌てて視線を戻せば、そこには私のその反応に少しだけ目を丸くしたアルダールがいましたが、彼はすぐに優しい笑顔を浮かべてくれて、なんだか申し訳ない気分です。

私が何を見ていたのかなんてわかっているのでしょうに……けれど、彼がそちらへ視線を向けることはありませんでした。

その対応は以前旅行先のセレッセ領で対応した時と同じものです。

ですから、私も何も言わず笑顔を浮かべました。

「大丈夫？」

「え、ええ……私は大丈夫。あの、アルダールも怪我に気を付けていってらっしゃい」

「うん、ありがとう」

馬の手綱（たづな）を握ったアルダールははにかむように笑い、空いている手を私の頬に添えました。まるで壊れ物に触れるようなその行動に思わずどきりとしてしまったじゃないですか。

えっ、なんで今そんな表情したの？

（こっちもつられて照れるんですけど？）

動揺する私をよそに、彼はちらりとニコラスさんに視線を向けました。

どうやらアルダールもニコラスさんが残ることに関しては少し思うところがあるようで、多分ですが心配しているのだろうなあとは思います。

思わず照れて熱くなった頬も、あっという間に元通り。

なんでしょうねえ、この状況!!

背後の館に切ない表情をした乙女、私の近くにはにこやかな笑みを浮かべた胡散臭い執事、そして目の前に心配する彼氏！

（……こういうのをカオスっていうんでしょうね、多分……。いや、違うな、修羅場……？　それも違うか。どう表現するのがいいのかしら……）

「ユリアも、十分に、気を付けて？」

「え、ええ」

「そんな、心配ご無用ですともバウムさま！　王女殿下とファンディッド子爵令嬢さまはボクがこの身に代えましても必ずお守りしますので、どうかご安心を」

「……それじゃあ、行ってくる」

ニコラスさんの大袈裟（おおげさ）な言葉には答えず、アルダールはもう一度私の頬を撫でた後、馬に乗って王太子殿下たちと共にゆっくりと馬を歩かせて……次第に速度を上げて駆け出していきました。

遠ざかるその背中を見送って、私はそっとため息を吐き出します。

そんな私の横に、プリメラさまが寄り添うようにして彼らを見送っていました。

「……プリメラさま」

「行っちゃったわね、お兄さまたち……。ねえユリア、私たちはいつ出発するの？」

「そうですね……ニコラス殿、この後の予定はどのように？」

「はい、ピクニックのための準備はほぼ終えておりますので、ただ今、お二方のための馬に鞍をつけているところでございます」

「そう……」

「準備を終えるまで、屋内でお待ちになってはいかがでしょう。体を温める飲み物などをお召し上がりになってから出発される方がよろしいのではないかと愚考いたしますが」

ニコラスさんの言葉に、ちらりとプリメラさまが私の方を見ました。

いつもでしたら私がプリメラさまの意向を汲んで行動をしますが、今の給仕責任者はニコラスさんですので口出しはできません。

少しだけ考える様子を見せたプリメラさまでしたが、すぐに王女としての笑顔を浮かべてニコラスさんに答えました。

「それじゃあ、プリメラはココアが飲みたいわ。準備できるかしら」

「かしこまりました。ユリアさまも同じものでよろしいでしょうか？」

「……ええ、よろしくお願いいします」

恭しくお辞儀をしたニコラスさんが振り返って指示を出す姿は、なかなかどうして様になっています。王子宮に配属された人間としては新参者ですが、やはり王太子専属執事というのが大きいのでしょうか。

やはりセバスチャンさんの身内ですし、あの若さで王太子殿下の専属執事に選ばれるだけのことはあります。その有能さは本物なのでしょう。

ちなみに王子宮筆頭は館に残って、私たちが戻った時のために待機という形になっています。ですので、実質ミュリエッタさんのお世話は王子宮筆頭が担当するというところでしょうか。

「……そんなに警戒をなさらなくてもよろしいじゃありませんか、ユリアさま」

「ニコラス殿」

「英雄も、英雄の娘も、それぞれが自分の足で立つことを覚えるべき。そう、王太子殿下が道を示してくださったただけに過ぎませんよ。なあんにも悪いようにはいたしませんとも！」

「……そうですか」

先ほどまでの恭しい態度はどこへやら、親しげに話しかけてきたニコラスさんに思わず私はジト目を向けてしまいました。

胡散臭い。

相変わらず、私のニコラスさんに対する印象はそれに尽きますよね。

(この間、少しだけ見直したんですけどねえ……本当に少しだけだけど！)

けれどその胡散臭さも、やはり王太子殿下の専属ということで私とは違った側面……というか、役割を担う人ならではなのでしょう。

私はプリメラさまの母親代わりとして傍にいることを望み、そして望まれました。

彼は王太子殿下の手足になるようにと命じられ、そしてきっと……そのことを心の底から誇りに思っているのでしょう。

わかり合えない部分の方が多く、そしてわかり合える部分もある、というところでしょうか。

だからといって、率先して仲良くなりたいとは思いませんけどね!!

「まあ、あのお嬢さまが未練がましく見送りという体でバウムさまを熱く見つめていたのには呆れましたけどね」

「……」

「ただ、単純に愚かな少女ではないようで、ボクもほっとしましたよ。今後どのような行動を取るか、こちらとしてはそれで彼女の評価を変えていきたいと思っております」

「……王太子殿下は、彼女に一体……何を、お求めなのですか」

「何も」

「え？」

「何も求めてはおりませんよ。彼女はどうやら稀有な回復魔法の力を秘めているようですが、それが我が国にとって不利益に働かないのであれば、別に何も」

にっこりと笑ったニコラスさんに、私は足を止めました。

プリメラさまが侍女に誘導されて休憩のために用意された部屋に消えていく姿を視界に捉えながら、私はニコラスさんを見るしかありません。

回復魔法は稀有な、そしてとても有益な魔法です。

それを持っている人間は重宝され、富を得るとまで言われています。

ゲームのステータスを極めたなら、それこそ彼女の回復魔法は、他の治癒師と比べてとんでもない治癒力を秘めているとも言えます。

ミュリエッタさんが知識を使ってステータスをあげたからこそ、父娘揃っての巨大モンスター討伐に繋がったのだと私は考えていますし、そんな彼女の能力の高さは周知の事実です。

それらを知っていて、あえて〝何も求めていない〟というのはどういうことなのでしょう。

私の疑問に、ニコラスさんはなんてことない話だというように笑いました。

「我が国の基盤は、その程度で揺るがないと王太子殿下はお考えです。勿論、役に立ってくれるならばそれに越したことはありませんけどね！　彼女にその気がないものを、無理強いするのは可哀想でしょう？」

私がなんとも言えずにニコラスさんを見ていると、彼はにっこりと笑いました。

それは胡散臭い、いつもの笑顔とは違う笑顔のような気がします。

どこかひやりとしたものを感じさせるその笑顔に、私は思わず後ずさりしそうになりました。

すんでのところで堪えましたが、やっぱりこの人、苦手です。

糸目のために相変わらず表情が読めないっていうか……そういう意味では、お針子のおばあちゃんも糸目っぽいんですが、あちらは優しい雰囲気があるから全然違いますね！

「まあ正直に申し上げますとね、ボクは貴女のことも彼女と同類ではないかと少々疑っておりましたので。あ、勿論今はそのようなこと思っておりませんよ」

「えっ」

「だってそうでしょう？　領地持ちである子爵家のご令嬢が、王女殿下のお気に入りのまま、ご友人という立場ではなく侍女であり続けることがどれほど奇妙であるか！　しかも新たな魔法ジャンルを確立し、次々と新しい菓子を創作し、重要な地位にある方々と親しくしている」

「……それは……」

ニコラスさんの疑問は、別に変なことではないし今までも疑問に思った人は多いことだ。

中には私に直接聞いてくる人もいたけれど、その人たちは大体プリメラさまに一生懸命お仕えしたいという私の気持ちを理解してくれる人たちばかりだった。

だけど、きっと……そう、ニコラスさんが口にした疑問を抱く人の大半は、私の行動に〝裏がある〟と考える人たちなのだと思う。

確かにプリメラさまがある程度の年齢になった時に、侍女を辞しても社交界デビューさえしてしまえば『お気に入りのご令嬢』という立場で寄り添うこともできたと思う。

だけど、それだとプリメラさまのお傍で愛情を注ぐっていうのとはなんだか違う気がしたから、私は侍女のままがいいんだって決めただけなんだけどな……。

（勿論、令嬢生活よりも侍女生活の方が充実していたからって理由もあるし）

貴族令嬢としてはニコラスさんが言うように、令嬢として王女殿下の〝お気に入り〟っていう立場を利用してより良い縁談を……とか考えるべきなんだよね、お家のために。

とはいえ我が家にはメレクっていう跡取り息子もいるし、結婚で玉の輿はさすがに期待されていないだろうって当時から思っていたから、そんなことよりご側室さまの分までプリメラさまに愛情をって考えていたわけで。

取り巻きよりも侍女の方がより近いところで、ほぼ朝から晩まで一緒にいられるって考えたらそっちを選ぶじゃない？　その方が確実だったし。

　しかしそれを説明するのも馬鹿らしくて言い淀めば、ニコラスさんはくすくすと笑いました。

「愛情からってやつなのでしょう？　まあ美談ですよね、真に受けるのもどうかなと思いましたが……まさか本当だとは思いませんでした」

　小馬鹿にしたようなニコラスさんの物言いにちょっとむっとしつつも、彼が疑っていたとはっきり言われたことには正直、衝撃を受けました。

　だって、こうまではっきり『疑っていた』と言葉にするとは思わなかったっていうか。態度で薄々感じてはいましたが……。

　あ、疑われたこと自体はショックでもなんでもないです。

「ですがまあ調べれば調べるほど、おじいさまに話を聞けば聞くほど、貴女がただの努力家で愛情深い人だってことがわかった程度でしたしねえ」

（……なにそれ。努力家で愛情深いとか、そんな大層なものじゃないんだけど）

　折角褒めてくれているのを否定するのもアレなので、沈黙を選ぶのが得策でしょう。

　ですが、どうしたものかと思っているとニコラスさんがまた笑いました。

　今度の笑いは、怖くもなんともありませんでした。なんていうか……年相応の笑顔？

　本当によく笑う人だなあ。……色々と。

「それにその表情！　世間では鉄壁侍女などと言われておられるのでどんな方かと思っていたんですがねえ、蓋を開けてみたらなんてことはない、ただの真面目なお人でこちらがどれだけ安心したかなんて貴女にはおわかりいただけないでしょうね！」

「……ニコラス殿が笑い上戸なのは、よくわかりました」

「いえいえ、こんなに笑ったのは久しぶりですよ」

真面目な人というのが、褒め言葉なのか他の意味も含めてなのかと考えるときりがない。

とりあえず彼は私に対して『疑いが晴れた』ということを告げるために、わざわざセバスチャンさんを遠ざけてまで、こうして二人で話せるようにしたんでしょうか？

だとしたら、なんて回りくどいんでしょう。

というか、まあ……探られて痛い腹はないのでいいんですけどね。

勿論、いい気分はしませんが、理解はできますし。

王家にお仕えするという点でその忠誠が本物か否か、尊い存在に近ければ近い人物ほど気を付けねばならないのは当然のことでしょうからね。

「まあ、そういうワケでお近づきになれたらと思ったんですよ。個人的にね」

「……」

「おやおや、そんな目をしなくたっていいじゃありませんか。おじいさまも不用意に近づくなって牽制ばかりで、手を尽くしてようやく出かけてもらったっていうのに」

思わずジト目、再び。

なんなのでしょう、この人……本当に厄介です。

その考えもわからなければ行動も読めないなんて、こんな人が一緒でどうして落ち着いていられるでしょうか。

これ以上ここで立ち話をしても疲れるばかりだと判断して、私は建物の方へと歩き出しました。

「そう急がれずとも、王女殿下にはちゃんと王子宮の侍女がついておりますよ」

「それでもいつまでもここで立ち話をしてはいられません。私が来なければ、プリメラさまに心配をかけてしまいます」

「まあ、そうでしょうね」

ではどうぞ、なんてエスコートしようとする手を無視して歩き続ければ、ニコラスさんは私の横に立って声をかけてきました。

「では歩きながらお話でも？」

ああ、無駄に広い邸宅が恨めしい。

たかが休憩室に行くのに、もう少し歩かなきゃいけないなんて！

いやいや、王族の持ち物に文句をつけてはいけませんね。

きっと履き慣れない靴のせいです。

「……ミュリエッタさんが稀有な能力をお持ちであるということは理解いたしました。では、なぜそれを必要としないのかを改めて説明していただけますか」

「どうせご理解されているでしょうに。ボクとしてはもっと仲良くなれる話題の方がよかったんですがねえ……」

私の問いにニコラスさんはわざとらしいため息を一つ零してから、また笑顔を見せました。

だからそういうところが胡散臭いんだってば……教えてあげませんけどね。

「まあ稀有な回復能力というのは、王族や高位の方々に何かあった時の保険になりますからね。囲って重宝すべきという考えも今でもないわけじゃないんですよ。ただ、囲い込んで飼い殺すなんて方法は物騒でならないでしょう?」

「……」

「この国の『貴族』の一員として迎えられた父親が、この国に忠義を心から捧げてくれるならば。きっとそのご息女も国の有事には力を貸してくれると思います」

それは予想とか、可能性とか、そう聞こえるような言い方でした。

だけれど、確定だと言わんばかりの強いものを感じました。

「そういうものでしょう? むしろその方が円満というものです」

私を見て「フフッ」と笑うニコラスさんの言葉は、とても柔らかい。

しかし取り繕う感じもないそれは、ごくごく普通に、当たり前だろうって感じで話されるから背筋がぞわっとしました。

(それは、つまり……ウィナー男爵の口から、それを誓わせる算段があるってこと?)

確かに、私もここまでのあれこれから大体のことは予想できていました。

できていた上で、改めてそれを確認したのだから今更って感はあるんだけど……大人って怖い、としか言いようがないっていうか。

口調は柔らかいけれどそれってつまり、結果的にはウィナー男爵を餌にミュリエッタさんを飼い殺すことと何が違うのかって話で……いえ、まあ幽閉されるとかではないので自由度は高いですけど、でもそれってもう自由奔放にはできないのと同義っていうか。

普通の貴族でも、そこまでではないっていうか……。

(やっぱりこの人、怖い人だ……)

役目としての、必要な悪役っていうんですか？

そういう部分をニコラスさんが担っているんだとは思いますけれど、笑顔でそんな怖いことを語られると、聞いたのはこちらとはいえ、やっぱりこの人怖いって思うわけですよ。

ミュリエッタさんのことについて聞くことで、どういう態度をとるか少し観察してみようと思ったんですが、普通に怖い人だわコレ。

同じ王家に仕える人間として、同僚という感覚は僅かながらありますが……個人的にはやっぱり親しくなりたくないですね‼

そうなったらアルダールにお説教されるのが怖いからとか、そんなんじゃないですよ？

ええ、決して。……いえ、本音を言えばそこもちょっとは考えましたけれど。

「このピクニックの間に、もう少し我々も交流を持とうじゃありませんか。ね、ユリアさま」

「……ご遠慮いたします」

「つれないなあ」

プリメラさまがいる部屋へのドアノブに手をかけたまま、ニコラスさんが身を屈めて私の顔を覗き込んできました。

普段でしたら綺麗系イケメンが笑顔で私を見ていることに対して、直視無理ィ！　ってなるところですが、ニコラスさんの場合はなんかこう……違う意味で直視無理。怖い。

「バウムさまにも以前申し上げましたが、ボクは相手のいる方に手を出すような下種な真似はいたしませんよ？」

「ええ、確かにそう言っていたことは私も耳にしています。ですが……」

「ボクは貴女みたいに『普通』な人と、ただお喋りがしたいなあって思っただけですよ」

だって楽しいでしょう、って続けられたけど……。

私としては楽しくないかな……って思いましたね！

勿論、言葉にすると面倒そうでしたので、無言を貫いてドアを開けさせせました！

ニコラスさんで疲れた心は、プリメラさまで癒されました！

いやまあ目の前にプリメラさま、後ろにニコラスさんで結局プラスマイナスゼロなのか……。

いいのよ？　雰囲気読んで下がってくれてもいいのよ、ニコラスさん!!

できる執事はお客さまの空気を読んで行動するものですよね！

なんて心の中で思ってみたものの、この胡散臭い人物はわかっていて、私たちの傍を離れないんだろうなあってことくらい私にもわかってますよ……。

まったく、もう疑ってもないし普通の人間だって判断したんならそんなに構ってくれなくていいんです、むしろお断りですからね！

「間もなく準備は整うものと思われますので、もう少々お待ちくださいませ」

「わかったわ、ありがとう」

プリメラさまはにっこりと応じておいでですが、本当はすぐにでも準備できたんではないのかと私は疑っていますよ……？

先ほどの会話をしたいがためだけに準備を遅らせたとか……それは考え過ぎでしょうか。

ニコラスさん個人の性格が悪いっていう部分はともかく、彼は王太子殿下に忠誠を誓う執事として仕事はきちんとこなしているのでしょう。

なのでわざわざそんなことをして、プリメラさまをお待たせするようなことはしない……はず。

断言できない部分に関しては、私にとってプリメラさまが至上であるようにニコラスさんにとっては王太子殿下が至上だから、多分……ということなんですけどね。

もしニコラスさんが、彼の考えではなく指示されての行動だとすればまた違うのでしょうが……いや、だからってプリメラさまを後回しにする理由はないか。

「ねえユリア！　湖ってどんなところなのかしら。楽しみね！」

「さようでございますね。本当に今日は天候も穏やかでようございました」

「お兄さまやディーンさまもご一緒だったらよかったのに」

「殿方には殿方の親交の深め方というものがございますから……」

「そうよね……うん、そうよね。わたしはユリアとお出かけができるんだもの、それでいいわ！」

「私もプリメラさまとご一緒できて、嬉しいです」

ああ、天使……!!

私とお出かけできるから嬉しいだなんて！

そりゃまあ王太子殿下とディーンさまと並べられるというのはかなり胃が痛い感じですが、今この場では私の一人勝ちです。

なんたって、この可愛らしいプリメラさまの笑顔、独り占めですからね!!

天使を独り占めできるなら胡散臭い執事の一人や二人我慢して……うん、我慢……いや、やっぱり遠慮したい。ニコラスさんが二人に増殖なんてした日にはこちらの胃がもちません！

「今の季節でしたらば、湖の畔には水仙の花が咲いていると思われます。きっとお楽しみいただけることかと」

「まあ楽しみ！　ね、ユリア！」

「はい、プリメラさま」

「そういえばニコラス、貴方ってお兄さまの専属執事なのよね？」

「はい、さようでございます」

ニコラスさんが話題を振られて、にっこりと微笑みました。

プリメラさまに対して胡散臭い笑みを向けないことは評価しますが、気のせいでしょうか。今一瞬、笑顔を浮かべる直前の表情は少し驚いているようにも見えました。

「じゃあ、わたしとユリアみたいな関係なのかしら？」

「どうでしょうか、……僭越ながら、王女殿下と王女宮筆頭さまの関係と、王太子殿下とこのニコラスめの関係は、少々異なるように思います」

「そうなの？」

「はい。王女宮筆頭さまのお役目は、王女殿下が国を体現する淑女の鑑となられるようお手伝いをなさることかと思います。このニコラスめの役目は王太子殿下のお傍にて、国をお支えになる殿下の御為に些細なことで煩わされぬよう雑事をこなす、そのようなものにございます」

「……？　ごめんなさい、よくわからないわ」

「さようでございましたか、無学ゆえ、失礼をいたしました」

「ユリア、どういうことかしら？」

くるりと私に視線を向けたプリメラさまのその眼差しは、純粋そのもの。

私ならば答えてくれるだろうという期待がそこに見えて、私は思わず視線を泳がせました。

「えっ、そ、そうですね……。ええと……ニコラス殿のお役目は……」

「役目は？」

「王太子殿下が、これより双肩に担われる王の責務、それを微力ながらお支えする、そのようなものと思われます」

まさか表立ってできない部分をこなす人ですよ、なんて言えないし。

プリメラさまは何もわからないというわけではなく、気が付いていないってだけなので、できる限り言葉を選んだ私を誰か褒めてほしい。

小首を傾げたプリメラさまが少しだけ眉間に皺を寄せたところを見ると、何か察したような気がしないでもないけどね！

賢いって、こういう時にいいことなのかどうか、わからなくなります……。

「それって」

「プリメラさま」

「え？　なぁに」

できれば私としてはプリメラさまに、知らなくてもいい大人の事情なんかまだ見ず、子供らしく健やかで楽しい時期を過ごしてほしいんですよ。

せめて……そう、せめて社交界デビューのその日まで！

ですので、私はにっこりと笑って話題を変えることにしました。

「ニコラス殿は、王女宮の筆頭執事、セバスチャンの身内だということはご存知でしたか？」

「あ、そういえばそうだったわね。セバスから聞いてるわ！」

私の言葉にぱっと顔を綻ばせたプリメラさまが、ニコラスさんの方に向き直りました。

真面目な会話も大事だとは思います。

ですが今はまだ……と思うのは、きっと私のエゴなのでしょう。

可愛い子供に、何も知らない無垢なままでいてほしいと願ってしまうのはきっとよくないことなのだと思います。いつまでもそのままでは、大人になった際に苦労させてしまいますから……本当は、少しずつでいいから教えていくべきなのでしょう。

でもどうせだったら、あまり変なことは知らないままでディーンさまと幸せな結婚をしてほしいと思うじゃないですか！

（まあそれも私が勝手に願っていることであって、……バウム家の奥方さまとなられれば、またそれはそれで色々あるとは思うんですけどね）

プリメラさまに幸せになってほしい。

それだけで突っ走ってきた私ですが、成長したプリメラさまを前に、私ができることはなんだろうと最近よく考えます。

何があろうと味方するってスタンスは変わらないんですけどね。

「ねえニコラス、セバスチャンのことを話してくれる？」

「……そうですねえ。ボクとしては歓迎したい話題ですが、後でおじいさまに叱られてしまいそうですので……」

「ナイショにするわ？」

目を輝かせておねだりするプリメラさま、プライスレス。

ニコラスさんも少しだけ苦笑しつつ、これはかわし切れないようです。

「では、これから話すことは秘密ですよ？」

「ええ！」

声を潜めて内緒話をするように身を屈めたニコラスさんに、プリメラさまは楽しそうに同じように身を屈めました。プリメラさまがそうする必要はないのに、可愛いなあ！

そして秘密を打ち明けるかのようにたっぷりと間をとってニコラスさんが口元に片手を添えて、囁（ささや）きました。

「おじいさまはですね」

「うんうん」

ひそりとした声を発したかと思うとニコラスさんは急に姿勢を正し、明るい笑顔を浮かべたかと思うとパンッと手を叩きました。

「……おや、準備ができてしまったようですね！」

「ええー！　ひどいわ、ねえねえ、続きは⁉」

「では道すがらにでも昔話をさせていただきたく。面白い話かは保証いたしかねますが」

「もう……約束よ？　早く行きましょう、ユリア！」

「はい、プリメラさま」

笑顔で部屋を出るプリメラさまを追うように私も立ち上がり、ふとニコラスさんを見ました。

彼はそんな私の視線を受けて、にっこりと笑みを浮かべるだけです。

（ニコラスさんは、一体どのタイミングで準備ができたとわかったの？）

侍女が呼びに来たわけでもない、馬の嘶(いなな)きが聞こえたわけでもない。

プリメラさまはなんの疑問も抱かれなかったようですし、私もいいタイミングだなあと思っただけでしたが、ふと気づいたのです。

室内にいて、外が見えない位置に立っていて、彼はどうして気が付けたのでしょう？

思わず立ち竦んでしまった私に、ニコラスさんはしょうがないなあと言わんばかりに笑みを深めたかと思うと、人差し指を唇に当てました。

『内緒ですよ』

その仕草はまるで、そう言っているかのようです。

笑顔は優しいものでしたが、どこか妖(あや)しくて。

やっぱりこの人、危険人物だ。改めてそう私に思わせましたね！

（あんまりプリメラさまに近づかせないようにしなくちゃ）

良い影響がある大人とは、残念ながら思えません。

まあ普段の彼は王子宮にいるので危険度は低いでしょうし、王太子殿下が溺愛(できあい)しているプリメラさまに対してニコラスさんだって変な行動もしないでしょうけれどね。

プリメラさまに少し遅れて外に出ると、そこには確かに馬たちが鞍をつけて待っていました。

バスケットやパラソルを持った使用人たちの姿もあり、出発準備は万全です。

「楽しみね！」

輝く笑顔を見せたプリメラさまが馬に乗ったのを確認してから私も続き、そしてピクニックに出発となりました。

一抹の、不安と共に。

しかし心配とは裏腹に、ニコラスさんは約束を守る男でした。

馬に乗ってゆっくりと森を散策しながら、私たちはニコラスさんから、セバスチャンさんの話を聞くことができたのです。

彼曰く、セバスチャンさんの大好物は海鮮で、特に屋台のイカを焼いたものが大好きだ、とか。

確かにそれは普段のダンディな姿からは想像できない……！

それから昔、ニコラスさんが小さい頃失敗をして叱られるのが怖くて逃げ出したら、全力で追い回された挙げ句に冷たい廊下で正座をさせるくらい厳しかった、とか。

（……意外と普通の祖父と孫の関係だったんですね、ニコラスさんたち……）

もっと殺伐とした関係なのかと思っていました。

これは後でセバスチャンさんにも聞いてみよう、そう思ったのでした。

（逆にセバスチャンさんからならニコラスさんの子供時代とか聞けるかも？　どうやったらあんな胡散臭い青年に育ったのかは興味ありますよね……）

あくまで興味だけなので、本人に聞こうという気は微塵も起きませんが。

それから私たちは馬をゆっくり歩かせて森の中を進み、湖に無事到着しました。

ニコラスさんは胡散臭いけれどやはり有能で、道中私たちを退屈させない話術を披露してくれたおかげで、王太子殿下たちと一緒ではないことに少しだけ寂しそうだったプリメラさまが、とても楽しんでいたのが幸いです。

なので、私としてもグッジョブと言わせていただきましょう。心の中で！

ちなみに私たちが乗る馬たちが優秀だから、こうしてのびのびと会話しながら乗馬なんてしていられるのです。

安心して乗っていられるっていうのはありがたいことですよね。

まあ私はともかく、うちのプリメラさまは竜にだって騎乗できますから、おそらくその気になれば余裕で森の中を早駆けさせることだって可能なはずです！

プリメラさまは可愛いだけじゃなくて運動神経だって抜群なんですからね!!

（……でも早駆けとかは、私には無理かな……）

なんせ私、こう見えて結構ビビりなので。

以前、実家に戻るのに王弟殿下が用意した軍用の騎竜に乗っただろうって？

あの時どれだけ必死だったと思っているのですか……アイツに容赦はない。

私がどんだけ叫ぼうとも竜は気にせず、むしろ足を速めましたからね。ギルティ。

いえ、あの時は本当に早くたどり着きたかったのでとても助かったんですけども。

改めてあの竜に乗りたいかと聞かれたら、全力でご遠慮いたします。

（本当にあれはしんどかったものね……今こうして馬に乗っているのが極楽って思うくらいには）

この森の中に敷かれた道が素晴らしいっていうのもあっての安定感だと思いますが、いや、本当にこれ、すごいですよ。こんな舗装が行き届いた道が森の中にあるってとんでもないことだと思いますね……。

まあ保養地としての役割を持つ森ですから、管理が行き届いているというか、ご婦人方も楽しめるように気を配られているのでしょう。

王太子殿下たち狐狩りメンバーの方は当然違うと思いますけどね。

狩りをするのに道が舗装されていたら興ざめでしょうから。

まあそういう感じで、私たちは特にトラブルも何もなく湖に到着したわけです。

(プリメラさまが元気になられて良かった。……私も、落ち着いたし)

出発直前はミュリエッタさんが、こちらをじっと見ているような気がして私は振り向くこともできず、ただひたすら前を向いていました。

置いていくことに対する、若干の罪悪感が拭えなかったのです。

そのせいで、一度も振り返ることはできませんでした……。

でも、今はその気持ちも落ち着いています。

(……可哀想だとは、思うけど)

私が感じるべき罪悪感ではないと、頭では理解できているんです。

彼女は招待されていなかった。そして今回の主宰者である王太子殿下が良しとしなかった以上、参加できないのは仕方ないです。

ですが、やはりね、気持ち的な問題ですから……落ち着くことができてよかった。

「ユリア、ユリア、見て見て！　水仙の花よ、とっても綺麗ね！」

プリメラさまは輝く湖面と水仙の組み合わせに大はしゃぎで、ついてきたニコラスさんと侍女たちにもご機嫌で声をかけておいでです。

（ああ、とっても可愛らしい……!!）

しかし本当にこの世界、不思議だなあ。

私はもうこの世界が【ゲーム】だとは思っておりませんが、前世にあったものが存在したりしなかったりと共通点があるのかないのか、とても不思議な気分になります。

チョコレートはあるのにアイスがなかった、とか……。

キャンディはあるけどゼリーはなかった、とか。

まあいずれも周囲の協力があって食べられるようになったので、私としては満足ですが。

でも花や果物、野菜などの名前が同じだったりと不思議なところは多いのです。

こういうことは深く考えない方がいいですね、きっと！

考えたって答えが見つかるとは思えませんし!!

「どうかなさいましたか、ユリアさま」

「いいえ、なんでもありません」

ニコラスさんがにこやかに寄ってきますけど、私に興味を持っても何も面白いことなんてありませんから！　私は笑顔で彼の傍を離れ、プリメラさまに寄り添いました。

しかしプリメラさまくらいの美少女になると、本当になんでも絵になりますよね……。

湖畔(こはん)で白い花を愛(いと)おしそうに見つめる美少女、これ以上ない美しさではありませんか。

宮廷画家がここにいたらもう大喜びでそのお姿を描き始めること間違いありませんとも。

簡易テーブルと椅子をセッティングしてテーブルクロスを広げ、持ってきたティーセットを準備する侍女たちのテキパキとした動きは無駄一つなく、王子宮の侍女たちもやりおる……。

（あちらの宮は侍女だけでなく、王太子殿下の侍従たちも大勢いるのでまとめあげることも教育も大変でしょうに……）

私は内心、もう何度目かもわからないほどに感心しました。

さすがは王子宮筆頭、本当に教育が行き届いていますね！

いいえ、うちのメイナとスカーレットだってそのくらいお茶の子さいさいですけど⁉

王女宮は少数精鋭（せいえい）なのです。ええ、決してどこの宮にだって後れを取ることはありません。

（おっと、いけないいけない）

対抗心を燃やしても仕方ありません。

競い合うことが目的ではありませんからね。いかにお仕えしている方に誠心誠意をもって働けるかということが重要です。

うちはうち！　よそはよそ‼

この精神、大事ですからね。

やはりどこでもそうだと思いますが、自分の部下が可愛いからと他部署の粗探しなどするような真似はいけません。誰も幸せにならない。

筆頭侍女たるもの、他の方の素晴らしいところを認め、それを元に己（おのれ）を研鑽（けんさん）すべきなのです。

私もまだまだ未熟ですね！

「今頃お兄さまたち、狐狩りの最中かしら？」

ふと思い出したように問いかけたプリメラさまのお言葉に、ニコラスさんは笑顔で頷きました。

それは胡散臭さの欠片もない真摯な青年の姿で……おや？　私が知らないニコラスさんですね。

……この人、どれだけの種類、猫を被ることができるのかしら？

「この森の管理者である猟師は腕利きでありますし、彼が調教した犬たちも優秀でございます。きっと成果をお見せして、王太子殿下にご満足いただけるものと思っております」

「そう……ディーンさまも楽しんでくださっているかしら。ねえユリア？」

「はい、きっと。ディーンさまも乗馬は得意だと仰っていましたし」

「ええ……でも、早くこちらに来てくれたらいいなって思ってしまうの。わたしったら我儘なのかしら」

「そのようなことはございません。ここの景色はとても素敵ですから、ディーンさまとご一緒したいと思われたのでしょう？　当然のことだと思います」

私の言葉に少しだけ頬を染めたプリメラさまが、小さく頷きました。

ああー！　可愛いなあ、恋する女の子ってどうしてこんなにキラキラしているんだろう!!

「……でもそう考えたら、ウィナー嬢は男爵が戻るまであの館に一人なのね……それなのに、わたしったら……すっかりはしゃいじゃったわ」

「それは」

自分の行いを少しだけ恥じるようなその言葉に、私は返答に困りました。

確かに、私たちだけ楽しく遊んでいる間ミュリエッタさんは一人で……というかまあ、侍女たちには囲まれているでしょうけれど、あの館の客室で男爵を待っているのです。

ただそれもこれも自業自得というか、王太子殿下たち……というよりはニコラスさんか？

とにかく、彼らの計画のせいであって……って思うと確かに可哀想な気もします。

いや、でも今までの行動からこういうことになったという点で同情の余地はないっていうか……、
あれでもやっぱりあのくらいの年頃の女の子にそこまで……なんて思ってしまいますよね。

……私がただ単に甘いっていうか、きっとプリメラさまがこんな優しい子だから私もそうなってしまったっていうか、あれ？

(プリメラさまが優しいのは、きっとご側室さま譲りよね)

ゲームの設定で悪役になってしまったのは、寂しさのあまりにあんな言動に至ったというだけで、愛情をしっかりと伝えた結果が今のプリメラさまなら、この優しさが本質だということでしょう。

それが誇らしくもあり、そんなプリメラさまにお仕えする私も恥ずかしくない人間でありたいと常々思っているわけですが……。

「大丈夫でございますよ。そのための意味も含め、ウィナー男爵令嬢さまにもお楽しみいただけるよう、王子宮筆頭が残ったのですから」

「そう……？　それならいいのだけど」

「王太子殿下もウィナー男爵を長く連れ回さずご息女の元へ帰らせるお考えでしたし、あまりお気に病まれずこの景色をお楽しみくださいませ」

「そうね……ありがとう、ニコラス」

「勿体ないお言葉にございます」

ニコラスさんの言葉に気を取り直したらしいプリメラさまがにっこりと笑顔を取り戻したのを見て、私もほっといたしました。

(胡散臭いだけじゃないんだなあ、やっぱり……)

「ユリアさま？　何か？」

「いいえ、なにも？」

にっこり笑って問いかけてくるニコラスさんに、私も笑顔で返しました。

有能なのはわかりましたから、人の考え読むのやめていただけませんかね⁉

小首を傾げるようにして微笑んでくるニコラスさんの姿はイケメンに違いないので、できるだけ直視は避けたいところです。心臓にダメージが。

いいえ、令嬢としての参加とはいえ今回も眼鏡は装着していますし、動揺を顔に出すようなへましておりませんから気づかれていないと思います。そう思いたい。

私はそっとニコラスさんから視線を外して、差し出された紅茶に口をつけました。

外で飲む用に熱めに用意された紅茶は美味(おい)しかったです。

(……アルダールの方も、何もないとは思うけど)

メンツがメンツだから、少しだけ心配です。

なんだか精神的負担が大きそうなメンバーじゃないですか。

まあ、アルダールならそつなく会話して上手くやるんでしょうけれど……。

いえ、王太子殿下はそのお立場から自分の目で確かめたいと仰っていたというのは信じられますが、私が気になるのはどちらかというと王弟殿下とセバスチャンさんですよ。

（あの人たち、アルダールのことをからかったりとかしそうだからなあ）

私の目の届かないところでそういう、私のことを絡めてからかったりとかしていないといいんですけど……いや、やっぱりしてそうだな。

だからってアルダールが不機嫌になって後で私に八つ当たりしてくるとかは絶対ないですが、もしそんなことしてたら私もあまりいい気分ではないっていうか……特に、余計なことを吹き込んだりしないかが心配でたまりません！

「狐狩りを終えたら、きっとディーンさまもこちらに来てくださいますよ」

「そうね、ユリア。……それまで、わたしたちだけで楽しみましょうね！」

「はい」

ああー、冬の空気の冷たさもプリメラさまがいてくだされば、まるで春が来たみたいな気分になります。いいえ、水仙がこんなにも咲き乱れているのですから、春はもうすぐそこでしたね。

ゆらゆらと風にそよぐ水仙を眺めて、確かにこれは誰かと一緒に見ないと勿体ないと思いました。

ここにこうしてプリメラさまと共にいられて良かったと思うのと同時にふと考えるのです。

（私もアルダールに会いたくなった……なんて言ったら、笑われるでしょうか）

プリメラさまに影響されちゃったんでしょうね！　きっとね‼

幕間　きつねがり

ため息が出そうになるのを、堪える。

私の目の前には肩で息をするウィナー男爵、そして黒ずくめの襲撃者を次々と縛り上げるセバスチャン殿の姿。

私も縛り上げた男たち以外にまだ賊が残っていないか警戒するため、周囲を見回した。

静けさを取り戻した森の中からは、もう何者の気配もしない。

（……今頃、ユリアたちはどうしているのだろう）

気に入らないが、あのニコラスという男がついている以上、妙な事態にはならないだろう。

王太子殿下の落ち着いた表情を見れば、この襲撃について事前に知っていたのか……それともただ単に度胸がおありなだけなのか。

いずれにせよ、ある程度は織り込み済みだったのだろうと思う。

なにせ護衛がいないのだ。

それこそ、襲撃してくださいと言っているようなものだった。

勿論、軍部を束ねる立場なだけでなくご自身も武人として名を馳せる王弟殿下と、現役の騎士である私と、それに見習い騎士のディーンを信頼してくださったということならば光栄なことだ。

（だが、そうじゃないんだろうな）

大体、この狐狩り自体が奇妙な話だった。

将来の義弟となるディーンと会ってゆっくり話をしてみたいという希望。

それ自体は妹思いの兄として普通の考えだろうと思う。

婚約が正式なものとなるのは、あくまでディーンが社交界デビューをしてからだ。

結婚式となると、学園を卒業して役職に就き、ある程度実績を積んでからかもしれない。

そういう理由もあって、おおっぴらに誘うと王女殿下との婚約を狙うどこかの貴族が横やりを入れてくる可能性があるので内輪で楽しめる狐狩りにした、という話だ。

護衛役として私が招かれたことも、まあ納得できる。

庶子とはいえ、私はディーンの兄で現役の騎士なのだから、内密な護衛役としては最適だろう。

だが、ウィナー男爵の招待。これについては無理がある。

なぜ呼んだのかもまるで説明されず、ただ特別ゲストとして招いたとの説明だけだった。

彼は狐狩りをするつもりで張り切ってきただろうに……と思うと少し哀れに感じた。

その後の流れで王太子殿下から貴族になりたてで苦労するウィナー男爵に、労（ねぎら）いの言葉をかけた上で自立を促すことが目的だということはわかったが、私たちには関係のない話のはずだ。

(特に、バウム伯爵家としてはウィナー男爵家と関わりを持ちたくないと明言しているにもかかわらず、だ)

それと男爵の娘に対し優しく社交界デビューへのお膳立てなんて、別にわざわざ招いて話すほどのことじゃなかったはずだ。それこそ書状一枚で十分なのだから。

そうなると、英雄とはいえ一代貴族でしかない男爵に王太子殿下がわざわざ時間を割（さ）いてまでそうする理由はなんだということになる。

しかも『ほかの貴族から無用の嫉妬を買わないように、内々に』という丁寧な忠告付きだ。

（親父殿が警戒していた通り、まともな狐狩りではなかったわけだが）

事前に油断をするなと言われてはいたが、こういう意味だとは思わなかった。

妙な腹の探り合いに、英雄に対する処遇、そして襲撃と盛りだくさんだと呆れを通り越して感心すらしてしまう。

これではこの後、本来の目的の狐狩りなどできそうにないなと考えたところで、ふと思った。

（いいや。ある意味、狩りは成功か）

狐が少々黒くて厄介そうな爪を持っていただけで。

脳裏をあの執事のにやけ面がよぎったが私はその考えを遮る声に、視線をそちらへ向けた。

「お、王太子殿下、違うのです……!!」

王太子殿下の馬に駆け寄ったウィナー男爵が、悲壮な声を上げている。

それこそ、聞く方が心を痛めそうなほどの声だった。

彼がそんな声を出すには当然、理由がある。

我々が狐狩りに出立して少し経ったところで襲撃があった。

狩りに出立するというのに、犬を準備しているはずの狩人と一緒でないことに私が不自然さを覚えた瞬間の話だ。黒ずくめの集団が現れて無言で襲いかかってきた。

私とセバスチャン殿、そしてウィナー男爵が応戦した結果、こうして全員無事であるわけだが……その際、襲撃者たちは『そこにいる英雄の指示で襲撃した』と言ったのだ。

そんなわけがないと、当然抗議の声を上げる男爵だったが、捕縛された男たちが口々に告げるその言葉の数々を耳にして顔色を段々と悪くした。

『英雄は我々に、王太子が狐狩りをする場所と時間を知らせてきた』

『そして我々を撃退して恩を売り、娘を側室に押し上げるつもりだったのだ』

『他国とも通じている。その証拠に今も多くの冒険者たちと交流を続けている』

『我々は利用されただけだから罪の多くは男爵だ』

大体が、こういう内容だった。

その声に違う、違うと男爵が叫び否定し、今に至る。

ひどく慌てているのは後ろめたさからではなく、心の底から身の潔白を訴えるためなのだろう。

だが、もう少し落ち着いて訴えた方がいいんじゃないかと思ってしまった。

みっともないとまでは言わないが、あれでは逆に疑われてしまう可能性だってある。

しかし、王太子殿下は馬上から落ち着いた様子でウィナー男爵に声をかけていた。

「安心するがいい、ウィナー男爵。貴殿の潔白は、知っている」

「王太子殿下……!!」

「この者らについては今後背後関係を洗わねばならんが、英雄である貴殿の存在はこの国にとって影響が大きい。それゆえに狙われた、ただそれだけのことだ」

「あり、ありがとうございます……!」

「慌てることはない。これらのことは想定内であった」

王太子殿下の怜悧(れいり)な眼差しに、感激した様子のウィナー男爵が平伏(へいふく)する。

だがこちらとしては、まるで茶番を見せられているような心境だ。

なぜならば、王太子殿下の言葉は男爵を気遣うようでその実、襲撃を知っていたのに教えなかったと言っているも同然だ。

そして、男爵が襲撃者をおびき寄せるための囮だったという風にも。

（慌てている男爵はわかっていないようだが、これではあまりにも）

私が視線を向ければ、王弟殿下が唇の端だけ釣り上げるようにして笑った。どこか呆れているというか、疲れたような笑いに見えたのは、気のせいだろうか。

おそらく計画を立てたのは、王太子殿下かあるいは、あの専属執事だろう。

（ウィナー男爵を使った狐狩りだなんて、とんでもない計画だ）

私はため息を吐きたいのをぐっと堪えるばかりだ。

襲撃者もそこまで強い連中ではなかったことを考えれば、これは英雄に対して疑惑を植え付けるための捨て駒だったのかもしれないし、あるいは別の意味があるのかもしれない。

そしてそれについては全て王太子殿下が掌握する、または既にしているのか。

（陛下が認めた英雄を囮に使うなんて、大胆というかなんというか）

この計画で重要な囮はウィナー男爵だが、それも王太子殿下という存在があってこそだ。

襲撃者を私たちならば撃退できると信頼してくださるのはありがたいが、王太子殿下には御身を大事にしていただかねば。

何かあってからでは遅いのだ。

万が一があれば、王女殿下がその座に就くこととなるだろう、そうなればディーンがどれほど嘆くことか。女王の伴侶には、バウム家は決して名乗りはあげないだろうから。

（……忠臣なんて呼ばれ方をしても、報われないことだってある）

視線だけ動かしてセバスチャン殿を見れば、あちらは涼しい顔をしている。

男たちを縛り上げることも、猿轡を噛ませる様子も、随分と手馴れているなと思うがそこは言及することでもないだろう。

あの人もなんでもありだな。まったくもってやりづらいことこの上ない。

「バウム卿」

「は」

「見事な剣捌きであった。いずれバウムの分家当主としてディーンを支える立場となるのであろうが、できれば今のまま近衛騎士として残り、私が王位に就いた後も仕えてもらいたいものだ」

「……過分なるお褒めのお言葉、身に余る光栄にございます」

「ディーン、お前もいずれはあの兄ほどに力を蓄えるのだろうな。騎士として名を上げてくれることを期待している」

「は、はい!!」

なるほど。

私に対しても、王太子殿下がああやって声をおかけになれば剣聖候補も囲い込めるかもしれないというおまけつきか。

（期待はしていなかったとしても、言うだけなら損はないものな）

なかなか面倒なことだと思わずにはいられないが、これも立場上しょうがないのだろう。

私が貴族でなければと考えたことが今までもなかったわけじゃないけど。

「しかし襲撃に遭ってなお、このままというわけにはいかない。妹たちに報せれば心配をかけてしまうだろう。狙われたのは私だ、適当な理由をつけて王城に戻るべきだと思う」

「そうだな、それがいい」

王太子殿下の言葉に頷く王弟殿下の笑顔が爽やかすぎて、逆に疑わしい。

だがウィナー男爵は感激で目を潤ませているし、私はただ静かにそれらを見守るだけだ。

「ウィナー男爵、巻き込むような形になってしまったな。だが貴殿の潔白は先も告げたように私が知っている。胸を張ってクーラウムの貴族として責任を果たしてほしい」

「は、はい！　必ずや!!　……信頼してくださって、ありがとうございます……!!」

きっとこれは必要な茶番というやつで、私もその役者に数えられているに違いない。

勿論、この国の騎士として私も否やと言うはずもないが……王太子殿下はやはり、国王陛下によく似ているなというのが正直な感想だった。

(やれやれ)

何度目かのため息を飲み込んで、王太子殿下の言葉を待つ。

これで英雄であるウィナー男爵は、王家を……というか、王太子殿下のことを素晴らしい人物だと心酔し、忠誠を誓ってくれることだろう。そこまでいかなくとも、自分を信頼してくれた人間をこの純朴な男性は好ましく思ったに違いない。

そう考えれば、誰も損はしていない。そう、襲撃者を除けば。

「セバスチャン」

「は」

「父上の側付きであったというお前の実力も頼りにしてしまった、許せ。……これからもプリメラのことをよろしく頼む」

「……かしこまりました」

なるほど、私とセバスチャン殿は腕試しをされたし、ウィナー男爵は身をもって王太子殿下に潔白を示したと言える条件は揃っているわけだ。

なんともひどいシナリオだが、我々が知るべき領域ではないのだろう。

私とて貴族家の人間だ、綺麗ごとで世の中はやっていけないことを知っている。

ましてや、権力が絡めば絡むほど厄介だということは嫌というほど理解している。

今回の件は、ディーンにとっても良い経験だったのだろう。ひどい顔色をしてはいるが、襲撃の際は王太子殿下を守るために盾となれるよう動けていた。

この先、ディーンがこの方の右腕となれるかどうかはまだわからないけれど、兄としてはとても誇らしい。あとで褒めてやらなくては。

それでもこうしたことが将来的に再び起こらないとは限らない。

それこそ、お膳立てされた襲撃ではない、危険な事態が。

(……もし、訓練も兼ねているとしたら。恐ろしいお方だ)

まだ年若いと言われてもおかしくない年齢の王太子殿下が、一体どこまで計算して今日を過ごしているのかと思うと、背筋が寒くなった気がした。

「セバスチャン、この先に猟師たちがいるから、指示してこいつらを騎士隊に引き渡してくれ。オレたちは一旦、館に戻るからお前も引き渡しが済んだら戻れ」

「承知いたしました」

王弟殿下がそう言葉を発すれば、当然否やと言う者はいない。

私が近衛騎士としてではなくバウム家の長子として来ていることも、きっと全部が織り込み済みに違いない。だからこそ、腕試しという名目でセバスチャン殿を連れてきたのだろう。

「ウィナー男爵には悪いが、今回のことは他言無用だ。娘にも今日のことは話さず、何も知らないで押し通せ。いいな？」

「は、はい……‼」

王弟殿下の言葉に、ウィナー男爵が壊れた人形のように首を縦に振る。

その様子を満足そうに見やって、今度はこちらに視線が向けられた。

「オレとアラルバートは一足早く王城に戻るから、お前ら兄弟はプリメラとユリアのところに行って適当に理由をつけて楽しませてやれ。気づかれるなよ？　合流したらニコラスも王城に来るよう伝えてくれるか」

「は、はい！」

「……かしこまりました」

「そういやアルダール、ちょっといいか？」

「なんでしょうか」

ちょいちょい、と手招きされて歩み寄ると王弟殿下が声を潜めて、ディーンに聞こえない程度の声音で私に笑いかける。

その表情は楽しそうで、からかうような声音に私はまた、ため息を飲み込んだ。

「ユリアの奴、ちょいちょい抜けてて隙があるからな。ニコラスの奴には十分気を付けろよ?」

「……承知しております」

「何せあいつ、前にオレがファンディッド子爵家に泊まった時に夜着でうろついたりするくらい変なところが無防備だからな。お前なら大丈夫だと思うが……」

「……夜着ですか?」

「おい、妙なところに食いつくな。忠告してやってんだから」

「……ありがとうございます」

いや、絶対に面白がっているだろう。

そう思った私は悪くない。

まったく、この人は何を考えているのかさっぱりわからない。

ユリアに言わせれば王弟殿下は兄のような存在だというから、この方から見ても彼女は妹なのかもしれないが……正直、面白くない。

まったく、彼女はこの方が言うように変なところで無防備だから。

(……早く、ユリアに会いたい)

もう何度目になるのかわからないため息が出そうになるのを、私はまた飲み込んだのだった。

第三章　雨降って地固まる？

あっちでおろおろ、こっちでおろおろ。

私は、どうする、べきなのか……⁉

「もう知らない！　そんなにお兄さまがいいなら、ディーンさまなんてお兄さまのところに行けばいいんだわ！」

「プ、プリメラさま！　待って……待ってください‼」

頬を膨らませて踵を返すプリメラさま、それを追いかけるディーンさま。

わぁ、二人とも足が速いなぁ……。

口を挟むこともできず、かといってあそこに割って入るなんて空気が読めないこと、私にはできませんでした。タイミングが掴めなかったんです。

そして、走り出したプリメラさまたちを追いかけた方がいいだろうかとなった私に、ニコラスさんが待ったをかけました。

「あちらはお任せください。どうぞ、お二人はごゆっくり！」

嵐のような愛らしい恋人たちの痴話喧嘩の後に残されたのは、私とアルダールだけ……ということになりますが。

……どうしてこうなった！

そもそもの始まりはこうです。

湖の畔に着いた私たちは一緒に来た使用人たちを待機させ、ニコラスさんを伴って行動することにしました。

水仙を眺めたり、近くにあった狩人たちの休憩用に建てられた小屋を覗いたり、後でボート遊びでもしようかなんて話もして、なかなか充実した時間を過ごしていたんです。

ちなみにここで見学した休憩所ですが、さすがに王族直轄の森を管理する狩人用です。

いわゆる狩猟小屋なのでしょうが、これ、小屋っていうより小さめのログハウスでは……？

ここに寝泊まりするのも楽しそうじゃないかなんてプリメラさまも仰るくらい、造りはしっかりしていたし、内装もなかなかのものでした。

ちなみに、その場で待機となった使用人たちは、私たちが戻った際にいつでもお茶が楽しめるように、おそらく持ち運び用のテーブルセットなどをセッティングしていたのではないでしょうか。

ニコラスさんがあまり大勢でぞろぞろ歩いてはプリメラさまが落ち着いて散策できないだろうと提案してのことだったのですが……確かに、こう人が多くては落ち着けません。

王女宮では少数精鋭なのでそんな大勢を引き連れて歩くことはありませんから、私もなんだか落ち着かない気分でしたもの。

なぜ王子宮の方が人員が多いのかという理由は、王位に最も近い『王太子』という王位継承権第一位にある王子殿下がいらっしゃるからの一言に尽きます。

それ以外にも王妃さまのご子息というのもありますし……あと、後ろ盾とかね。

その辺りは母君の地位とか、陛下の意向とか、貴族間の思惑とか……まあ、色々あるので細かい説明は省きますが……。

　話が逸れました。

ともかく、私たちはのんびりとピクニックを楽しんでいたのです！

そんな時、風が強くなってきたので私たちも戻ろうかなんて話をしていたんですよね。

そして、タイミングが悪く強い風が吹いたのです。

ええ、それはもう強いのが。全てはタイミングの問題だったのです。

誰が悪いとか、そういう問題ではありません。

飛ばされたプリメラさまの帽子、それに思わず手を伸ばした私がバランスを崩し転びかけ……それを間一髪、抱きとめて助けるニコラスさん。

ね？　誰も悪くない。

悪くないったら悪くない。

帽子は私が掴んで無事でしたし、私はニコラスさんに抱きとめられて無事。

(ところがその場面でアルダールたちがこちらに歩み寄ってきていた……っていうね？)

ええ、勿論、力一杯不可抗力だったと説明しましたよ。

浮気なんてとんでもない！

っていうかプリメラさまもいらっしゃるんですし、そもそもニコラスさん相手にあり得ないってわかっていますよね。

ところがまあ、アルダールの視線が痛いこと痛いこと!!

グサグサと私を刺し貫くかのようですよ……。

（怪我がなくてよかった、とは言ってくれたけど）

理解はしているけど面白くないというのがアルダールの心情かな……とは私も大体察しているけれど、その空気の中でディーンさまが努めて明るく振る舞ってくれたんですよ。

プリメラさまもそれに乗っかる形で場を和ませようとしてくれて。

ああ、なんていい子たちなんでしょう……!!

ニヤニヤしているニコラスさんはそこの天使たちの爪の垢(あか)でも貰(もら)ったらいい。

煎(せん)じて飲んで、少しは心を浄化したらいい！

そう思ったのも束の間、何やら王太子殿下に火急の用が入ったとかで狐狩りがなくなって二人がこちらに来たのだという話になりまして。

なるほど、それで二人だけこちらに来たのかと納得です。

そしてウィナー男爵はそのまま館から城下の自宅にミュリエッタさんと共に直帰、私たちはもう少し湖を楽しんでから帰るといい……という伝言を預かったのだという話になったのです。

あ、ニコラスさんは戻れっていう話も一緒にね。

それで私たちは、他の侍女たちと共に、一旦(いったん)館に戻ろうとそちらに歩き出しました。

そんな中、ディーンさまが王太子殿下のことを褒めちぎったんですよね。

そりゃもう頭もよくてかっこよくて、冷静沈着で素晴らしい人だと。あの人が次の国王になるのだから自分も頑張らなくては……みたいな。

なんていうか、憧れの人に会えてはしゃぐファンのようでした。可愛い。

そして最初の内はそれをにこにこと聞いて相槌を打っていたプリメラさまも、だんだん王太子殿下のことしか話題にしないディーンさまに膨れっ面になってしまい、私が制止をかける前に冒頭の場面に至ったわけです！

ああ、まったくもってどうしてこうなった⁉

「ア、アルダール、どうしましょう……‼」

「大丈夫だろう。ディーンだって相手の話も聞かずにああいう行動をとり続けたらよくないと理解できたと思うしね」

「追いかけた方がいいんじゃ」

「ニコラス殿がついていったから大丈夫じゃないかな。ぞろぞろついていっては王女殿下も余計意地を張ってしまうかもしれないよ？」

「そ、それはそうかもしれませんが……」

にっこり笑顔でアルダールは答えてくれるものの、その場から動く気配はありません。

これは、あれですね……？

プリメラさまを理由に、この空気から逃げ出すことは不可能のようです。

いえ、勿論プリメラさまのことが心配なのも本当ですよ！

「……アルダールも、その、怒ってます……？」

「うん？　そんなことはないけれど。どうしてそう思うんだい？」

にっこりと笑みを浮かべていますが、目が笑っていません！

嘘つき、とは言えず私はなんとなくアルダールから一歩離れました。

それにむっとした表情を見せた彼が一歩縮めてくるのでまた一歩。

いいえ、歩幅の違いっていうか……遠慮がないっていうか、あっという間に距離は縮まって私はたまらず手を前に突き出すようにして言いました。

「怒ってないにしてもやっぱり不機嫌ですよね⁉」

「ユリアがそういう態度をとるからとは思わない？」

「えっ、私のせいですか？」

「ほんのちょっぴりだけ、だけどね」

「……先ほどのニコラスさんの件なら、あれはさっきも説明したけれど……」

「不可抗力だってことはわかったよ。怪我がなくてよかった。だけど」

アルダールが少しだけ身を屈める。

それだけで私と彼の顔の距離が近づいて、思わずどきっとして変な声が出そうになりました。出なくてよかった！　よくやった、残されていた私の乙女力‼

内心ぐっと握り拳を作って自分を褒める私ですが、アルダールの方は至って真面目な表情のままです。ああ、良心に大ダメージが！

うっ……ここはやはりきちんと反省すべきですね。

私だって、心当たりがないわけではありませんし……。

「……咄嗟のこととはいえ、足場の悪いところで無茶をしたことは反省しています」

「うん、ニコラス殿がいなかったら転んでいただろう。方向を間違えれば湖に落ちたかもしれないし、そうでなくても足を捻ったかもしれない。私からすれば帽子よりも、ユリアの方が大事だ」

子供に諭すように、少しだけ厳しい声音で言われれば私だって頷くほかありません。

何事もなかったからいいけれど、もし私が怪我でもしたらアルダールは勿論、プリメラさまがどれだけ悲しまれるかと思うと……。

私自身、普段から下の者に『無理をせず、プリメラさまの御身の他には自分の身を大切にするように』と言い聞かせているのに。

これでは示しがつきません。だからアルダールに言われても反省するばかりです。

「ごめんなさい……」

「あと、隙が多い」

「え？」

小さな声で呟くように言われたその言葉に、私が顔を上げるとアルダールの眉間に皺が寄っているのが見えました。

あれっと思ったものの、その言葉が理解できると私も思わずむっとしてしまいました。

今回のことは私が悪いとはいえ、隙が多いというのは納得できません！

それについては反論しようと口を開きかけた私の鼻先に、ぽつん、と雫が当たりました。

「……雨？」

「通り雨かな、濡れるといけない。一旦、小屋へ行こう」

アルダールに腕をとられ、雨宿りのために狩猟小屋に入りました。

僅かに濡れてしまいましたが、プリメラさまたちは大丈夫でしょうか……。

ニコラスさんもいるし、王子宮の侍女たちもいるから大丈夫だと思いますが、濡れていないといいのだけれど……。

もしかしたら、あちらでも私たちを心配して探しているかもしれません。

だとしたら申し訳ないですから、雨が止んだら速やかに合流すべきですね！

「ただの通り雨かしら」

「そうだと思う。おそらく、すぐ止むと思うけどね」

窓を開けて空を見上げたアルダールがそう言ってくれました。

そのことにほっとしましたが、雨足が強くてなんとなく別の世界に来た気分です。

「……プリメラさまたちのところに早く戻らなくちゃ」

「そうだね、雨が降ってきたからきっと心配していることだろう」

アルダールも同意してくれたことにほっと息を吐き出して私たちは小屋の中を見回しました。

こういう時、一人でないことはとても心強いですよね。

「造りがしっかりしているから、外套（がいとう）を脱いでも大丈夫だろう。貸して」

「ありがとう」

外套は軽く濡れただけなので、脱いで備え付けのハンガーで干しておけばすぐ乾きそうでした。

冬場なので外套なしだと少しだけ肌寒いですが、大して濡れていなかったので暖炉に火はくべずに二人で窓の外を眺めました。

だけれど願いも虚（むな）しく、徐々に雨の勢いは強まってくるばかり。

急いで小屋に雨宿りすることに決めたのは正解だったなあとため息が零れました。

「これはもう少しかかるかな」

「こんなに雨が降るなんて久しぶりですね」

雪が降らなくなり春の気配を感じるようになって、冬特有である空気の冷たさは残るものの、最近はずっとお天気続きでした。たまにはこんなこともあるのでしょう。

そんな風に空を見上げていると、アルダールが私の顔を覗き込みました。

「……寒くない？」

「え？」

「寄り添えば、暖かいだろう？」

にっこりと笑ったアルダールが私を抱き寄せて……抱き寄せて⁉

いやいやそれはちょっと。しかし足に力を入れて踏ん張るものの、やっぱり勝てるはずもなく。

そして私は気づいたのです。

（あ、これいつもの甘ったるいお説教パターンの顔だ）

赤くなった私の顔から血の気が引いていくのを感じましたが、アルダールは笑顔のままでした。

え、いやできたら私の言い訳も是非、考慮していただきたい！

そう思ったけれど、小心者ゆえに声に出せません。

だってきっとそれを言ったら最後、もっととんでもないことになる気がするからです‼

そう、私は学ぶ女なのです……今回は失敗パターンで。

「あ、あるだーる？　いえ、ちょっと、あの。ここ、外ですしね？　節度をね？」

「そういえばさっき、隙があるって言っただろう？」

「は、はい」

ぐっと引き寄せられてより密着すれば私も自分の顔が思いっきり赤くなっていくのを感じます。

外では雨がザアザアと音を立てていて、この小屋の中に私たちしかいないということをより実感してしまいます。

勿論、二人きりだってことくらい理解してはいます、が。

(だっていつ誰が来るかわからないのに?)

私たちを案じて誰かが傘を持ってくるかもしれないのに、こんな抱き合っている姿を見られたらと思うと、いえ、誤解とか何もなく私たちは正式にお付き合いしていますし、世間に顔向けできないような関係とかではないから大丈夫ですけど!

……いや、問題はないけど抱き合っている時点で十分恥ずかしいな?

「もし雨が降った時、あそこにいたのが私ではなくてあの男だったら?」

「え?」

「こうして手首を掴まれて、雨なのだからしょうがないと走り出されたら、ユリアは抵抗した?」

「あの男って……もしかしてニコラス殿のことですか?」

「そう」

「それは……確かに急な雨でしたし、そうするのが最善というなら……いえ、その場合でもニコラス殿はプリメラさまとディーンさまを優先すべきなのですから、私と二人きりになることはないと思います」

執事としての立場を考えるなら、雨が降った時に私だけを連れてなんて考えられません!

あの場で守るべき相手として重要なのは、プリメラさまなのです。

今回のようにプリメラさまが去られ、ディーンさまがそれを追った状況でニコラスさんが続いたのは、執事として当然のことです。

私も侍女としてプリメラさまとご一緒していたならば、そうしたと思います。

（……とはいえ、アルダールが言いたいことはそういうことじゃないのよね。多分……）

では実際に、あの状況でアルダールではない異性が近くにいたとして、今と同じような状況になったらどうなるでしょう？

例えば……そうですね、メレクだと弟だからなあ。

（イメージ的に何も違和感がないっていうか、こうやって二人で雨宿りしても不自然じゃないし）

まあ姉弟（きょうだい）なんだからしょうがない。

そう思ったので、別の人で想像し直すことにしました。

（だとしたら……王弟殿下とか？）

うん、手を取られた段階でまずはびっくりしちゃいますよね。

とはいえ、あの方も私にとったら兄みたいなものだからなあ……あまり変な空気になるなんて想像できない。となると、やっぱりニコラスさんで想像してみるしかないのか……？

それはそれでいやなので、架空の人物をシルエット状にして想像してみました。

（普通に怖いな……？）

脳内に出てきたのは黒塗りのマネキンみたいな人物でした。

それと手を繋ぐ自分を想像して……。

（ホラーか！）

思わずツッコミを入れてしまいましたね！　心の中でだけですけど‼

ですが、やはり見知った人での想像は気が進みませんので、黒塗りのマネキンで脳内シミュレーションするしかありません。頑張れ、私。

「……そうですね、考えてみれば確かに振り払うことも難しいです。ニコラス殿はそのようなことはしないと思いますし、ほかにもそのような人間はいないとは思いますが、私に無体を働こうと思えばできる状況を作り出すことは可能ということですよね」

実際に何かをするわけではなくとも、異性と二人きりで何かあったと匂わされればそれだけで私の名誉はあっという間に地に落ちるというものです。

それが評判ってやつですから、そうなってからではなかなか挽回は厳しいでしょう。

なぜなら、こういうのって立証が難しいから。

これがニコラスさんだったらと思うと、同僚っていう感覚があるのであれですが、ならず者とか見知らぬ人とかそういう可能性はなくもないっていうのが怖いところです。

(ここが王家の森だから、なんてぼんやりしていていい理由にはならないものね)

そしてその結果、そんなふしだらな侍女を持ったとプリメラさまの名誉にも傷がつくことに……

そう思えばやはり私は隙が多かったのかもしれません。反省!

「ごめんなさい、考えが及ばなくて」

「うん。そうだね」

「……本当に、ごめんなさい」

はっきりと肯定の言葉を述べられて、私は思わず俯きました。

ここまで言われないと想像が及ばないとか、未熟云々では済みません。

（ああ、呆れられちゃったかなあ）

どうにも私は詰めが甘いのか、やっぱり世間知らずなのか。

仕事はできる範囲でしっかり務めているつもりだったけれど、まだまだなんだろうなあ。

ザアザアという雨音に、気持ちが沈んでしまいそう。

「ユリア」

「は、はい」

「同僚を信頼しているとはわかっているけど、ほかの男の名前を呼ばれるのは面白くないな」

「えっ……」

にっこりと笑ったアルダールが、私の唇を親指の腹でなぞるようにして、そのまま噛みつくようにキスをしてきました。

驚いて声が上がりそうになりましたが、あっという間に私の声は飲み込まれてしまいました。

思わず彼の胸に手を当てて押しやろうとしましたが、当然びくともしません。

私の後頭部に添えられた手が逃げることを許さなくて、強い力で抱き寄せられているから身動きもできなくて。

私が酸欠状態になったことでようやく解放されて思わず睨んでしまいましたが、アルダールは悪びれる様子もなく微笑んでいました。

「アルダール、あなたって人は……！」

「前にも言っただろう、私は嫉妬深いんだ」

「ひ、人が来たらどうするの！」

「人が来なかったらいいの？」

「そ、それは……」

それはそれで私が困る。

何度アルダールとキスをしても、慣れる気がしないんだもの。

いや、以前に比べたらまあ慣れた方だとは思うけど……。初心者には変わりありません。

キスの初心者ってなんだ？　自分でもよくわかりません。

それはともかく、頭がぼうっとして私が私じゃなくなるような感覚が怖いっていうか……そんなことを言ったらまた笑われそうだから、絶対に言わないですけどね！

目を泳がせる私にアルダールは笑って、またキスをしてくる。

思わずぎゅっと目をつぶったけれど、今度は優しく掠める程度だった。

少し驚いてアルダールを見上げれば、彼はどこか拗ねたような顔をしていました。

「……アルダール？」

「聞いたんだ」

「え？」

「王弟殿下に夜着姿を見られたことがあるんだって？」

よぎ？

思わず首を傾げてから、それが『夜着』であることにようやく理解がいって、私は悲鳴を上げかけましたね！　よくぞ堪えた、私。

（あンのヒゲ……！）

あの人ったらなんてことをアルダールに言ってくれたんでしょうか!!

そこだけ切り取って説明したらとんでもなく誤解を招く発言じゃありませんか！

「そ、それは……それはたまたまです！　偶然です！　冤罪です！」

「ふぅん？」

「実家に帰った時でしたので気が抜けていたんです、あの時はお父さまの件でとても頭がいっぱいになっていたもので……!!」

「じゃあ」

「ア、アルダール？」

「今は私のことで頭をいっぱいにしてもらいたいな」

「ちょっ……」

慌てて弁明する私の言葉を聞いているのかいないのか、アルダールはまた私を抱き込んでキスをしてきて……まだキスに慣れない私は息苦しさに、すぐに酸欠になってしまいそうです。

（……あれ？　うんと……何か、違う気がする）

はふ、と合間に息を吸って苦しいと感じて、ふと覚える違和感。

いつもいつも違いがわかるとか、そういうわけじゃないんですけど……。

甘ったるくて、優しいのは、変わらないんだけど……息ができないような、こんな奪うようなのって、なんというかあまり彼に余裕がないみたいな？

（いや、私も余裕がないけど）

自分の口や鼻から、抜けるような甘ったるい声が出るなんて本当に恥ずかしい。

だからって理性を手放すにはまだ勇気がない。

（そうなったら、どうなるんだろう）

興味はあるけれど、やっぱりそれはまだ怖い、未知の領域だから。

抱き込まれるままに、彼の腕にしがみつくくらいしかできない。

でも同時にこれがもし、アルダールじゃなかったら……なんて欠片も想像できないくらい、彼に必要とされているような気がして幸せだと感じているから私もかなり末期なんだろうな。

甘ったるい空気にはそりゃ戸惑うし困ってしまいますけれど、それでも私に拒むなんて選択肢はないのだから笑っちゃいますよね。

そんな私の様子に、少し安心したのでしょうか？

アルダールの、私を抱きすくめるその力が少し和らいだ気がします。

ほうっとため息のようなものを吐き出した彼が、小さく笑って私をすっぽり包むように抱きしめ直しました。

痛くない程度の力でぎゅっと抱きしめられると、それはそれで照れくさい。

けれどその抱擁（ほうよう）を拒むつもりはないのでそのままにしていると、困ったような声音が私の耳元で囁かれました。

「……私は、ずるいんだ」

「アルダール？」

その声に顔を上げてアルダールの顔を見ようとしても、彼はそれを許さないように抱きしめる力を強めてきて動くことができません。

「本当は……」

「……本当は？」

「……」

「アルダール？」

何かを言いかけて、アルダールは口を閉ざしてしまいました。

どうしたんだろう。私は何を言いたいのかと尋ねるべきかと迷いましたが上手くできる気がしなくて、黙り込んでしまって……なんだか微妙な空気が流れます。

(困った)

そんな私から僅かに体を離してアルダールが、窓の外へと顔を向けたので私もつられるようにそちらへ視線を向けました。

「……雨が止んだみたいだ」

「えっ？　あ、本当……」

いつの間にか雨が止んでいて、光が差し込んでいることにまるで気づきませんでした。

思わず窓に張り付くようにして外を見る私を、アルダールが後ろから再び抱きすくめたので思わずびっくりしました。

勿論いやじゃないんだから振り払いはしません！

……ここでいやがったりとか恥ずかしがったら、彼はきっと引いてくれるってわかっています。

アルダールは、優しい人だから。

でも、もし拒否なんてしたら彼はとても傷つくんだろうな……そんな気がしました。

（……私がいやじゃないって、どうやったら伝わるのかな）

流されているだけじゃなくて、私も同意してのことなんだって。

言葉にするのも難しくて、態度で示そうにも私はいつだって彼にリードされるばかり。

だから、ちょっとだけ、もたれるようにアルダールに体を預ければ息を呑むのが気配でわかります。それに気が付かないふりをして、私は目を閉じました。

（ああ、この人はどうしてこんなに優しいんだろう）

きっと彼は、私が強引にされたら拒めないとでも思っているんじゃないでしょうか。

先ほど言い淀んだのは、多分ですが……私が『恋人だから』とアルダールのすることをいやなのに我慢しているとか、許してくれるからそれに付け入ったとかそんなことを考えているのでは？

（私の、考え過ぎかもしれないけど）

甘ったるいくらい私を甘やかして、自分のことを考えてくれるというこの人は、ずるいのではなくて、ただただ優しいんじゃないかなって思うんです。

私の中では男性ってもっとガツガツしているもんだって思っていたから、初めての恋人がこんなに優しい人で嬉しいし、いつも気を遣わせて申し訳ないなあって思っているんですよ。

「プリメラさまたちは、もう館に戻っているかしら」

「そう、だと思う」

「私たちの馬はどうなっているか知っている？」

「……私の馬と一緒につないであるから、なにかあったら嘶きが聞こえるはずだよ」

「なら、大丈夫ですね。誰も風邪をひかないといいんだけれど」

「そう、だね……」

ぎゅっともう一度、アルダールが私を強く抱きしめました。

今度は少し苦しいくらいの抱擁でしたが、やっぱり優しいものでした。

そのまま首の付け根にキスをされた時にはまたびっくりしちゃいましたけどね！

「やっぱりユリアは隙が多い。気を付けてね？」

「ア、アルダールだからいいんですよ！」

「……そういうところだよ、まったく」

いやいや、おかしいよね。

私、間違っていないと思うんだけど……。

アルダールに思いっきり呆れた顔をされましたけど、解せぬ!!


それから私たちは完全に雨が止んだことを確認して、小屋を後にしました。

雨のおかげで木々も湖面もキラキラして、なんとも綺麗でしたね……！

アルダールに手を引かれて、水たまりを避けて歩きつつ馬を繋いでいるところに行けば、私たちを待っていた幾人かの侍従がいて彼らと共に無事に館へと戻ったのです。

そうして私たちが戻ってきたことに気が付いたのでしょう、プリメラさまとディーンさまが笑顔で私たちを出迎えてくださいました。

「ユリア！」

「プリメラさま、ただいま戻りました」

「よかった、すごい雨だったもの。濡れなかった？　大丈夫だった？」

「はい、近くの狩猟小屋で雨宿りをいたしましたから」

「ならよかったわ！　わたしったらユリアのこと置いて戻っちゃったから……」

「大丈夫ですよ、プリメラさま。それよりもディーンさまとは……？」

「あっ、うん……えっと、その、ちゃんと仲直りしたわ！　大丈夫!!」

心配そうに駆けてきてくださったプリメラさまは、私の問いにぽっと頬を染めて恥じらわれて……あああああ、可愛い！　はい、カワイイ!!

どうやら無事に仲直りできたようで、私も安心です。

まあ喧嘩っていうか、プリメラさまがあんまりにもディーンさまの発言が王太子殿下一色だったから、ちょっぴりヤキモチを妬いちゃっただけですものね。

「それよりも早く中で温まった方がいいわ！　いくら日差しが戻ったとはいえ、冬の雨は冷たかったでしょう？　風邪をひいたら大変だもの」

「ありがとうございます、幸い本降りになる前に雨宿りできましたから、そんなに濡れてはいないんですよ」

「なら、いいのだけど……バウム卿も、大丈夫ですか？」

「おそれいります。私も彼女と共に雨宿りいたしましたので、さほど問題はございません」

「そう……二人とも、しっかり休んでね。お兄さまはわたしたちが館に着いた時にはもういらっしゃらなかったわ」

「急用だという話でしたものね」

どんな用かは知りませんが、主催なのに戻るのだからきっと大変なことなのでしょう。

王太子殿下に入る急務となると、なんだかすごく重要案件な気がします。

勝手にそんな風に解釈をしている私の言葉に、プリメラさまはあからさまにしょんぼりとした顔を見せました。

「そうね……折角一緒に過ごせると思ったけれど……お兄さまはお忙しいもの、仕方ないわね」

「プリメラさま……」

少しだけ寂しそうなお顔を見せたプリメラさまでしたが、すぐに笑顔を浮かべました。

ああっ、なんて健気(けなげ)なのでしょうか……！

「それでね、ニコラスはわたしたちと館に戻ってすぐにお兄さまを追いかけていったの。王子宮筆頭と侍女たちもほとんど戻ってしまったけれど……でもセバスチャンがいるから、熱いお茶を淹(い)れてもらいましょう！」

プリメラさまは私の手を取り引っ張ってくれるものだから、ああ、可愛いし優しいしやっぱり天使……と内心デレデレになってしまいました。

そんな私の様子を誰が咎(とが)められるでしょうか、いや誰も咎めることはできない！

このプリメラさまの愛らしさは他の人間にも伝わっているのでしょう。

私たちに追従する王子宮の侍女たちも、プリメラさまの行動を微笑ましそうに見ているのです。

そのほっこりした表情と来たら！　うんうん、わかるわかるぅー。

王女たるプリメラさまがそうしたいというのだから、彼女たちとしては見守るしかないのでしょうけれども、あの眼差しは微笑ましいものを見守る、そんなものでした。

手を引かれるままに室内に行けば、途中で侍女たちが外套を受け取ってくれました。

館についてすぐにプリメラさまがお迎えくださったから、タイミングを逃していたんですよね。

さすが、王子宮の侍女たちです。

プリメラさまの邪魔にならないように私たちから受け取っていく手腕ときたら！

それでいて、なかなか洗練された動きをしているじゃありませんか。

（今度、私もこの技術について教えてもらえるかしら）

プリメラさまの公務が増えて外出の回数が多くなれば、今回みたいな雨降りの状況だって想定しなければいけませんからね！

学びたい、この技術。

おっといけない、すぐに仕事のことに結びつけるのは良くないですね。

でもこういう気づきが大切なのです。

ただ、そこに夢中になってしまうような失態を私は演じませんからね。

そんなこんなで私たちが部屋に到着すると、そこにはディーンさまもおられました。

ちょうどセバスチャンさんとお話ししていたようで、私たちの姿に気が付いて彼もまた満面の笑みを浮かべて駆け寄ってくれました。

（んんん、わんこスマイル、可愛い……！）

思わずほっこりしてしまいますね。

ちらっと見ましたがアルダールも優しい顔をしているじゃありませんか。この仲良し兄弟め！

「兄上、ユリア殿！　大丈夫でしたか、すごい勢いで降ったから心配してたんです！」

「ああ、私たちは大丈夫。ディーンも大丈夫だったか？」

「うん、兄上。俺たちはあの執事が手助けしてくれたから、ほとんど濡れなかったよ。……王太子殿下専属ともなると腕利きなんだろうなあ、色々」

「……ああ、まあそうだろう。だが、あまりニコラス殿のことを褒めそやして王女殿下にご心配をかけることのないようにな？」

アルダールの言葉に、ディーンさまがわかりやすく顔色を変えたかと思うとプリメラさまの方をちらりと見て、笑顔を返されてほっとしているのがまた可愛い。

からかわれたのだと気づいたディーンさまが、少しだけ唇を尖らせました。

なかなか可愛らしいその行動にアルダールも優しく笑って、軽く頭を撫でてあげて……。

その様子から兄弟仲の良さがとてもよくわかります。ああ、なんて微笑ましい！

「さあ、みなさま。こちらへどうぞ、熱い紅茶が入りました」

セバスチャンさんがそう告げれば、私たちはそれぞれ座ってテーブルを囲み紅茶を飲んでほっと一息つきました。

王子宮筆頭が王子宮の侍女たちを幾人か残してくれたのはきっと私たちに対する配慮なのでしょう。私たちがこの館を出発するまで客人をもてなす役目ですね。

元々この館で働く使用人たちがいるので、特に不自由を感じることはないのですが……プリメラさまが館を出るまでが主催の王太子殿下の責任ですもの。

いくらお仕事で先にお戻りとはいえ、招いた客人に対して最後までおもてなしをしなければ主の恥に繋がるというものです。わかります、わかりますともその心！

ここにいない王子宮筆頭に共感しつつ、侍女たちが持ってきてくれた茶菓子を持って眺めつつ、視線を巡らせてみました。

さすがにこの場にいるはずもありませんが、ウィナー父娘はどうしたかと思って……。

私の視線に気が付いたセバスチャンさんが、何かを察したように頷いて口を開きました。

「現在この館にいるのは、我々だけです。ウィナー男爵さまとそのご令嬢もご帰宅済みですし、特に伝言など預かった者は一人もいないようですが……確認いたしますかな？」

「そう、ですか。いえ、確認の必要はありません」

まあこの状況下ではさすがのミュリエッタさんだってプリメラさまにしろ、アルダールにしろ、アプローチをかけるのがどれだけ無謀かつ危険なのか理解したでしょう。

（どう考えても彼女の味方はいなかったもんなあ……今回）

王太子殿下と王弟殿下、加えてニコラスさんっていうガチで腹黒い人たち相手に、ヒロイン補正でなんとかなると思っていたかもしれませんが、あのメンツはどう考えても無理です。

普通にそこそこの地位にある貴族たちでもお手上げです。

ミュリエッタさんもオトナの怖い部分を目の当たりにしたわけですね……。

これを社会勉強と呼んでいいかどうか私の口からは言えませんが、少なくとも彼女がこれを機に色々考えて、今後は無茶をしないことを祈るばかりです。

（きっと色々複雑な気持ちになったでしょうしね……）

楽しい狐狩りになると思って意気揚々と来たら参加できないわ、自立しろと言われるわ……挙げ句に館に一人取り残されたと思ったらあっという間に帰宅させられたのですから。

（……ご愁傷さまです……）

一連の流れには、私も同情してしまいます。

たとえそれが自業自得でも、あそこまで腹黒いオトナたちにやり込められるのは見ているこちらからすると哀れにすら思えましたからね。

私も若い頃は〝大人って怖い〟……そう、城勤めしている中で何度思ったことかわかりません。

いえ、今も若いですけどね!!

それはともかく……そんな中で頼りになる大人たちの存在があったからこそ、私も真っ直ぐ成長できたのだと思います。

ご側室さまを筆頭に、統括侍女さまや他の筆頭侍女たち、優しくしてくださった先輩方、ヒゲ殿下やセバスチャンさんの存在がどれほど私にとって救いになってきたことでしょう。

やっぱり若くして〝王女のお気に入り〟になった私に取り入ろうとする人たちや、嫌がらせをしてくる人たちがいなかったわけじゃないですからね。今思えば後宮から王女宮にすぐ異動だったこともあってそういう人たちとの接触が少なかったのも幸いでした。

（それらがなければ怖い大人に対して、長いものには巻かれろ的な感じになっていたかも……いやないな、プリメラさまの幸せのためにもはね除けていたという自信があるな！）

とはいえ、無力な子供時代の私がプリメラさまのためにと努力したことを認めてくれた大人たちの支えがあって、今があるのだということを忘れてはなりません。

（特にここ一年、プリメラさまの成長と共にそれを強く感じます……!!）

それと同時に、その頼れる大人たちの、頼れるからこそ怖い一面をですね、こう、ひしひしとですね……感じることも増えているわけですよ……。

穏やかな日々は一体どこへ行ってしまったというのか。

いいえ、それは少し言いすぎですけどね。

今まではプリメラさまが幼いということもあって、それこそ真綿でくるむように守られてきた王女宮全体で、そこに勤める私もまた守られてきたということ。

ただまあ、それなりの地位について色々な人の思惑を見聞きしている分、多少は機転が利くようになったような気がしないでもないっていうか、そうだったらいいなっていうか。

それでも世間知らずだって自分でも思うのですから、ミュリエッタさんも世間は甘くないと学んでくれたらいいなと思っております。

ウィナー男爵も散々でしたね。

呼びつけられてなんとなく叱られて、挙げ句に王太子殿下に良いところを見せることもなく解散だったわけでしょう？　張り切った分、疲れていないでしょうか。

お茶を飲みながらぼんやりとそんなことを考えていると、プリメラさまがそわそわした様子で私に声をかけてこられました。

「あのね、あのね、ユリア。これから私たちもここを出発するでしょう？」

「え？　はい、さようですね」

「えっと……それでね。あの……わたしね、ディーンさまとね、この後、二人で観劇してから戻ることにしたの！　あっ、でもセバスチャンも一緒よ!!」

「え？」

ぱあっと顔を綻ばせて私に言ってくるプリメラさまプライスレス。

そうじゃない。

なんとディーンさま、二段構えの準備をしていた、だと……⁉

そちらに視線を向ければ、満面の笑みを浮かべて嬉しそうにしているプリメラさまを見て蕩けきった笑みを浮かべる少年の姿がありました。

（あぁ、うん。すごく嬉しそうね……）

いや、プリメラさまのこの笑顔を見たならしょうがないですね、納得です。

ディーンさまも自分の発案でこんな表情になってくれたんなら喜びもひとしおでしょう。

「だからね、わたしのことはディーンさまとセバスがいるから、ユリアも今日は職務のこととか考えずにバウム卿とお出かけしていいのよ？」

「プ、プリメラさま⁉」

「お気遣いありがとうございます、王女殿下。ではお言葉に甘えさせていただこうかと」

「アルダール⁉」

なんでそこいきなり連携とれてるの⁉

ちょっと待ってと言いかけたところで、ぽんっと肩が叩かれました。

ハッとして振り向けばそこにはセバスチャンさんがいて、彼はそっと微笑みました。

任せろと言わんばかりに無言で首を縦に小さく振る所作が、なんだかすごくかっこいい。

このイケジジイ、めっちゃイケジジイ。

かと思ったら、セバスチャンさんはいきなりサムズアップしていい笑顔を見せました。

「日を跨いで戻るようなことはなきよう、楽しんでおいでなさい」

「セバスチャンさん……!?」

あんたもグルか！　いやむしろ楽しんで送り出してくる人だった！

まさかこれはセバスチャンさんの入れ知恵ですかと視線で問えばこのイケジジイ、ゆるりと左右に首を振ってものすごく真面目な顔を見せました。

「王弟殿下のご配慮でございます」

あのヒゲの差し金でしたか。

ああうん、納得。

そう思った私、悪くないと思うんだ……!!

「……それで、どこに行くんです？」

「前にとっておきのワインを贈るって約束したことがあったろう？　ちょうどいい機会だから、それを一緒に取りに行こうかと思って」

「そうですか」

アルダールの言葉に、私は素っ気なく返事をしました。

若干納得できないまま、馬車に放り込まれて出発となったことに不満がいっぱいなのです。

別にデートができることは嬉しいですよ！

ただこう、なし崩しにされているのが悔しいだけです。

馬車に乗って流れる風景を眺めそっぽを向いたままの、私のそんなつっけんどんな態度にアルダールが苦笑したのを感じました。

（……大人げない態度だよな……）

でも今更どんな顔をすればいいのかタイミングを逃しちゃったって言うか……。

嫌なわけじゃないんですよ？　デートは嬉しいんですよ？

狩りの最中は一緒にいられる時間も少ないと思っていたのが、それが早く終わっただけでなくこうしてその後も一緒にいられるんだから嬉しいに決まっています。

ただほら、よくわからないままに狐狩りは解散しました、はい、じゃあ出かけておいで……って言われたんですもの。

（いえ、王太子殿下が急務でお戻りなのは仕方がないし、殿下がいらっしゃらないのに狐狩りを続ける必要はないこともちゃんと理解できているし……）

そこは私もベテランの域に入っている侍女ですからね！

むしろあの若さで大人も顔負けの仕事量をこなしておられる王太子殿下の勤勉さには、いつだって尊敬を覚えておりますとも。

ただほら、あれよあれよという間に何かを言う隙も与えず、バウム家の馬車に私を押し込んだセバスチャンさんがとてもいい笑顔でサムズアップとかするからいらっとしたなんて言えない。

いいえ、大丈夫です私は落ち着いております。

セバスチャンさんの行動は紳士的なものでしたし、まるでダンスのリードのごときスマートさでしたもの。そのまま自然と馬車に乗せられた私がいけないのです。

（ただほら、悔しいったらないわぁ……!!）

文句の一つも言えなかった……！　そこに尽きます。

だって、ハッと我に返った時にはプリメラさまとディーンさまが輝くような笑顔で手を振りながら見送ってくださったんですよ？　こっちだって振り返すしかないじゃないですか！

（全てはいい笑顔で去っていったセバスチャンさんがいけないんですよ!!）

まあ、セバスチャンさんならば、プリメラさまたちのことは安心してお任せできますが……。

そこは信頼しておりますから一切心配しておりません。

今頃はもう劇場に着いているかしら。

でも、そうじゃない。


「ユリア？」

「……いえ。完全に八つ当たりしました……嫌な態度をとってごめんなさい」

「いや、問題ないよ。セバスチャン殿も悪気があったわけではないと思うんだが……」

「そうでしょうか」

っていうかアルダールにもセバスチャンさんが原因だってバレてるんですね!?

顔に出ているんでしょうか……って前後のやりとりを見ていたら誰でもわかるか。

ああもう、ただ狐狩りに来て可愛いプリメラさまたちの姿を眺めて幸せに浸る予定だったのが、なんだか予定とだいぶ違うと思いませんか。はっきり言って疲れました！

（……まあ、予定外にデートできるのは不幸中の幸いってやつで嬉しいし……）

とはいえ、私に不幸は特にないのだけれども。

素直にこの『嬉しい』気持ちを受け入れて、気持ちを切り替えてデートを楽しむのがやはり大人の対応というものでしょう。

アルダールには申し訳ない態度を取ってしまったと反省です。

そんな私に、彼は優しく頬を撫でてくれました。

「……まあ、当初の予定とはだいぶ変わってしまったし、色々あったからね」

「そうですね……」

苦笑するアルダールも、狐狩り側で何かあったのかもしれません。

もしかしたら急務の呼び出しに王太子殿下が嫌な顔をなさって、使者の顔を青ざめさせたとか？

いや、そういうのは想像できないからヒゲ殿下が何かやらかしたとか。

例えば……そう、やっておかなきゃいけない書類をほっぽり出してこちらに来ていたとか？

（そっちはあり得る。……でも、ある程度重要な仕事はきちんとこなす人だから違うかも？）

結局想像してみても、あくまでそれは想像の範囲のこと。

本当のことはアルダールも教えてくれる様子はありませんし、私にはわかりません。

（ウィナー男爵とミュリエッタさんも今頃、城下の自宅に到着した頃かしら）

今回のことで社交界デビューの予定が決まってしまったから、忙しくなることでしょう。

ミュリエッタさんで思い出しましたが、エーレンさんはどうしているでしょう。

彼女もそろそろ出立の日が決まる頃合いかもしれません。

（タイミングが合うなら、お見送りくらいしようかな……？）

エーレンさんともなんだかんだ色々ありましたけどね！

それでもこれからの未来を頑張ろうとする人を応援したいなあと思うわけですよ。

自分でもまた甘い考えだと思いますけどね。

でも〝やらない善よりやる偽善〟なんて言葉が前世にもありましたし、私にできる範囲のことで祝福できることがあるならば、やはりできる限りはしておきたいなって思うのです。

彼女が辺境に行ったら、もう会えないかもしれませんからね……それで『あの時、挨拶しておけば良かった』だなんて後悔するくらいなら見送りくらいしておけばいいんじゃないかなって。

エーレンさんとは外宮と王女宮という職場の違いや立場の違いなどありましたが、同じ侍女だったということは事実ですから。

「また考えごと？」

「えっ」

「たまには私のことだけ考えてくれる日があってもいいんだけれどなあ」

くすくす笑うアルダールのその言葉に、思わず顔が赤くなるのを感じました。

からかわれているってわかってるんですけれども、やっぱりまだ慣れないっていうか正直そろそろ慣れろよ自分⁉　って思わずにはいられません。

いつになったら慣れるんですかね、もう‼

（これが仕事なら、ある程度は冷静も装えるのにね！）

プライベートになると途端にこれですから、私も本当にまだまだです。

キスまでした仲といえど、変わらずイケメン過ぎていつまでも慣れないものですよ……。

あれ、これ私だけか……？　いやいや、そんなことはないはずだ！

誰だよ、美人は三日で見飽きるとか言ったヤツ。

周囲の顔面偏差値が高いから、これでも割と美形に対する耐性はできているはずなんですが……

真っ向から目を見てお話ししなければいいだけの話で。

美形集団と普段、一緒にいるからって自分もそこの仲間だ、なんて自意識過剰になるよりはずっといいと思っています。

……でも、だからって逆に卑屈になりすぎないよう気を付けないといけません。

（おっと、今考えるべきはそこじゃない）

アルダールのことで頭をいっぱいにしろって言っているんですよね？

まったく、何を言っているのでしょう。

「……ちゃんと考えてますよ？」

私がそう言えば、アルダールはおやっという顔をして私を見ました。

「一緒にいる時はちゃんと考えてます！　前にも言いませんでしたか？」

ええ……そんなにびっくりすることかな!?

「一緒にいる時は、だろう？」

「……一日中なんて無理ですよ」

「わかってる。言ってみただけだよ」

どこまでが本気で、どこまでが冗談なのか。

問い詰めてみたい気はしますが上手にかわされそうな気がします。

新年祭の時からアルダールとの距離が近いなって思うこともどんどん増えましたし、恋人としてはいい感じなんじゃないかなって密かに私は喜んでいますが……。

ただ時折、私から一歩詰めてみると引かれる……そんな感覚があるような気がするんです。

気のせいだといいんですが、きっと気のせいじゃありません。

でもそれは嫌われたとかそういうものじゃないと思うので、私としても気にしないようにはしているんですけど……。

「……エーレンさんたちの出立の日がそろそろ決まるんじゃないかと思ったんです。お見送りできるようなら、したいなって」

「ああ……そういえば雪の季節が終わったら異動だと聞いたよ」

辺境の地は遠く、街道の整備も城下に比べれば荒いという話です。

そのため、雪の季節の移動はとても大変だと地方へ帰省などをする侍女たちの間で話題になっているので私も耳にしたことがあります。

そういう理由で雪解けの春を待って彼女たちは移動していくんだなあ……って、なんだか渡り鳥とかみたいになっちゃいましたね？

「見送りか……いいんじゃないかな、きっと喜ぶよ。時間が合えば、だけどね」

「ええ。……やっぱりこういう時、何かお別れの品を贈った方が良いのかしら？」

「ユリアはエーレン殿の上司でもないし、同僚でもそこまで親しかったわけじゃないからね。あまり気を遣いすぎたら向こうも申し訳なく思ってしまうんじゃないかな？」

「そうよね……」

アルダールの言葉に頷いて、私はまた外を見ました。

ふと私たちの馬車が城下に向かっているのだと気が付いてアルダールの方を見ると、私の視線に気が付いたのでしょう。

「城下にあるバウム家の町屋敷に行くんだ。前回の約束の時に取り寄せておいたんだけど、なかなか取りに行けるタイミングがなくてね」

「そうだったんですか？」

「どうせだったら今回はそれを一緒に飲みたいと思って。バウム家の屋敷では変に思われるかもしれないから、持ち帰ってユリアの部屋に行こうか」

「じゃあ私、何かつまめるものでも用意します」

「うん」

一緒にお酒かあ！　アルダールが用意してくれたいいワインに合わせるなら何がいいだろう？　宅飲みみたいな空気なので色気も何もないですが、私たちらしくていいんじゃないでしょうか。

(そうよね、ほらやっぱりバウム家の町屋敷で飲むのはちょっとハードルが高いっていうか)

だったら王城内の私の部屋なら夜遅くにならない限り問題ないと思うんです。

セバスチャンさんだって日を跨がなければとかなんとか言っていましたし！

いえ、私たちが恋人関係なことはもう割と大勢に知られてしまっているので、多少遅い時間まで一緒にいても問題っていう問題はないんだろうけども。

(何か簡単な料理でも作ろうかな、それともメッタボンに用意してもらおうかな。ああ、その方がいいかもしれない。お客さんをほっぽってツマミを作りに行く女はモテないって前世で聞いたこと

があるようなないような……⁉）

いや、アルダールは『お客さん』じゃなくて、れっきとした『彼氏』だけどね！

なんだかんだ心の中で言い訳を連ねてみたけれど、バウム家の町屋敷に行けるってことでちょっと浮かれた気分になっているのは内緒です‼

だって、彼氏のお宅拝見じゃないですけど、似たようなものじゃないですか。

（アルダールも過ごしたことがあるのかしら）

現金なもので、不機嫌だった自分はとっくの昔にどこかに行ってしまいました。

単純ということなかれ！

いいじゃないですか、初めてのお宅訪問ですよ。しかも彼氏の。

残念ながら本邸ではないですが……もしアルダールが過ごしたことのある部屋とかがあったら見てみたいじゃないですか。

私の実家はもう見られているんですから、私だって見たいんです。

そんな風に思う私を連れて、馬車は城下を進みました。

城下の町屋敷が立ち並ぶ一角。馬車が向かうのはそんな一角でも一等地と呼ばれるところです。

いやまあ、バウム家と言えば建国当初からある名門家ですものね！

改めてその凄(すご)さを思い知るっていうかね⁉

そうだよね、公爵家とかからだって一目置かれているっていうか、宮廷伯って地位なんだから当たり前っていうか、とにかくすごいんですよ。

当然、バウム家が所有する町屋敷も、大きな一軒家とかそんなレベルじゃなくて、庭付きのお屋敷です。立派な噴水もありました。

豪奢とか贅沢とか、そういう形容詞が付くお屋敷とは違って、なんていうんでしょう……シンプルイズベストってやつですかね？

初代バウム伯爵さまが大層立派な武人だったという話ですが、華美なものは好まなかったという逸話もあります。

バウム家はきっと初代さまのその精神を引き継いでいるのでしょう。装飾などはほとんど見られない外観ですが、おそらく使われている材質は良いもので間違いありません。

（質実剛健……ってやつですかね）

といっても、まだ馬車の中から見ただけなんですけど！

私も建築学に詳しいわけじゃないんですが、王城で最高の出来映えの家具や品々を見て育っておりますからね！　こう見えて審美眼はそれなりにあるはずです。ある、はず……多分。

到着して間近に見ると、手入れも行き届いているし大変素敵な屋敷のようです。

アルダールにエスコートされて馬車から降りると、町屋敷を預かる執事や侍女たちが慌てて出てくる出てくる。蜂の巣をつついたようなとはこういうことなのでしょうか。びっくりですね。

どうやらアルダールは事前に連絡をしていなかったようです。

まあそりゃそうか、狐狩りが中止になったから急遽、寄ることにしたんだし……。

「これはアルダールさま！　本日こちらにお越しになるとは伺っておりませんでしたが」

「ああ、以前預けた荷物を取りに来ただけだ。すぐに出るから過剰なもてなしは必要ない」

「は、はい」

慌てて出てきた、町屋敷を預かる執事のトップらしい人物が、アルダールに向かって深くお辞儀をしました。とても驚いている様子です。

でもなんだか、アルダールの言葉が少しだけキツい気がしたのは、私の気のせいでしょうか。

「一旦私の部屋に茶を運んでくれ。彼女の案内は私がするからいい。あと酒蔵の責任者に、預けたワインを取りに来たから持ってきてくれるよう伝えてほしい」

「かしこまりました」

「安心してくれていい。それが済めば、すぐに出ていくよ」

ふっとアルダールが困ったように笑みを浮かべて、声を和らげました。

けれど、その声は少しどころか、かなり複雑そうで、つい私は思わず彼に手を伸ばしかけて……結局おろしました。

このタイミングは違う気がする。なぜかそう思ったのです。

「私がいても、ここのみんなが困るだけだからね」

そっとそう呟いたアルダールですが、それは私に向かって言ったのか……あるいは執事さんと、その後ろにいる人々に向かってなのか。

少しだけ反応に困った私とは反対に、執事さんは勢いよく顔を上げました。

「い、いえ！　アルダールさまはバウム家のご長男です！　困るようなことなど何一つございません！　この町屋敷を自由に訪れ、使っていただきたいと思っております‼　……ただ」

「……ただ？」

ものすごい勢いで発せられた言葉は否定的なものではありませんでした。

アルダールも執事さんの勢いに少し怯みつつ、トーンダウンした言葉の続きを求めるように促せば執事さんは顔を上げて、困ったような表情を見せています。

「実は、ライラが来ておりまして」

「……クレドリタス夫人が？」

（ライラ……クレドリタス夫人？）

執事さんの口から出た名前と、アルダールが嫌そうな顔を隠さずに告げた名前。

それは同じ人物を示すのでしょう。

ただ、どうやらあまりアルダールにとって良くない人物のようだと私にもわかりました。

執事さんは会わせたくない、それと同時にアルダールは会いたくない。

この空気的にはそんなところでしょうか？

「あ、あの。アルダール、ワインは別の日にしても、私は別に……」

「……いや。私の部屋に行くなら彼女には会わないだろう。ワインを取りに行かせている間にクレドリタス夫人を遠ざけておいてくれ」

「か、かしこまりました。……わかったな、すぐに行動してくれ」

「ユリア、こっちへ」

「え、ええ」

差し出された手を取って、町屋敷の中へ。

まあ現当主の『家族』ですので、アルダールの私室があるのは当然だと思います。

だから別に客間ではなく、彼の部屋に行くというのは私としては特に問題はないんですが……。

なんでしょう、疑問がいっぱいっていうか。

（……なんだろう、アルダール……意地を張っている？）

一緒に館の中を歩きながら、私はそう感じました。

少しだけアルダールの歩き方がいつもよりも早足で、苛立っているような気もします。

（そうよね、私が今日じゃなくてもって言ったけど……アルダールは押し通した）

もう一度来るのが面倒だからとかそういう雰囲気ではなかったし、会いたくない『クレドリタス夫人』という人物は、おそらくこの町屋敷の使用人ではないんじゃないかなと推測します。

そして、執事さんがその人のことを『ライラ』と呼び捨てにしていました。

そこから考えるに、バウム家に関する使用人の中で執事さんよりは下の地位であるけれど、行き来する程度には立場を持つ人物なのでしょう。

「……ごめん」

そんなことをつらつら考える私に気づいた様子もなく、アルダールは部屋に着くなり謝罪の言葉を口にしました。

しょんぼりとしている姿はいつものアルダールじゃないみたいで、そんな風にされたら文句なんて言えるはずもありません。

……元々、文句なんて言うつもりもないけど。

「アルダールが幼い頃を過ごしたというのはこの町屋敷なんですか？」

「えっ」

私の唐突な質問に、彼はびっくりしたようです。

それから私をじっと見ていたかと思うと、アルダールはいつものように紳士的に私を椅子に座らせてくれてから自分も座り、大きなため息を吐き出しました。

うん、調子を取り戻した……とは言えないのでしょうが、少し落ち着いたようです。

「私が過ごしたのはここじゃないよ。……義母上が私の存在を知って引き取ってくださった際にこの屋敷に私の部屋が作られたという経緯があるから、ちょっと敬遠していたのは否めないけれど」

「そうなんですね」

どうりで手入れされているけれど、ひどく殺風景な部屋だなと思いましたよ。

実家にある私の部屋と殺風景さではいい勝負ではないのでしょうか。

えっ、女としてそれはどうなのって……。

いいんですよ、実家の私の部屋は年に一、二度短期間帰るかどうかなんですからね！

でもこれからは帰省回数をもう少し増やすか、実家に滞在する期間を長めにするつもりなので、あの殺風景な部屋もどうにかする予定です。

（とりあえずは観葉植物からかな……サボテンとかあるといいんだろうけど。枯れにくいし……ってまあ、世話はファンディッド家の侍女たちがしてくれるからなんでもいいのか）

勿論、オルタンス嬢が嫁いでこられた後はそれらは全部王女宮の私室に引き上げる予定です。鉢植えはまあ置いていってても問題ないでしょうが、装飾品とかは困るでしょう？

だからちゃんと飾るにしても計画を立ててからと思っています。

未来の義姉としての気遣いを忘れないようにしないとね!!

おっと、話が逸れた。

「私が育ったのはバウム領の端の方にある別邸だよ。……クレドリタス夫人は、そこで働いていた女性なんだ」

「……あの、アルダールが言いたくないなら」

「いや。万が一、彼女と顔を合わせることになったらユリアが嫌な思いをするかもしれない。……私が意地を張ったせいだけどね」

自嘲するかのようなアルダールのその笑みに、ちょっぴりモヤっとしたものを感じて思わず私はアルダールの手を取りました。

いやうん、考えなしなのですけれども。

ああもう、アルダールも驚いているじゃないですか……!!

「別に何かがあってびっくりすることはあるかもしれません。けれど、アルダールが嫌な思いをする方が嫌です。それは忘れないで」

「……うん」

「わかってます？」

「わかってる」

「……ならいいです」

ぱっと手を離す。

いやあ、勢いで手を握るとか私も成長したものです……！　心臓がうるさいですが。

そしてそのタイミングで上手いことお茶が運ばれてきて、ほっとしましたね。

後は早くワインが運ばれてきて、そして無事王城に戻ってワインを飲むことができれば誰も傷つくことなく楽しく一日が終わると思うのですけど、どうでしょうか。

「……いや、やっぱり話しておこうかな」

「え？」

「聞いてもらえたら、私が楽になるから。……なんて言ったら、ズルいかな？」

お茶を飲み干したアルダールが、にっこりと笑いました。

どこか、寂しげに。

（その笑顔の方が、その発言よりもずっとズルいでしょ⁉）

そうは思いましたが、当然のごとくそれは言葉にできませんよね……‼

私が無言で頷くとそれを受けて、アルダールは静かに話し始めました。

そして、その内容は私をとても驚かせたのです。

「クレドリタス夫人は、ユリアにとっても少し縁続きってことになるのかな」

「え？」

私は聞いたことがない人の名前だけどね？

そう思ったのが顔に出たのでしょう、アルダールは小さく笑うと言葉を続けました。

「パーバス伯爵家縁（ゆかり）の女性らしくてね、……まあ本家筋ではないから、彼女がどの程度の扱いだったかまでは知らないんだけど……あまりいい扱いをされていなかったらしいんだ。詳しくは知らないが、その件でうちの親父殿が何かしたらしい」

「何か、ですか？」

随分と曖昧な話だけれど、そうか、パーバス伯爵家かあ……。

あそこの当主一家の言動をこの目で見ているからなあ。

そりゃあもう恐ろしいほどモラルハラスメントの嵐な生活だったのかもなって想像しました。

精神的に追い詰められるようなことを言われたりとか、男尊女卑でいやなことを押しつけられるとか……なんて思ってしまいましたよ。お義母さまがそうだったみたいだし。

でもまあ、私は血の繋がりないけど。そういう意味で〝縁続き〟か、なるほど。

……嬉しくない繋がりだこと！

世間は狭いっていいますが、こんなところでそんな運を発揮しなくていいんですよ。

「いやまあ、親父殿本人から直接聞いたことがないからね。そこは曖昧というか、クレドリタス夫人が親父殿について語り出した時に口にしていた話なんだ」

苦笑するアルダールの様子では、そのクレドリタス夫人とやらはバウム伯爵さまのことを彼に語って聞かせていたのでしょうか。

自分を救い出してくれた英雄的な存在という風に、武勇伝を聞かせるように話したとか？

「まあ、そういう経緯があって……彼女はバウム家に連なる男性に嫁いだ後、それ相応に幸せに暮らし、子供も儲けたという話らしい……ただ、残念なことに流行り病で夫と子供を亡くしたそうだ」

「……そう、ですか……」

「それで独り身となった彼女はバウム家で働き始めたというわけさ。先にも話した通り、親父殿に救われたということで信奉者みたいな人なんだ」

随分とヘビーな人生を歩んでいる女性なのだなあ、と思ったところでアルダールの発言ですよ。

まあそういう状況なら、確かに心酔してもおかしな状況じゃないですよね。

では、その人がどう問題なのか。

困ったように笑ったアルダールが、私が疑問を口にする前に人差し指を自分の口元にあてたので思わず大人しく従うと、すぐにノックの音が聞こえて先ほどの執事さんが現れました。

「失礼いたします、アルダールさま」

「ああ。どうかしたのか」

「先ほど、酒蔵の者が問い合わせをしてまいりまして」

「……なにをだ」

「ご所望（しょもう）のワイン以外にも、何本かお持ち帰りになるかどうかと……」

到着当初は慌てていた執事さんもすっかり落ち着きを取り戻したらしく、冷静な口ぶりで淡々とアルダールに報告をしています。熟練の方なのでしょうが、年の頃はセバスチャンさんと同じくらいでしょうか？　いや、でもセバスチャンさんの方がイケてると思います。

なんせ我らがセバスチャンさんは王女宮が誇るイケジジイですからね!!

いやいや、他の人と比べるとかどちらにも失礼でしたね、反省です。

「必要ない、例のワインだけで十分だ」

「かしこまりました。ただいま、ワインの準備をいたします」

「そうか」

「それでは他にご用事がおありでしたら、いつなりとお呼びくださいませ」

しかしですよ、ある程度は予想していましたけれども……。

まるで視線も合わせない、業務的なこの感じ!!

空気がどこかひんやりとしていて、なんとなく居心地が悪いです。

アルダールとバウム家の人たちは関係改善したと思っていましたが、そうですよね、それは家族間のことであって、家人との関係まで改善されたとは言ってませんでしたもんね……。

恭しく礼をして去っていった執事さんが完全に出ていったのを確認して、アルダールがため息を一つ零しました。

「ごめん」

「い、いえ」

「どうも私が歩み寄れないのがいけないのだろうとは自覚しているんだけれどね、どうしても……うん、少しばかり、ね……」

目を細めて窓の方を見たアルダールの表情は複雑そうでした。

彼はすぐに苦笑して、少しだけ首を振ってから私の方へと視線を戻しました。

「それで、話を続けさせてもらうと……そんな信奉者だからこそ、私という存在が親父殿にとって汚点になると常々、声高に言っていたんだよ」

「……」

思わず、息を呑みました。

ええ、ディーンさまからも聞いていましたし、アルダール本人の口からも聞いていました。

よその女に産ませた子供、何かあった時のことを思うと養子に出せなかった子供。

だけど、正室に迎える女性を不快に思わせないために、手元に置くことはできないと遠ざけられてしまった子供。

（……自分のことじゃないけど、腹が立つ）

まあ、結果としては嫁いできたバウム夫人が受け入れてくれてアルダールはバウム家の長子となり、バウム伯爵さまも色々と言葉の足りない方だけれどちゃんと息子として想ってくれているみたいだというし。

バウム夫人が、私と同じような苛立ちを感じたのかまではわかりませんが。

それでも家族ではない人がそれをどうこう口出ししていて、それに対して幼いアルダールが傷ついたっていうのなら、やっぱり腹が立つ話ですよね。

「私の教育係になった彼女は、いつだって私を冷たい目で見ていたのが印象的だったね」

「どんな、風に、ですか」

「うーん。私がいては親父殿が安心して嫁を迎えることができないのではないか、とっとと縁戚にでも養子に出した方がいいのではないか、名誉あるバウム家のためだ……とね」

「まあ！」

聞いておいてなんですが、なんだその言い草！

こんなひどいことを言われていただなんて、幼い頃のアルダールがどれほど傷ついたことでしょう。なんてこったい。

そこまでひどいとは思いませんでした……そりゃグレてもしょうがない。

なんだか悲しくなりましたが、それよりもそのクレドリタス夫人とやらに腹が立ちます‼

「そう思っていた人間は他にもいたんだろうけど、彼女ほどはっきりと口にする人はいなかったんじゃないかな。まあそれもあって、私は余計に自分がバウム家に必要のない子供だと思い込んでしまったんだ。……そこから剣の道に進んで、今に続いている」

「……ええ」

「私が師匠に出会い、剣の才能を認められたことを、親父殿は大層喜んだらしい。私は今も本人からは何も聞いたことがないけどね。だが、彼女は、クレドリタス夫人は違った」

（ええ……伯爵さま……？）

そういうのって直接本人を褒めるべきじゃないのかと思いましたが、家庭での教育方針については口出しできないのでそこは突っ込まないことにしました。

いいえ、でも大層喜んだって、その才能を開花させたきっかけがグレたことだと考えるとすごく問題だと思うんですが……。

思わずモヤっとしたものの、そこは私も大人なのでおとなしく話の続きを聞きました。

「そういえばバウム家の才能を無駄に浪費したとまで言われたっけな。その頃はもうバウム家の屋敷で暮らしていたから、彼女は当時の執事長に叱り飛ばされて私の教育係を解雇されることになったんだ」

（そりゃそうだ！　当時の執事長さん、グッジョブ‼）

私もその場にいたら、はっきりきっぱり叱責（しっせき）していたところです。

教育係の立場で雇い主の息子に色々吹きこんだり悪く言ったり、勝手に意見したりとお前は何様なのかって話ですよ。

……でもまあ、息子の教育係に据えるくらいにはバウム伯爵さまからの信頼があったってことですよね。そう考えると、バウム伯爵さまはクレドリタス夫人がアルダールに対して、そんなひどいことをしていたなんて想定外だったのかもしれません。

しかしどちらにせよ、私からすればバウム伯爵さまがアルダールのことを正妻の子供ではないから遠ざけていたという事実は変わらないし、クレドリタス夫人の態度だって納得できません。

バウム夫人がその話を聞いて迎え入れてくださらなかったら、彼が蔑ろにされていた事実が発覚しなかったかもしれないと思うと、私としては腹立たしいばかりです!!

当のアルダールがもう気にしていないというなら、私にできることはないので心の中でだけ文句を言うのみですけどね……。

しかし、それでも疑問は残ります。

いくらそのクレドリタス夫人がバウム伯爵さまに心酔していたとしても、庶子だからとアルダールをそこまで貶す理由にはならないと思うんですが……。

「才能を浪費するだなんて、なんでそんなことを言ったのかしら」

「うーん……私もその頃は、彼女の言葉を聞き流すか、姿を見ると逃げてしまっていたからなあ。多分、私がバウム家を出ていくつもりだったから……貢献するつもりがないってことが、気に障ったんだと思う」

「……なるほど？　いえ、納得はできませんが」

「うん、ただ……最初の内はバウム家のお情けで存在しているんだからありがたく思え、誠心誠意仕えろと言っていたのが、親父殿が私を褒めたって話の辺りから酷くなったような気がするな」

うわあ、クレドリタス夫人って本当にトラウマ製造機なんだなあ。

なかなかに聞けば聞くほど強烈で傲慢な女性のようです。

「それでね、そこで終われば良かったんだけど……親父殿に対して私を遠ざけるか、バウム家に尽くさせるかするべきだって陳情書を送るようになってね。親父殿が相手にしないとわかると今度は義母上にまで送るようになって……それで結局、まあ、……色々あったんだ」

疲れたように言うアルダールが苦笑して、私の手に手を重ねました。

触れてきたアルダールの手が、少しだけ震えているような気がします。

気のせいでしょうけどね。アルダールは、強い人だもの。

二人きりの部屋で、こうして手を繋ぐというのもなんだか気恥ずかしいですが恋人同士なんだから変じゃないよね！

疲れる話をしたから、きっとアルダールだって辛いに違いない。

きっとこういう触れ合いは、恋人同士ならよくあることです。

べ、別に変な意味はなくてですね！

そう、リア充ならよくあることなのです!!　多分。自信はない。

「親父殿が直々に、バウム家の持つ別荘のうち一つの管理をクレドリタス夫人に任せるから、報告も含めて連絡は書類で定期的にと決めたんだ。それで、私と彼女は接点が消えたと思っていた。いやまあ、時々手紙でバウム家に尽くせっていうのは届いていたけど」

最初のうちは見たけれど、最近は来たら見ずに処分していたのだそうです。

どうしてそこまでのことをしていても、その方は許されているのでしょうね？

普通に考えたら、教育係だとしても身分的には使用人と同列です。

それにしては当主とその家族に迷惑をかけているのに、随分と甘い処分で許されているではありませんか。それには、何か理由があるんでしょうか。

（……まあ、他家の私が口を挟んでいい問題じゃないですけど）

でも、やっぱり腹立たしい。

そう思っているのが顔に出たのかもしれません。

アルダールが困ったように、それでいて少し嬉しそうに笑って握っていた手を緩めて指を絡めるようにしてきました。本当に彼は手を繋ぐのが好きですよね！

それに対してどう応じていいのかわからないから、彼の好きにしてもらっていたんですが……いや、なかなかこれ恥ずかしいんだよな……でもいやじゃないし、いいか。

「ありがとう、ユリア」

「え、いえ……」

「それとごめん。なんでかな……クレドリタス夫人については割り切っていたつもりだし、スルーすればいいとわかっているのに、そうするとなんだか負けたような気分になってしまうんだ。巻き込みたくないのに」

「そんな！　気にしないで」

「……ありがとう、これからは直していくよ」

アルダールの困ったように笑う姿を見て、私もなんとか笑顔を浮かべました。

そんな風に笑ってほしくはないけれど、私としては何かを言えるはずもなくて……結局、当たり障りのないことしか言えません。

（もっとこう、私に何かできることはないかしら。……アルダールのために、できること）

少し考えてみるものの、思いつきません。

せいぜい、一緒にいて寛げる空間を作ることに尽力しよう、そう思いました。

それからどのくらい時間が経ったでしょうか。

ディーンさまが狐狩りの前に乗馬の訓練をものすごく頑張って、プリメラさまにかっこいいところを見せようとしていたなんて話をしていたので、それなりに経過していたと思います。

そんな他愛ない話をして過ごす私たちの元に、執事さんがワインを片手に戻ってきました。

「お待たせいたしました、アルダールさま。こちらの品で間違いございませんでしょうか」

「……ああ、大丈夫だ。これで間違いない」

「かしこまりました。箱にお入れいたします」

「ああ、頼んだ」

「承知いたしました」

「馬車を正面玄関に回しておいてくれ」

テキパキと指示を出したアルダールが立ち上がり、私の手を取って立たせてくれました。

執事さんは深々とお辞儀をしてワインを持って退室したので、きっと馬車と箱の手配をしに行ってくれたのでしょう。

色々不穏な話もありましたが、無事帰れそうだと私はアルダールに気が付かれないようにほっと息を吐き出しました。意外と緊張していたようです。

「お待たせ、ユリア。思ったよりも時間がかかってしまったね」

「いいえ、ゆっくり話ができてよかった」

「そう言ってくれると助かるよ」

目的のワインを手にしたのだから帰ることは当たり前なのですが、いささか性急にも感じるのは早くこの館を出るべきだというアルダールの判断なのでしょう。

クレドリタス夫人という人物、話を聞けば聞くほど厄介だと私も感じました。

ですが、このままさっさと出れば会わずに済むでしょうからね！

きっとアルダールもそういう考えなんだと思います。

やや足早に部屋を出て、階下に移動したところで彼は足を止めました。

「アルダール？」

「……」

急に足を止めたからどうしたのかと思って見上げると、アルダールは厳しい表情をしているではありませんか。思わず私はぎょっとしました。

だってアルダールの顔は、本当に見たことがないくらい強ばっていたのです。

私を庇うように立った彼は、ただ前を向いています。

そんな彼の視線の先にいたのは、玄関のところに立つ一人の女性の姿でした。

白髪交じりの茶色い髪を一つに束ねた、厳しいまなざしを持ったご婦人です。

彼女もまた、こちらを見ていました。ただ、アルダールだけを見つめているかのようです。

見つめるというよりも、そう、まるで睨むと言った方が正しい。

厳然と立ちはだかる姿は、まるで番人のようでもありました。

決して、そこを無視して行かせないとでもいうように私たちの前に現れた女性に、私はどうしていいのかわかりません。

ですが、あの人が何者であるか私にもわかりました。

（クレドリタス夫人）

誰に教わるでもなく、私はそう思ったのです。

一見、顔立ちだけなら若そうに見えます。ですが白髪交じりのところを見ると、それなりの年齢なのでしょうか？　若い頃はさぞかし美人だったでしょうね！

そんな彼女は隠すつもりもないのか、変わらず敵意剥き出しでこちらをじっと見ています。

その表情が本当にあれですよ、般若ってこういうのを言うんだなって思いました。

以前エーレンさんが取り乱した時にもそう思ったものですが、彼女の時は激しい怒りで鬼のように見えたものでした。しかし目の前の女性はとても静かで、それがまた別の意味で怖いのです。

（美人が凄むと怖いってハナシだけど、冗談ではなく）

でも本当に、話に聞いていた通りアルダールに対して冷たいって言葉がぴったりの視線を向けてくることに私は驚きを隠せません。

だって、彼女がどう思おうと、アルダールはバウム伯爵さまが息子として認めている存在なのです。そんな彼に対してこの態度は無礼極まりないではありませんか。

話を聞く限り、現在のクレドリタス夫人はバウム家の使用人に過ぎません。

それが当主の息子に対して……って思ったら普通に咎められて解雇されたっておかしくない。

（どうして、バウム伯爵さまはこの人を好き勝手にさせているんだろう？）

放置して暴れ出したら困るとか、そういう意味もあって領内の別荘を任せているという風にも思えますが……それにしたって。

「お久しぶりでございます、アルダールさま」

「……ああ」

「バウム家のために惜しまず働かれているご様子、ライラも安心いたしました。慢心することなくこれからもどうぞお勤めくださいませ」

「……」

これは……聞きしに勝る（まさ）ってやつですかね！

言葉こそ丁寧ですが、慇懃（いんぎん）無礼のお手本みたいです！

おそらく、アルダールにとってはこれが〝いつものこと〟なのでしょう。

無表情で聞き流したようですが、私は驚きすぎて思わず呼吸をするのを忘れそうでした。

「クレドリタス夫人、貴女もこの町屋敷に何か用があって来たんだろう。こんなところで油を売っていないで自分の用事を済ませたらどうだ？」

「貴方さまとは違いこのライラ、ご当主さまのために働く時間を無駄にしたことはございません。

……そちらの女性が王女宮筆頭を務めていらっしゃるという方ですね。バウム家のためにご尽力してくださっているとのこと、感謝申し上げます」

「クレドリタス夫人！」

アルダールが厳しい声で名前を呼んでも目の前にいる女性は気にする風でもなく、なんだかぞっとしてしまいました。

（なんで、この人……アルダールのことをこんなにも蔑ろにできるんだろう？）

私には、まるでわかりません。

そりゃまあ、色々な事情があったんだとは思うんですよ。

アルダールの存在が予定外で、それでバウム伯爵さまの結婚に支障がとか、こぶ付きでは軋轢が生まれるかもとか、跡継ぎ問題とか……そりゃまあ、不安要素が大きかったとは思うんですよ。

恩義あるバウム伯爵さまの未来に汚点がついてはいけない、その気持ちが強く出るのは仕方がないハナシだったのかもしれません。

（だけど）

バウム夫人はそれをすべて受け入れ、実の息子と分け隔てなく接してくれているというし、バウム伯爵さまもアルダールのことを『長子』として尊重してくれて、剣の修行にお師匠さまを見つけてくださったり近衛隊に推挙してくださったりしたんですよね。

家族としては複雑なのは事実ですが、そんなご家族だからこそディーンさまだってあんなに素直に育って、アルダールのことを慕って……。

（彼がいつ時間を無駄にしたっていうの？）

いつだって努力して、親との関係で鬱屈する時期があってもちゃんとそれを乗り越えて、立派に仕事をし、仲間の信頼を得て……。

アルダールのことを尊敬できる人間だと、多くの人が認めてくれている。

バウム家にとって悪いことなんて、何一つありません。むしろいいことばかりではないですか！

アルダールは努力しているのに。

誰よりも、努力して今の彼になったのに。

ふつふつと沸き上がる怒りの感情を抑えながら、私は努めて冷静に声を発しました。

「……私が尽くしておりますのは、王女殿下です。バウム家のために尽力した覚えはありません」

「ユリア、彼女の言葉を気にする必要はない。もう行こう」

そして、私は……私がここにいるのは、バウム家のためじゃない。

アルダールのためでもない。

アルダールだって、バウム家のために私といるわけじゃない。

ああ、なんだかいやだ。

すごく、いやだ。

私の肩をぐっと抱き寄せて名前を呼んでくれるアルダールの声が嫌悪と焦(あせ)りを含んでいて、きっと彼は今、自分の意地を通したことを後悔しているのだろうと思いました。

(ああ、こんな時どうしたらいいんだろう。考えなさい、ユリア・フォン・ファンディッド!)

嫌味な人も、意地悪な人も、たくさん王城にはいるじゃない。

そんな時はどうしていた?

なんでもないって、無表情を貫いて。私は、どう対処していた?

「お名前を伺っておりませんでしたね」

「これは失礼をいたしました。ライラ・クレドリタスと申します。アルダールさまの教育係を務めておりました」

「そうですか。では覚えておいてください、クレドリタス夫人」

「何をでしょう？」

小首を傾げた夫人を、私はただ静かに見る。

そうです、目の前にいるのはよその家の使用人。

だからアルダールに対するその物言いについて文句を言う権利は、私にはない。

けれど、私がそれを理由に退く理由にも、ならない。

「先も申し上げました通り、私がお仕えしているのは王女殿下です。クレドリタス夫人は、勘違いをされていませんか」

「……なんですって？」

「私はバウム家のために尽力した覚えは一つとしてありません。また、そのようなことをバウム伯爵さまから望まれたこともありません」

私の言葉に、クレドリタス夫人が初めて驚いたように瞬きをしました。

けれど私は、それを見ても言葉を止めようとは思いません。

「家人であるならば、主が恥じるような真似は控えられますように。……王女殿下に対しても、失礼であると知りなさい」

クレドリタス夫人の言葉をそのままに受け止めるならば、バウム伯爵さまはバウム家のためだけにプリメラさまの輿入れを望んだかのような発言ではありませんか。

それを、彼女は理解しているのでしょうか？

確かにこの婚約について、そういった側面があることは否めません。

それは国というものから切り離せない、王家と貴族の関係なのだからしょうがない。

だけど、家人が口出しすべきか？

それは否です。

心の中で思うのはいいでしょう、仲間内や親しい人だけで話す分にも許されるでしょう。

だけど、相手方の使用人に対してこんな……『感謝しています』なんて発言はだめです。

私がこのことを王城に報告すれば、きっと問題になって彼女は咎められるでしょうね。

そして、雇用主としての責任を追及されたバウム家は面目丸潰れになるだろうし、そうなればプリメラさまとディーンさまの婚約に影響も及ぶに違いありません。

腹立たしいですが、私が行動を起こしてしまうと……誰も、幸せにならない。

「……今日の私は非番ですし、アルダールやバウム伯爵さまの面目もありましょう」

そりゃあ苛立ちはありますけど、それに流されたまま行動したっていいことは何もないとわかっているので、それ以上のことをするつもりはありません。

文句の一つや二つは言わせてもらいましたけどね！　もっと言っても良かったかな。

視線をクレドリタス夫人からアルダールに向ければ、不安そうな表情でした。ごめんね！

「私は、何も聞かなかったことにいたします」

わざとらしくない程度にため息を吐いて、これ以上は言わないと明言すればアルダールがほっとしたように表情を和らげました。

うう、アルダールを困らせたかったわけじゃないのに。

「ユリア……ありがとう」

ほっとした彼の声に、少しだけ罪悪感が芽生えます。

彼が言うように、無視して通り過ぎた方がよかったのかもしれないです。

アルダールが意地を張ったように、私も少しだけ意地を張ったのかもしれないと思うと……。

（ああ、まだまだだなあ私！）

言いたいことも言ったので、早くこの場から離れたい。

私が反省をしつつも一歩踏み出したところで、クレドリタス夫人の様子がおかしいことに気が付きました。

「あの方が恥じるですって？」

なんとクレドリタス夫人が、地を這うような低い声を出して私を睨みつけてきたのです。

おお、美人の凄みは恐ろしい！　しかし、生憎と私は美人を見慣れていますから怖くありませんよ。それに今はまだ苛立ちからハイテンションですし？

勿論、表情には出していませんが。こういう時こそ平静を装うのです。

（それに、よく考えたらエーレンさんが睨んできた時の方がもっと怖かったし……）

クレドリタス夫人も美人は美人ですが、エーレンさんの方が美人度（？）で言えば上ですし、彼女の場合は愛想が良かった分そのギャップがすごくて、インパクトがとんでもなかったんですよね
……だからあんなに怖かったのかもと思いました。

（……あれは本当に怖かったもんなあ……）

そんなことを私が思い出している間にも、クレドリタス夫人の方は怒りのボルテージが上がってきたらしく、体を怒りで震わせながら目をカッと見開きました。

お、やるのか？　やるのか？

思わず臨戦態勢に入った私ですが、舌戦なら負けませんよ！

「伯爵さまを誰よりも大切に思うこのライラを、あの方が恥じるはずがないでしょう！　何も知らぬ小娘ごときが……！　所詮は半端者に選ばれた程度の——」

きついながらも上品な態度を崩さなかった彼女が、顔を赤らめて私に怒鳴りつけてきました。

またアルダールのことまで悪く言おうとするのか！

かちんときた私がそれに反論しようとしたその時でした。

「——……そこまでです、ライラ。少々口が過ぎるようですね」

私たちの後ろから、別の声が聞こえました。

聞き覚えのないその声に目を瞬かせていると、アルダールの方が驚いたように後方の階段を見上げ、小さな声で衝撃的なことを言ったのです。

「……義母上……」

その声に、私も弾かれるように階上を見ました。

穏やかな表情で立つ、貴婦人の姿。

え、本当に？

こんなところでバウム伯爵夫人にご挨拶ですか？　この状態で⁉

幕間　ある少年の挑戦

王家の森から帰る道、馬車の中には俺とプリメラさまの二人きり。

執事のセバスチャンさんは、気を利かせてか御者台の方に行ってしまった。

彼の配慮に俺は心の中で感謝しておくことにする。


「演劇のチケットは、もしかしてバウム夫人が用意してくださったの？」

「はい、母は演劇が好きなので。……自分は、疎くて……すみません」

「ううん、ディーンさまはわたしのために、狐狩りの後のことを考えて用意してくださったんでしょう？　その気持ちが嬉しいわ！」

笑ってくださるプリメラさまは、今日もとても可愛らしい。

母上にお願いして、今一番人気があるという演目のチケットを入手してもらった。

正直、音楽会とか演劇とか、俺にはさっぱりわからない。

だけど、前に兄上がユリアさんと一緒に演劇を観に行くと言っていた姿が楽しそうで、それを参考にさせてもらった。内緒だけど。

「急なことなのにありがたいことだわ。後でバウム夫人にお手紙を書かなくちゃ。……そういえばバウム夫人とは何度か会ったことがあるけれど、あまり会話したことがなかったわ。ディーンさまから見てどんな方なのかしら」

「母上ですか？　そうだなあ……ええと、基本的には穏やかな人です。お喋りが好きで、明るい人だと思います。でも、領地のことが忙しいのであまり王城に来る機会はなくて、社交界に出る回数は控え目だと思います」

「そうよね、バウム伯爵も忙しいからあまり社交界には参加しないって、お父さまから聞いたことがあるわ」

「本来でしたらそれではいけないのでしょうが……周囲の理解に助けられていると両親はいつも言っています。支えてくれる仲間には感謝をしなければならないって」

なんだか難しい話になったけど、こういうのじゃなくてできればもっと親しく話をしたいのに。楽しい話をして、今日のデートを楽しんでくれたらいい。

(だって、久しぶりに会えたのに！)

俺だって貴族令息としての会話術とか、勉強した。だけど、プリメラさまと一緒にいる時間は限られているからちょっとでも婚約者みたいなことをしたい。

そして、できたら自然な感じで名前を呼んで、手を繋ぎたい……！

(ここがチャンスだぞ、ディーン。これを逃したら、次に会えるのはまたいつになるかわからないんだ。王太子殿下だって俺のことを未来の義弟って言ってくれたんだ、いける。やれる。頑張れ！頑張るんだ!!)

馬車の中でこっそり気合いを入れてみるものの、いざ彼女の名前を呼ぼうとタイミングを計れば計るほどわからなくなる。情けないよな……俺。

こっちを向いて笑顔を見せるプリメラさまは、とんでもなく可愛い。

（そういえば勝手に演劇にしちゃったけど、好みじゃなかったらどうしよう）

俺に気を遣って何も言わずに付き合ってくれているのかもしれない可能性に今更ながら気が付いて、内心慌ててた。もしかして、俺は一人で突っ走ってるんじゃないだろうか。

こんな時、どうしたらいい？　どうすればいい？

そんな動揺を誰かに聞いて解決できるわけでもなく、馬車は城下の劇場を目指して進む。

「あ、あの！」

「なあに？」

「その、勝手に演劇を観に行くことにしてしまったけれど、その、嫌じゃなかった、ですか」

「嬉しいわ、……でも正直に言うと、わたしはあまり演劇とかを観に行ったことはなくて……でも今日はディーンさまがご一緒してくださるから、とても嬉しいし楽しみです！」

照れ笑いをするプリメラさまに、俺は胸を打ち抜かれた気持ちだ。

ああーこの方は、なんでこんなに優しくて可愛いんだろう!!

こんな可愛い人が、俺の婚約者（予定）だっていうんだから神さまありがとうございます！

「じ、自分も、演劇とかは、本当にわからなくて。でも、王女殿下に楽しんでいただけるなら、嬉しいです。次は、もっと喜んでいただけることを考えますから！」

「まあ」

思わず意気込んでそう言えば、プリメラさまは目を丸くしてからくすくす笑った。

その表情は、とても楽しそうだ。……そして、とても可愛い。

「ディーンさま、もう次のデートを考えてくださるの？」

「えっ」

「でしたら今度は、丸一日とは言いませんからいつもより長い時間一緒にいられるのがいいわ」

「……が、頑張ります」

学園に行ったら、今よりも会える機会も時間も減ってしまう。

それがわかっているから、プリメラさまの仰る『いつもより長い時間』は難しい。

プリメラさまだってそのことをわかっているはずなのにそんな風に言うのは、それだけ俺と一緒にいたいと思ってくれている……ということなんだと解釈した。

ああ、嬉しい。

あの日、王城の庭で花を見る彼女を見つけてなかったら、今この時間はないんだ。

恋したこの気持ちを、諦めるんじゃなくて父上に頑張ってお願いしてよかった。

色々教わって、足りないことを知って、そこで挫けなくてよかった！

「あ、もうすぐ到着するみたいだわ」

「あの……プリメラ」

「えっ？」

名前を、呼んだ。思い切って、呼び捨てで。

本当は、そんなのまだダメだ。

俺はまだ婚約者候補でしかなくて、一番彼女に近い位置にはいるけど、それは確定ではない。

（もうほとんど確定だって母上は言ってたけど……ちょっとしたことでなくなる可能性はあるって、父上は言っていた）

だから本当はまだ、臣下として正しい距離を保たなければいけない。

少なくとも敬称をつけて、王女としての彼女を敬わなければ。

だけど。

だけど、それじゃいやなんだ。

「到着する前に、聞いてほしい」

「ディーンさま……？」

「前にも話したけど、学園に行ったらあまり時間はとれないと思う。でも絶対に手紙を書くし、長期の休みの時は必ず会いに行く。だから、待っていて」

「……はい」

「絶対に、プリメラの婚約者になってみせるから。誰が何を言っても、相応しいのは俺だって、認めさせてみせるから！」

バウム家の息子だから選ばれたんじゃない。

ディーン・デイン・フォン・バウムだからプリメラ王女に相応しい。

そう言われるだけの男にならなくちゃ、だめなんだ。

狐狩りに出た森で、襲撃者を前に震えた手足を情けなく思った。

即座に動いた兄上たちや、馬上で表情を変えずただ彼らが賊を捕縛する様子を見下ろしていた王太子殿下の姿。その中で、自分だけが震えていた気がして情けなかった。

（このままじゃ、だめなんだ）

プリメラが、俺をちゃんと見てくれて、一緒にいたいと思ってくれているのに。

このままじゃ格好悪いじゃないか。

物語の騎士さまなんて、ずっとずっと遠い存在過ぎて手を伸ばしたって足りない。

でも、俺は諦めたくない。諦められるわけがない。

「俺は女心なんてわかんないし、洒落たことはできないし、ダンスだって……今も練習しているけど、多分そんなに上手い方じゃなくて、字だってまだまだだと思う。勉強も頑張る」

「うん」

「プリメラの努力に、負けないように俺も努力する」

「うん……」

「いつか、候補じゃなくて、婚約者になった時にもう一度、ちゃんと言うけど」

ぐっと自分の手を握る。

体は成長して、大人に近づいた。だけど、近づいただけで……まだ子供だ。

それが歯がゆくて、悔しくて。

俺の握った拳の上に、そっと白い手が乗せられた。

「何を言ってくださるの?」

プリメラが、俺のこんな情けない姿を笑うこともなく、真面目な顔で見つめてる。

俺の言葉を、待ってくれている。それだけで、胸が満たされる思いだった。

「……俺の、お嫁さんに、なってください」

ああ、言うに事欠いて本当にガキか。

そう自己嫌悪しそうな俺の前に、俺の大好きな笑顔があった。

「はい！　喜んで！」

優しく、朗らかに笑うプリメラは、きっと俺よりも『オトナ』だ。

こんなガキの独占欲を、笑って受け入れてくれる彼女に見合う男にならなくちゃ。

俺が嬉しいやら情けないやらで泣きそうなのを気にも留めず、彼女は笑う。

「嬉しいわ、ねえディーンさま。またプリメラって呼んでくださる？」

「……誰もいない時なら」

「本当？　約束よ？」

「うん」

「ああ、劇場に着いてしまう。勿体ないわ」

「でも、また次があるから」

「ええ、そうね」

馬車が止まる。小さな秘密は、ここまで。

ここからは婚約者候補として、バウム家の嫡男として、俺は貴公子らしく振る舞わなくてはいけなくて。プリメラは……まあどこからどう見てもお姫さまなんだけど。

きらきらしてるし、綺麗だし、可愛いし……。

「そうだわ」

御者が降りるのが、馬車の揺れでわかった。

ドアが開くまでもう少しというところで、プリメラが俺の耳元に唇を寄せた。

「わたしも、これからは二人の時にディーンって呼んでいい？」

「……えっ、あ、う、うん！　も、勿論！」

「嬉しい」

花が綻ぶような笑み、って小説の中に出てきた言葉が思い浮かんだ。

ああ、彼女の笑顔が、まさにそうなんだろうなって思った。


きっと俺は、真っ赤な顔をしているに違いない。

だけど、俺にエスコートされて劇場を歩くプリメラがとても嬉しそうだから。

（あれ、結局……俺、格好悪くないかな？）

ふと、そんなことを思ったけど隣で笑う彼女がいてくれるから、そんな思いは消し飛んだ。

もうなんでもいいや！　だって俺、今幸せだから！

幕間　笑みを深める

「性格の悪いことだ」

頬杖を突きながら馬車に揺られる主は、そっけなくそう言った。

それが誰を指して言っているのか、理解できないわけがない。

なぜなら、馬車の中には主である王太子殿下と、ボクしかいないのだから。

「おやおや。心外ですね」

ボクの言葉に応えることもなく、王太子殿下はただ窓の外に流れる景色に視線を向けておいでだった。答えがないのは独り言だったからではなく、退屈だったから思ったことを口に出しただけに違いない。

まあ、景色を眺めているように見えて。これからのことに考えを巡らせていらっしゃるのだろうけれども。なんとも器用なことだとボクは内心で笑った。

紅茶を淹れて差し出せば、こちらを見ることもなく受け取る。

本来、毒見を通さねば飲食物を口になさることなどない身分であるこの方が、ボクの用意するものだけは躊躇いなく受け取る。

ああ、それがどれだけ栄誉なことか!!

(周囲の人々にはボクらの姿はどう見えているのだろうか)

王家のために生まれ、育ち、死んでいく。

それを定められたボクにとって、大勢いるボクらの中から選ばれた時さえ特に感慨はなかった。

選ばれるかどうかで、忠義の度合いは変わりようがないからだ。

だってそれは、当たり前のことだから。王家に尽くす、それだけが意義なのだから。

でも大抵の人間は、ボクらを見て痛ましげな目を向ける。

可哀想に、哀れな、そんな同情的な感情が垣間見えるから滑稽だ。

だが、国王陛下が呼びつけた『名無し』のボクを目の前にした王太子殿下は、路傍の石を見るような眼差しを向けて頷いただけだった。

与えられた部下、ただそれだけの話だったのだろう。

しかし名前がないと不便だと王太子殿下は国王の許しを得て、跪くボクを見下ろして観察するようにじっと見つめてから、口を開いた。

ただ真っ直ぐに、ボクの全てを見透かすように見て名前を与えてくれたのだ。

『お前の名前は今日からニコラスだ。私のためだけに仕え、生きろ』

こちらの返事など聞く気などないその言葉に、ボクはただ頭を垂れた。

感情の波など見せない理想的な王太子。

誰もが次期国王にと望む、完璧な王子。

ボクがお仕えする、ボクだけの主となった、たった一人の男の子。

その綺麗な顔の下にあるのは、優れた知性と理性、そしてそれらに隠されて、ほとんど見ることができない年相応の愛らしさ。

こうして二人の時にだけ、僅かに王太子としての態度を和らげるのだ。

「ボクが立案したのは事実ですが、それを実行するよう命じたのは貴方さまでしょう？　敬愛してやまぬ我が主、王太子殿下！」

「当然だ。それが国益になるとわかっていて、行わない理由などない」

英雄という存在は、得難いものだ。

なろうとしてなれるものじゃない。そんな状況がそうそうあってたまるものか。

英雄が生まれる時は、それ相応の災厄があるからだ。

（災厄がない時、英雄なんてただ飯食らいみたいなものだからね）

だが残念なことに、今回は『災厄』と呼べる状況が整いすぎていた。

それがまさに巨大モンスターの襲来で表面化しただけだ。

騎士団でも手こずる怪物相手になす術もない人々にとって、退治してくれた人間はそれはもう英雄以外の何者でもなかっただろう。

それを退治したのが地方で名の知られる神童とその父親だなんて、まるで物語の、英雄伝や神話にある一節のようではないか！

しかもそれに加えて若き騎士の危機を救ったというから、この話で吟遊詩人たちがさぞかし大盛り上がりしたことだろう。一体彼らは何曲、今回のモンスター討伐について歌ったのやら。

そしてこの事実に、まず民衆が沸いた。

英雄は、生まれるべくして生まれてしまった。

だから国は、英雄を取り込まなくてはならない。

ここでその存在を無視したり蔑ろにしたりすれば民衆たちから敵意を向けられるからだ。

蔑ろにせず、隷属させるのではなく、あくまで本人の強い希望によって国に仕えてもらう。

なんて美談だろうか！

（そのための、叙爵だからね。貴族位で忠誠が買えるなら安い買い物だろうさ）

まあ、上の人たちがどう考えているか、ボクにはわかりはしないけれど。

そして思惑通り、民衆は国が認めた英雄の誕生に感動し、歓迎した。

英雄がいるからもう大丈夫、モンスターなんて怖くないってね。

そして民衆は、一人の民にしか過ぎない英雄の功績を認めてくれた王家を、国を、口々に素晴らしいと褒め称えたのだ。

陰でどんなことがあるのかなんて誰も気にしやしない。

もう一人の英雄であるべきはずの少女を、英雄は一人の方が見栄えも良いからと説得し、父親のみをその座に据えたとか、ね。

それは一人に称賛を集中させた方が国としても扱いやすいと判断されたからだ。

そして娘の方も『神童』であることを考えれば、『英雄の娘』という評判も併せ、彼女にも十分な名声が得られるだろうとの判断でもあった。

まあ、どちらにせよ国と民衆にとって都合良く動いてくれる限り、彼らは大事にされることだろう。それはもう、真綿で包み込むかのように。

ただ、その英雄の娘――――ミュリエッタは、いささかその行動が目に余る。

（神童ということで常人とは考えがずれているんだろうけど、それでもよくまあ、これまで無事だったものだと思うよ）

あくどい商売をする商人たち相手に、教養のない冒険者が依頼料を掠め取られるのなんて日常茶飯事だ。憂慮して教育を施そうにも、民心が変わらなければ意味がない。

だって彼らは、学ぶことよりも目先の生活を優先してきた。

それが悪いことだと、ボクは思わない。

単純に、彼らの生活にとって必要ではないと判断されて切り捨てられただけだ。

学びたければそれに応じた職について、誰かに師事するなり金を稼いで学べばいい。

それをせず、学がなくてもできる仕事の中で、身一つで稼げる職の筆頭が冒険者でもあるのだから。ハイリスクハイリターンとまでは言わないが、『自由』という便利な言葉に惹かれる人々は後を絶たない。

知識を得て、深め、より高みを目指すもよし。日銭を稼いで贅沢に使い切るもよし。

稼いだ金をどう使うかは、彼ら次第。

そういう意味で彼女の父親である英雄は『その日を暮らせればそれでいい』という冒険者らしい価値観で暮らしてきた人物だ。

彼の中で、別に矛盾はないのだろう。だから疑問に思わず、今までその生き方をしてきた。

きっとそのままなら、普通の冒険者として生き、死んでいったに違いない。

（だけど、あのお嬢ちゃんがいたから）

大人顔負けの計算能力に、大人と同等の考え方ができ、愛らしい子供の姿と言葉で論破する。

多分、父親を軽んじられていることに、あるいはそれに気づかずへらへらと毎日を生きている父親に苛立ちを感じて、正義感から黙っていられなかったってところだろう。

そういう意味ではあのミュリエッタという少女は性根は真っ直ぐなのかもしれない。

子供特有の潔癖な部分とでもいうのだろうか？

今まで逆恨みされずに済んだのは、不幸中の幸いに違いない。

それともそのあたりも上手くやれていたのだろうか。

今のように、なにかを画策して立ち回ってきたのかもしれないと思うと、興味深い。

（だけど、こそこそと行動をしているのは減点だね）

結果として、貧乏くじを引くようになっているのだから報われない。

そう思うボクだが、内心、彼女のような存在は面白くて仕方ない。

「楽しそうだなニコラス」

「おや、そうでしたか」

「当面、あの父娘も大人しくしていることだろう」

「そうだといいのですがね」

ボクの言葉に、王太子殿下が心底嫌そうに眉を顰める。

おやおや、二人の時は忌憚なく意見を述べよと以前に言われたからこそ、こうして素直に意見を述べたというのに！　悲しいですねえ！

「……多少時間がかかろうとも、楔は打ち込んだ。結果はいずれ出るだろう」

「はい、それは勿論ですとも」

ボクもその意見に賛成する、だが本当にそうだろうか。

結果が楽しみでならない。

（果たして、王太子殿下が望むような結果が出るかな？）

あの父娘は、お互いを支えて生きてきた。

それはもう、美談として世間が語るように支え合って。

だが、いつかは離れていくものだ。鳥の巣立ちと同じようにね。

あたかも自然にその時期を迎えたかのように見せかけて、他人が介入して自立を促した結果はどのように出てくるのだろう。

それまで、父親を引き上げることで自分を保っていた少女はどうなるのだろう？　娘の助力を失って、自分本来の能力を理解した中年男はどう感じるのだろう？

（ああ、ああ、なんておかしな悲劇で、喜劇だろうか！）

きっとボクが楽しそうに見えたのだろう、王太子殿下はうんざりしたような表情を見せた。

ひどいなあ。まあ、実際楽しいんですけれどね！

「それから」

「はい、なんでしょう？」

「あまり、からかってやるな」

「おや、なんのことでしょう」

ひどく曖昧な注意。王太子殿下にしては珍しいそれに、ボクはとぼけることにした。

まあ、大体は察している。

この方にとって、大切な妹君が嘆くことのないようにという心遣いだ。

しかしボクの返答はお気に召さなかったらしい。王太子殿下はまた眉を顰めた。

その若さから眉間に皺を寄せていたら、癖になってしまうと何度か注意はしているのですがね、いくら美形だからって、将来王妃になる方と顔合わせした際に『睨まれているみたいで怖い』って嫌われるかもしれませんよ……ってね。

だけど、今それを突っ込もうものならさらに不機嫌になるのが目に見えているので、賢いボクは肩を竦めるだけにしておいた。

「いいじゃありませんか、特別なことはしておりませんよ。ただ、あの人の反応はボクにとって好ましいというだけで……それ以上のことはいたしませんとも」

「……まあその程度、自制が利く狗（イヌ）でなくては困る」

「おやおや辛辣（しんらつ）なご主人さまですね。ええ、勿論、今の状況でしたらばこれ以上何かをすることは考えておりませんとも」

　何を言いたいのかあえて言葉にしない以上、ボクもわざと理解できないふりをする。

その方が、会話は楽しめると思いますからね。

王太子殿下はきっとボクのことを面倒くさいやつと思っているんでしょうが、それと同じくらい楽しんでもいると思うんですよ。

（ああ、でももし彼女がこの場にいたなら、きっと『胡散臭い』って目でボクを見るのだろうな）

その表情をありありと想像できて、思わず笑いそうになってしまった。

いや、口元はいつも笑みを作っているのだけれど。

貴族のご令嬢で、侍女をやりたがる変わり者で、愛情深くて、武器なんて手にしたこともない。

お菓子作りが好きで、後輩たちに甘くて、家族を愛していて。

ああ、どこまでもそこらにいそうな『普通の』女性。

剣聖に恋（こ）われる辺りは普通とは言えないが、いや、逆だな。

（あの男も、ボクと同じだ）

普通でないから、普通に焦（こ）がれる。

自分にとって理想の普通を与えてくれる、そんな相手を好ましく思う。

（だってそうだろう？）

自分たちの境遇を嘆く必要はどこにもない。

だけど、欲するくらいの気持ちはある。

ボクだって、まともな親ってやつの下で甘やかされて育って、学校に行って、武器など持たず争う術も知らず、友達というやつや恋人と笑い合う人生を歩んでみたかった……なんて思ったことが少なからずあったからね。

（それは無理なんだと悟ったのは、いつだったかな）

今はまあ、そんな夢物語はどうでもいいと思っているし、案外この人生も悪くない。

刺激的だから退屈しないで過ごせるし、国のために尽くせるというのは何よりも大事だ。

その部分は、ボクの根幹なのだから。

それと、目立つ側じゃないってのも、ボクのスタイルに合っているしね。

だが、王太子殿下はボクをじろりと睨み付けるようにして見てきた。

どうやら返答が本当に気に入らないらしい。

「バウム家は王家にとって必要な家だ」

「存じております とも」

「これから、ディーンは良き友として私を支えてくれることだろう。プリメラの存在も、大きい」

「はい、その通りでございます」

政略結婚が前提だと理解していながらに、あれほど仲睦まじい少年少女の組み合わせも珍しい。

見ていてこちらも微笑ましくなるのだから、すごいことだとボクも思う。

思い出して目元を和らげている王太子殿下を見て、この人までこんな風にするのだから本当にすごいことだと感じているんだ。

「ニコラス」

ボクの視線に気が付いて、少しだけ気まずげに咳払い（せきばらい）をした王太子殿下が、表情を引き締める。

その顔は、もう優しい兄から王太子の顔へと戻っていた。

「はい」

「剣聖。その名も、他国に与えるには惜しい」

「承知しております」

「……プリメラも、あれが幸せであれば喜ぶ」

あえて名前を出さずに告げられた存在。

だけれどボクは知っている。

この厳格で、真面目で、不器用な主人が、わざわざボクに釘を刺しているんだってことくらい。

少しだけ、心の中がざわついたが、表情を変えるようなことでもない。

「……承知しております」

「なら、いい。叔父上が色々と便宜（べんぎ）を取り計らってくれるとはいえ、まだ私も王太子としての力が足りない。いずれは叔父上の負担も減らしたいところだが……」

王弟殿下、か。

あの方も、よくわからない人物だ。

だが、忠義を尽くすべき王家の一員である以上、ボクとしては何かを思うところはない。

むしろ王弟殿下の内面は、ボクらとどこか同じような、仄昏（ほのぐら）いものがあるんじゃないかな、なんて思うこともあるほどだ。

「王城に戻り次第、職務に戻る」

「かしこまりました」

それだけ言うと、王太子殿下は再び外へと視線を向けた。

ボクはただ、笑みを浮かべるだけだ。


王太子殿下が望むままに、と心の中で呟いて。

いつかはこの言葉が『国王陛下の望みのままに』と変わるのだろうなあ、なんて少しだけ未来に思いを馳せて笑みを深めるのだった。

第四章　予定外のご挨拶

ゆったりとした足取りで、優雅に階段を下りてくる女性。

その後ろに、先ほどワインを届けてくれた執事さんが若干顔色を悪くして付き従っています。

そして、その他に年嵩（としかさ）の侍女さんが一人。

階段を下りてくる淑女を、後方の窓から光が照らすその光景はどこか厳かです。

まるで映画のワンシーンを思わせるような登場をした女性は、私たちの方へとやってきて優美に微笑みました。

「ご挨拶が遅れましたね、ファンディッド子爵令嬢。わたくしはバウム伯爵夫人アリッサ。以前から貴女のお話は耳にしていました、会ってみたいと思っていたのですよ」

「ご丁寧な挨拶、恐れ入ります。ファンディッド子爵家長女、ユリアと申します」

微笑みを絶やさず、優しい声で挨拶をしてくださった伯爵夫人に私も貴族令嬢としてお辞儀(カーテシー)をすると、夫人は嬉しそうに笑顔を浮かべてくださいました。

（伯爵夫人は堅実な女性で、華やかさよりも穏やかな雰囲気が素敵な女性だと耳にしたことはありましたが……これは、確かに、そう！　癒し系美女だ!!）

そう、美女は美女ですがビアンカさまのように大輪の花タイプではなく、野に咲く可憐(かれん)な花タイプです。柔らかな雰囲気がそこにいてくれるだけでこう、ほわっとしそう！

噂を耳にしたり、遠目にお見かけしたことがある程度で、直接言葉を交わしたのは今回が初めてです。見た目も声も穏やかで、傍にいるだけで穏やかな気持ちになれるような人っているじゃないですか、まさにそのタイプです。

伯爵夫人は明るい茶色の髪で、ディーンさまは母親似なんですね！

きっと素敵なお母さんでもあるのだろうなあと思いましたが、同時に名家の奥方とはこういうものだ……という風格を感じます。

なんとなく感激する私の横で、アルダールが所在なさげに視線をあちこちに向けてから、はぁ、とため息を一つ吐きました。

（……あれ？）

そんな彼が珍しくて視線を向ければ、アルダールはばつが悪そうにしてから夫人の方を向いたかと思うと、髪をくしゃりとかきあげて、どこか恥ずかしそうにしているではありませんか。

「……義母上が本日こちらにいらっしゃるとは知りませんでした」

「ええ、急なお見舞いがあって。その帰り、少し疲れてしまったから町屋敷で休んでいこうと思って先ほど到着したのだけれど……」

夫人はにっこりと笑いました。

けれど、先ほどまでの優しげな雰囲気は一瞬で霧散し、伯爵家を預かる女主人の姿が現れて私まで思わず背筋が伸びました。

あれっ、癒し系美女がいつの間にか統括侍女さまに早変わりした……？

「ライラ、貴女、自分が何者か言えて？」

「……奥さま」

「言えて？」

「このライラは、……バウム伯爵家に仕える人間に、ございます」

「そうね」

バウム夫人の口調は相変わらず優しいのに、厳しくて。

表情を強張らせていたクレドリタス夫人が、大人しく頭を深く下げました。

それは、彼女が使用人としての立場を再確認した瞬間でした。

「貴女の声は上の階までよく聞こえました。アルダールに対する態度や、ファンディッド子爵令嬢に対する礼儀もまるでなっていない口ぶりにバウム家を預かる身としてわたくし、恥ずかしくて困ってしまうわ」

「……奥さま……!?」

「アルダールもこういうことがあるのだから、面倒だからと使用人に最低限の指示を出すだけで後は自分でやろうとすることを改め、もっと人を使うことを覚えなさい。そうすれば今回は、ファンディッド子爵令嬢にご迷惑をかけることなく、この館から一緒に出られたはずよ？」

「……反省いたします」

アルダールに対しては幾分か和らいだ声で、母としての叱責が飛ぶ。

その言葉のほとんどが正しいものだからアルダールもぐうの音も出ないらしく、息子として応じる彼の普段とのギャップに思わず笑ってしまいそうでした。

「とはいえ、わたくしもアルダールの判断ミスのおかげでファンディッド子爵令嬢とご挨拶ができたのだから今回は怪我の功名というやつかしら。ユリアさんとお呼びしても？」

「はい、勿論でございます」

私の方へ向いた伯爵夫人は、もう癒し系美女に戻っていました。

おおう、七変化……いや、七つもないけど。

親しく名前を呼ぶ関係になるほどのお付き合いはないけれど、アルダールのお義母さまだし、以前演劇のチケットも譲ってもらったし、お断りする必要は何も感じなかったので即答です。

そんな私の答えに満足げに頷かれた夫人は、再び女主人としての面持ちでクレドリタス夫人の方に視線を向け、厳しい声をあげました。

「ユリアさんはわたくしの可愛い息子の恋人というだけでなく、もう一人の可愛い息子の意識改革にも協力してくれて、その上、筆頭侍女として立派に勤めておいでの女性です。たかが伯爵家の使用人に過ぎない貴女がおいそれと言葉を交わせる人物ではありません、ましてや意見など」

「可愛い息子ですって⁉　確かに半分は――」

「気にすべきところはそこではないでしょう？」

クレドリタス夫人の噛みつきっぷりに、呆れたという様子で伯爵夫人は後ろに控えていた執事さんを手招きしました。

その所作はあくまでも優美で、由緒ある伯爵家の女主人としての威厳を感じます。

「アルダールは血の繋がりがあろうがなかろうが、わたくしの息子です。それに対してこれ以上文句を言うならば、夫の温情もこれまでだと以前にも手紙がいっているはずですよ。……ライラを連れて下がりなさい」

「このライラは！　バウム家のためを思って……‼」

「夫がアルダールのことを常々誇っているのはもう周知の事実。それを認められないのは貴女くらいのものですよ」

「ライラ、こちらへ来るんだ。部屋から出るなとあれほど言っただろう……！」

「離して！　あの異物はバウム家のためにならないのよ、私は間違ってなどいないの！　奥さまはお優しいからお気づきになっていないだけなの……‼」

クレドリタス夫人は必死で抵抗していましたが、男性の力には抗えなかったのでしょう。

他の使用人の助太刀もあって、彼女は執事さんたちと共にどこかへ消えていきました。

なんだかバウム家の問題を一挙に見てしまったような気分です。

勿論、そんなことは態度にも顔にも出しませんけれどね。
出したら最後、アルダールが当分の間、私に会う度に申し訳ないって顔を見せるに違いありませんからね……それは避けねば。

「まったく、家族のことに口出しするなんて無粋(ぶすい)だと思わないのかしら。ユリアさん、お見苦しいものをお見せしてしまったわね」

「いえ……」

伯爵夫人の言葉に、私はなんと答えていいかわからず曖昧に笑って誤魔化しました。
見苦しくないって言ったら嘘だし、だけど『はい、そうですね』は明らかに違うしね！
こういう時は笑って誤魔化す。それがきっと正解です……。
私のそういう対応を気にするでもなく、伯爵夫人は手を叩いて明るい笑顔を見せました。

「ねえ、折角だもの！　アルダールも少しくらいこの母とお茶をしていってちょうだい。ユリアさんにきちんとお詫びもしたいし……」

「義母上」

「いいじゃないの、ねえユリアさん。だめかしら？」

「いいえ、喜んで。折角ですから、ご相伴(しょうばん)にあずからせていただきます」

アルダールが気を遣って断ろうとしてくれますが、なかなか格好悪いところを母親に見られて強く出られないようです。
おそらく、伯爵夫人とだったら大丈夫だろうと私が応じる旨を伝えれば、アルダールはほっとした様子で私に頭を下げました。

「……ごめん、ユリア」

「もう！　貴方は本当に心配性ね。……大丈夫よ、本当に少しお茶とお話をするだけだから。アルダールがわたくしたちとお話をするようになってくれたきっかけをくれた人に、是非お礼を言いたかったの！」

無邪気に笑う夫人に、アルダールもようやく力を抜いたように笑いました。

遠くからクレドリタス夫人の叫び声のようなものがまだ少しだけ聞こえてきますが、私たちは全員が全員、聞こえないふりをしました。

多分、いや、かなり気になるけども。これ、なんてホラー？

それから私たちは上の階に戻り、伯爵夫人に付き従っていた侍女さんに淹れてもらったお茶を飲みながらお話をしました。

そこで、私はクレドリタス夫人の境遇について聞かされたのです。

なんで？　と思わなくもありませんでしたが、まるで関係のない話でもないかもしれないし、迷惑をかけたのでアルダールにももう一度確認という意味で聞いてほしいとのことでした。

「もう聞いているかも知れないけれど、ライラはパーバス伯爵家に縁ある女性なの」

パーバス伯爵家からすると縁戚といっても、三代前の当主のお身内が愛人作って生ませた子供のさらに孫だとかなんとか。

（いや、それもう他人も同然じゃないのか……？）

誰が聞いてもそう言うと思うんですが、まあそれが本当のことかどうかも不明だそうですので、おそらくそこに深い意味はないのでしょう。

とりあえず話を戻すと、彼女は〝パーバス伯爵家の縁者〟として伯爵家に呼び出され、そのまま家人への褒美として嫁がされたんだとか。

（え、なにその人権無視な話。一体いつの時代の話……？）

そう思いますよね！

ところが、この話には更に続きがあるのです。

彼女が嫁いだ先での扱いはひどいもので、ある日、バウム伯爵さまがまだ若かりし頃にそこから逃げ出した彼女を助け、間に入って縁を切らせたのだそうです。

そしてただ助けただけではなく、その後の世話もしてあげたのだとか。

「それでバウム家とパーバス家は仲が悪くなったのよ。元々仲がいいわけじゃなかったから、お互い困らないと言えば困らないのだけど……」

なるほど、エイリップさまがアルダールに対抗意識を燃やしていたのは別に女性関係の問題だけではなかったと……？　いや、どうかはわかりませんが。

その後の彼女の扱いは、バウム家が信頼を寄せる家人でもあったクレドリタス家に預けることとなったのだそうです。

彼女はそちらで真面目に働き、その家の跡取り息子と再婚をしたのだとか。

ほどなく子供も生まれて、彼女の再出発は幸せに満ちたものになったわけですね。

そこで終われば、めでたしめでたし、だったのですが……。

「ところが、国内で流行り病が蔓延（まんえん）した時期があって……その際に、ライラの夫と子供は帰らぬ人となってしまったの」

流行り病の話は私も聞いたことがあります。私が生まれるよりも前の話。

王城に勤める医師たちも、その時の経験談を語り継いでいるとか。

「……ライラは、まるで抜け殻のようになっていたそうよ」

夫と子を一度に亡くしたクレドリタス夫人は、きっと絶望感に苛まれたのでしょう。

帰る実家などなく、今度こそ幸せになれたと思った瞬間にその手から幸せがすり抜けていくだなんて想像もできない辛さに違いありません。

塞ぎ込む彼女に、伯爵さまはクレドリタス家の一員としてこれからもバウム家に仕えてほしいと仕事を与えるようになったのだとか。

勿論、クレドリタス夫人にできる範囲内で。

基本的には頭の良い女性だったらしく、クレドリタス家で学んだノウハウもあって書類関係に強かったんだとか。それもあって、数年後にはアルダールの教育係に抜擢されたということでした。

ところが、虐待まがいのことをしていたということが発覚して今に至る、と。

ここまで事情を説明して、伯爵夫人はほうっとため息を漏らしました。

「お恥ずかしい話だけれど、わたくしも嫁いでくるまでアルダールのことをまったく知らなくて。それでようやくライラの問題を知ったの」

「そうだったのですね……」

ここまで話を聞いて私もクレドリタス夫人に同情したくなりました。

あの人も、お義母さまと同じでパーバス伯爵家の犠牲者といったら大袈裟かもしれませんが、そういう類の人なのだなあと思うとね……。

バウム伯爵さまが色々と強く出られないのも、逃げ出すほどの暮らしをしていた彼女と、その後の抜け殻の姿を見ているからなのでしょう。

だからといってアルダールの件はまた別ですけど！

同情はするけれど、だからといってやっていいことと悪いことがあるんですからね！

「当初、アルダールには随分と距離を置かれていたから、おかしいなとは思っていたのよ？　そりゃあ継母（ままはは）が最初から受け入れられるとは思っていなかったけれど、それとも少し違うようだったし……嫌われるような真似をしちゃったかしらと」

「そのことについては、申し訳なく思っています」

「ああ、いえアルダールが悪いわけじゃないのよ！　夫が周りを抑え込めなかった不手際もあったのだし、今はちゃんと家族として過ごしているもの。それで十分だわ」

伯爵夫人は慌てて手をぱたぱたと振って、アルダールの頭を撫でました。

まるで小さな子にするようなその行動に彼の方が困っていましたが、嫌がる様子もなく……なんだか微笑ましいと少し思いましたね！

「義母上、あの……私もいい年齢の男なので、そういうのはちょっと……特に彼女の前ですし」

「あっそうね。んもう、ディーンも最近嫌がっちゃって……二人ともすっかり大きくなってしまって寂しいわ」

笑った伯爵夫人は照れ臭そうに私を見て、またにっこりとしました。

私としては二人のやりとりが微笑ましくて続けていただいてもよかったんですが、アルダールはきっと恥ずかしいんでしょうね。

このことは反撃の材料に……いや、ならないな。

つっついたら最後、私の身が危うい。知ってる。

「これでライラについての事情は話したわ。無礼を働かれた貴女にはそれを知る権利がありました。だからといって、彼女を許してやってほしいとは言いません」

伯爵夫人は、きっぱりとそう言い切ってから私に小さく頭を下げました。

バウム家の女主人としての説明責任をきちんと果たしたかったのでしょう。

アルダールの恋人としての私に対しても、客人としての私に対しても、両方に対して女主人としてあるべき姿で対処してくれたのだと、そう感じました。

「バウム家の女主人として、家人が貴女に失礼なことを述べたことをお詫びするわ。王女殿下に対してもお詫びしてもしきれないほどの無礼だったと思います。ライラに関してはわたくしが責任を持ちたいと思いますし、今後このようなことはないよう、夫と共に努めるとお約束いたします」

「……はい。お言葉を、確かにいただきました」

子爵令嬢としても、筆頭侍女としても。

そして、アルダールの恋人としても。

軽んじるべきではない出来事として反論はしたし、事と次第によっては統括侍女さまにもご報告かなっていうレベルのお話ではあったんです。

プリメラさまとディーンさまの婚姻に、家人たちがあれこれ詮索(せんさく)したり誰が影響していると声に出すなど言語道断。

それは、決定をした上の方々を軽んじる発言として捉えられ、処罰の対象となるのです。

（ただの噂話だとか、世間話レベルならまだ言い逃れもできたけれど）

私とクレドリタス夫人は初対面であり、彼女の言い方では『王女はバウム家を栄えさせるための道具』のように解釈することだってできるのです。

そうなれば、バウム伯爵家は王家に対しなんと無礼なのかと、他の敵対する貴族家から攻撃を受け、ついには国内が荒れてしまう可能性だってあったでしょう。

きっと、伯爵夫人だってそう思ったからこそ私に頭を下げているのです。

（……それは、誰も、幸せにならないから）

私が守りたいのは、プリメラさまの笑顔。

それなら、伯爵夫人が公式に責任を取ると仰ってくださったのだし、私は今はそれを受け入れて引き下がるのが最善なのです。

伯爵夫人が率先して頭を下げてくれたからこそ、受け入れる理由もできました。

内心ほっとしたのは内緒の話ですよ‼

「いくらうちの人が女性の涙に弱いからって、さすがに今回のことは甘くならないでしょう。彼女の境遇にいたく同情して甘かったのだけれど、バウム家の不手際であることは誰が見ても明らかですし……アルダールももっと言い返してよかったのよ、貴方はうちの長男で、わたくしの大事な息子なんだから！」

「……えっ、はい。いえ……」

たじたじのアルダールというのは、あまりないっていうか。

思わず微笑ましくてそのやりとりを眺めていたら、アルダールがそれに気が付いたのか、口を動かして私にだけわかるように合図をしました。

えっ、ちょっと待って目が笑ってないですよね。


『　お　ぼ　え　て　て　』


……さて、なんのことですかね。私にはさっぱりわかりません!!

微笑ましいって見てただけなのに、そりゃあんまりですよ……。

恥ずかしいのはわかりますけど、こんなアルダール貴重ですもの……。

「二人は仲良しねえ」

「ええ、でもご安心ください、母上。ディーンも王女殿下と仲睦まじく観劇へ向かいました」

「知っているわ、王女殿下に楽しんでいただけるといいのだけれど！　ディーンはちゃんとエスコートできているのかしら？」

「大丈夫でしょう、あいつだってもう子供じゃないんですから」

「あら、わたくしからしたら貴方もあの子も、これからもずうっと子供なのよ？」

その後、私たちは重たい話から解放された反動か、話が弾みました！

といっても、主に話してくださったのは伯爵夫人でしたが……。

「そうそう、わたくしのことはアリッサと呼んでくださらない？　折角こうして会えたのだもの、もっと親しくしたいわ」

「……では、失礼してアリッサさまと」

「ありがとう、ユリアさん！」

伯爵夫人……アリッサさまはとても親しみやすい方で、しっかりとした謝罪の他にも色々と他愛のない話をしたり、お礼を何回も言ってくれました。

私もアルダールのご家族の中でアリッサさまにだけきちんとご挨拶できていなかったので、こうして優しく接してくださってほっといたしました。

穏やかなだけの対面といかなかったことが残念ではありますが、まあ結果良ければすべて良しってやつです。大団円ってヤツだねとなんとなく思っているところに、アリッサさまがとんでもないことを言い出しました。

「それで、いつユリアさんはアルダールの妻となってくれるのかしら」

「えっ」

「義母上！」

なんたる爆弾発言。

何気ない問いだったのでしょうが、私は思わず動きを止めました。

思わずアルダールを見てしまいましたが、彼は私の方を見ていません。

アルダールはすぐさま厳しい声を出して、……厳しい声？

その様子に、アリッサさまも驚いたようでした。

「えっ、なあに、アルダール。どうしたの？」

「……すみません。私たちは、そろそろ行かなくては」

「ええ⁉　もう？」

「少しだけ、の約束だったでしょう?」

もう先ほどの厳しさはなりを潜め、いつも通りの穏やかなアルダールに戻っていました。

でも、私は彼から目が離せませんでした。

席を立つアルダールが私を立たせて、……ああ、アルダールはこの話題を露骨に避けたんだなとさすがに理解します。

別に今すぐプロポーズしてほしいとか、そんな風に思ってはいません。

今だって、十分幸せです。

アルダールにどうしてほしいとか、そんなのはありませんけど。

ありませんけど……なんででしょう、胸の奥が、ジワリと痛みました。

アリッサさまは残念そうでしたが、私たちを引き留めても申し訳ないからと玄関先まで見送ってくださいました。

そして執事さんからワインを受け取り、やってきた馬車に乗り込んで、走り出したところでアルダールが困ったように笑みを浮かべたのです。

「……結局、義母上に迷惑をかける形になってしまったし、ユリアには格好悪いところを見せてしまったね」

「いえ」

なんとなく、ですが。

アリッサさまとの会話が尾を引いて、馬車の中は少しだけ気まずい雰囲気でした。

とはいえ、別に喧嘩をしたわけではありませんし、お互いに他愛のない言葉を交わしつつ後は沈黙が……って感じですけど……。

普段は一緒にいても沈黙が苦ではないんですが、今回はちょっとばかり空気が重いっていうか。

何を喋ったらいいのか、わからなくなってしまってですね……。

救いなのは馬車に乗って王城まで、そんなに時間がかからないことでした。

いやまあ町屋敷は城下にあるんだから、当然と言えば当然なんですけど。

「とりあえず、私は何かつまめるものを用意してきますね！」

当初の予定通り私の部屋でワインを開けようと部屋に着いてすぐコートを預かって、アルダールを椅子に座らせたところで私は有無を言わさずにそう告げて部屋を後にしました。

「ユリア？」

アルダールが驚いて私の名前を呼んだのが聞こえましたが、私は聞こえないふりをしてしまいました。逃げたわけじゃないですよ⁉

いや……うん、なんとなくいたたまれなかったというか、そういう空気があるのは否めない！

廊下に出てドアを背に、はぁーっと私の口から出たため息の重いこと重いこと！

（……なんか、頭がパンクしそう）

クレドリタス夫人のこと、アリッサさまのこと、アルダールが結婚という言葉に対して厳しい声を出したこと、なんだか変な方向に自分が考えてしまいそうで嫌だ。

まだ本人から何か言われたわけでもないのに。

（……噂を鵜呑(うの)みにしないとか、勝手にネガティブにならないとか、……そう決めてるのになあ）

恋愛は一人ではできなくて、相手の言葉を待たずに勝手に自分で考えたことに落ち込んでいてはいけないと頭ではわかっているのに、この体たらく。

でもアルダールから否定的な言葉が出たら嫌だなっていうか。

どうしても、ネガティブな考えが顔を覗かせてくるのです。

厳しい声が出てたってことは今は考えられないとか、私のこの恋愛初心者っぷりにそんな先のことは……って思ってるのかもしれない。

ただ、今の関係は悪いものじゃないいんだから落ち込むのはおかしい。

(なんにせよ、勝手に落ち込んでたらだめよね！　今はクレドリタス夫人と会ったことでアルダールだって気分が落ち着かないんでしょうし)

折角アルダールお勧めの美味しいワインがあるんです！

この空気をアルコールの力で払拭して、また明日からいつもの雰囲気で私たちらしくできたらいいってことですよね！

つまめるものを、なんて言って出てきましたけど……私の自室には簡易キッチンがあるのはもうバレてますし、きっと私が一方的にまた変なことを考えてるんだろうなってこともきっとバレてるんだと思います。

(戻った時にどう誤魔化すかだなあ)

自分の頬をぺちりと叩き、気持ちをリセットリセット！

キッチンへ向かい、メッタボンにお願いしてナッツとチーズを数種類、それからドライフルーツがあったのでそれもお皿に盛って戻りました。

戻ったっていうか、結局メッタボンが持ってくれたんですけどね……。

「おう、バウムの旦那！　邪魔するぜ」

「ちょっとメッタボン、私の部屋なんですけど⁉」

「や、そりゃそうだが……ユリアさまはオレの後ろにいるんだしよ、中にいるバウムの旦那に声をかけるのが筋だろう？」

「もう……まあいいわ、運んでくれてありがとう」

「おうよ」

ずかずか入っていくメッタボンはメッタボンだなあって感じですよね。

軽い調子でアルダールに挨拶をしたメッタボンは、テーブルにナッツやチーズの載った皿を綺麗に並べ、それとは別に彼のお勧めだというワインのボトルも置きました。

どんだけ飲むのって思いましたけどね、メッタボンはお酒が好きなので彼のお勧めは大体外れがないからありがたくもらっておくことにしました。

美味しいものに罪はない。

「それじゃユリアさま、つまみはここに置くから足りなかったら呼んでくれ。持ってきてやるからよ。それと、ガキどもは寄りつかないように声かけておくから安心しとけ」

「メッタボン！」

変な気を回すんじゃない！　緊張するでしょ、私が‼

ケラケラ笑いながら出ていくメッタボンに呆れつつ、私はワイングラスを戸棚から出してアルダールの前に置きました。

「ごめんなさい、メッタボンが……」

「いや、相変わらず楽しそうな人だね」

思わず謝れば、アルダールは呆気に取られつつも笑ってくれました。

少しだけ、私としては恥ずかしいですが……まあ、おかげで先ほどまでの気まずさが吹っ飛んだ気がします。

ありがとう、メッタボン。今度レジーナさんの好みのブティック教えますね。

「そちらのワインはメッタボンのお勧めなんです。きっと美味しいですよ」

「……そうなんだ」

「先にアルダールのお勧めからでいいですよね？」

「うん」

ワイン用のナイフを取り出すと、アルダールが手を差し出しました。

私も侍女になって長いのでワインのコルクをナイフで開けることくらいできるんですが、なんというか、他人にやってもらえるっていうことにドキッとしたのは内緒です。

別に今までやってもらったことがないわけじゃないですよ⁉

メッタボンとか、セバスチャンさんとかには何度もやってもらってますからね‼

（……なんだか切なくなるのはなんでだ……）

別に悔しくなんてない。本当に。

なんとなく落ち込む私でしたが、ふと視線を向ければアルダールは手慣れた様子でコルクにナイフを刺して引き抜いていました。

グラスに注がれたワインは、綺麗な赤い色。

（近衛騎士隊の、制服の色みたい）

「……今日は、疲れた？」

アルダールがグラスを渡しながら小さな声で私に聞くので、私はただ首を横に振りました。

そりゃまあ色々ありました。

狐狩りに行って中止になって、バウム家の町屋敷に行って強烈な人に会って。

それからアリッサさまから謝罪を受けて、お茶をして……かなりハードスケジュールだったことは否めませんが、アルダールが問うていることが肉体的疲労でないことくらいわかっています。

「色々ありましたけど、大丈夫です。アルダールもずっと傍にいてくれましたし」

「……まったく、ユリアは私を喜ばせるのが上手いと思うよ」

「そうですか？」

ワインの香りを楽しんでグラスを傾けて飲めば、うん、確かに美味しい。

普段私が飲むものよりも格段に美味しい。多分コレ、値段もきっと……ですよね？

とはいえ、この場で値段について触れるのは無粋ってものでしょう。

干しイチジクを齧（かじ）って、またワインを飲んで。

（ああ、このワインは美味しいなあ）

口当たりが柔らかくて、するりと飲めてしまう。

飲みすぎには気を付けないと。明日は仕事だもの、二日酔いじゃみっともない。

「クレドリタス夫人のことは本当に反省してる。もう意地は張らない。……義母上に言われたように、私も家人を避けていたり、そういう点がだめなんだよなあ。わかってはいるんだけど」

「アルダールは悪くないです。ただ、そうですね……将来、分家を立ち上げるんでしょう？」

「うん、そうだね」

「それなら、やはり人を使うことに慣れた方が便利だと思います」

分家を立ち上げる。

それはバウム家の一員として貴族位を持ちバウムの姓を名乗るということで、跡目を告げない兄として考えれば、厚遇として捉える人も多いはずです。

領地内の一部の管理を任せる形になるのか、それとも名前だけを継がせるのか。

そこはバウム伯爵さまがお決めになることでしょうし、アルダールが聞いているかもわかりません。色々な形が考えられますからね。

王太子殿下のお言葉で考えるなら、爵位を与えられて近衛隊士を続ける道もあるのでしょう。あるいはディーンさまが王太子殿下のお傍に仕えることを考えて、バウム領の代官を務めるという道もありかなと思います。

いずれにせよそうなれば、人を使うということについては避けて通れない道だと思うのです。

「……そうだね、そういうのが苦手だとばかりも言っていられない、か……」

「とはいえ、すぐにどうこうという話ではないのでしょう？　ゆっくり折り合いをつけてみてはどうですか？」

「うん、そうだね」

アルコールが喉を通って、そこから広がる熱が心地良い。

彼はすでにもう二杯目をグラスに注いでいて、私もつられてグラスを傾けて空にする。急(せ)かされたりしたわけじゃないけれど、置いていかれるような気がしたから。

「ユリアはお酒に強いんだっけ？」

「いえ、あまり。でも飲むのは好きなんです」

前世でもお酒はからっきしだった。

むしろ今世の方が飲んでいるんじゃなかろうか。

とはいえ家系なのか、お父さまもお酒は強い方じゃなかったし、私もそんなに飲める方じゃないからペースには気を付けないと……。

幸い記憶を無くしたこともなければ、騒いで誰かに迷惑をかける酔い方をしたということは王女宮筆頭になってからは聞いていないので、酔った後は寝付きがいいくらいだと思うんだけど。

そんな私にアルダールは「ふぅん」とだけ言ってちょいちょいと手招きをする。

「なんです？」

「うん、そのまま」

テーブルを挟んで向かい合わせ。

だからちょっとだけ顔を寄せれば、あっという間に近づく距離に、ふと町屋敷でのことを思い出しました。

（あの時、アルダールはそういえば『覚えてろ』的なことを口パクで言っていたような）

そう思った瞬間、掠めるようにキスされて、アルダールがふわっと笑っているのが目の前に広がって、アルコールのせいなのか羞恥（しゅうち）のせいなのか、かぁっと体中が熱くなるのを感じました。

「キスもワインの味がする」

「……ばか」

「いいじゃないか、ここまで大人しくしていただろう?」

「知りません!」

ああ、いつものアルダールだ。

突然のキスも、悪戯っ子のようなあの表情もいつも通りで、照れるよりもどこか私はほっとしました。

(……よかった)

ほっとしたら、今度は二人で飲めるお酒が格段に美味しくなりました!

ただ普通にワインを飲むだけではなく、少し趣向を変えてホットワインにしてみたりなどしているうちに、私たちの口数はどんどん減ってきたような?

とはいえ、町屋敷から戻ってくる時のような少し困ってしまうような沈黙ではなくて、穏やかな沈黙っていうんでしょうか?

一緒にいて疲れない空気ってあるじゃないですか。

今はそういうものに戻っていて心の底から安心しております!!

「ユリア」

「なんですか?」

「少し顔が赤いね、……酔ってる?」

「酔っては……いないと、思うけど。いえ、少しだけ酔ったかも? でも大丈夫、すぐ顔が赤くなってしまうんですけど、それだけだから……」

「そうなんだ。……あまり強くないとは言っていたけど、量は飲めるのかな？」

「ああ、いえ。それもあまり。けど、自分の酒量は弁えてますから安心して」

胸を張ってそう言えば、アルダールは少しだけ瞬きをしてから、苦笑を一つ浮かべました。

それがしょうがないなあって感じの笑顔だから、私は首を傾げました。

（あれ？　違った？）

私は前世でも大してお酒に強い方じゃなかったんですが、今世では成人年齢が低いってことでお酒に触れる機会も多いことから意外と若い頃から嗜んでいたんですよね。

成人祝いとしてヒゲ殿下に美味しいワインをご馳走してもらって酔っ払った挙げ句に絡み酒をしたっていう思い出がありますので、あの醜態はちょっと……何度も同じ失敗はしない！

あれのおかげで酒量を知れたというのはいいことだとは思いますけどね。

（……なんて話をしたらアルダールが嫌がりそうだからしませんけどね！）

アルダールが嫉妬深いと自分で言っていたのを、少しだけ理解できるようになってきたので。

余計なことは言わないのが一番です。

狐狩りの時はヒゲ殿下が余計なことを吹き込んでくれたおかげで余計な釈明をしなければならなかったわけで……いやほら、あれは不可抗力だったし当時はまだアルダールとこんな関係になるってわかっていなかったし実家だから油断したんだってば。

夜着を見せたくてうろちょろしてたんじゃないってば。

まあ貴族の夜着なんてものは逢瀬や夜這いとかそんなんじゃない限り、夜盗なんかが突然やってきて退避を余儀なくされた時に恥ずかしくない格好の寝間着って定義だから！　色っぽい夜着とか私には無縁だったわけですし、そこのところは安心していただきたい！

なんて言ったら説教時間が倍ドーンっていう未来ですね、わかります。

（誰に言い訳してんだろ、私……）

最近はちゃんとわかってるんですよ！

アルダールも私に色々な感情を隠さずに見せてくれるようになったと思っていますので、それはありがたいことだと思うし、とても嬉しいです。

私も前に比べれば少しはその、スキンシップ？　に慣れてきた気もしますが、それでもまあ、あのあっまーいお説教はちょっとですね……？

腰砕けになりそうだから、遠慮したいなって……。

ちびちびワインを飲むようになった私に、アルダールは少しだけ黙ったかと思うと、何か閃いたのか、笑顔を見せました。

「アルダール？　どうかした？」

「うん。ユリア、手を貸して」

「手？」

言われるままに、手を差し出す。

私の手を取ったアルダールがそっと握るようにして、親指の腹で私の手の甲をなぞるからそれがくすぐったくて、気恥ずかしくて、思わず小さく肩が跳ねてしまいました。

変に思われたかなって焦ったけれど、彼が気にする様子はなくてほっとしました。

「指先まで赤い」

「そ、そう……？」

「よく見えないな、すまないけどもう少しこちらに身を寄せてくれる？」

「……えっと」

向かい合わせで座っているので身をこれ以上寄せるとなると、少しだけ腰を浮かせて前に身を傾ける以外思いつかなくて私がそうすると、アルダールがにっこりと笑いました。

そしてあっという間に手を引っ張られて、バランスを崩した私はそのまま彼の空いた手で引き寄せられていって、あれ？　デジャヴ？

「あ、あるだーる？」

「うん、これならよく見える」

「じゃ、なくて、です……ね？」

座っているアルダールの膝の上に横抱きにされるようになってしまったことに衝撃ですよ!!

すごいな片手でひょいって！　ひょいって!!

いや、感心すべきなのはそこじゃない。その手際の良さもだけどって違うわ！

「なにしてるんです！」

「ちょっと距離に不満があった」

「子供みたいな言い分じゃないですか……私よりもアルダールの方が酔って……ないですね」

「うん、私は割と酒に強い方だからね、あと何本か飲んでも素面（しらふ）のままじゃないかな」

「それはそれですごいですけどね⁉」

テーブルの上のナッツが数個、お皿から零れただけで他は無事ってすごいなあ。

いやいや、感心するところはそこじゃないだろう。

ああ、どうしよう。

正直、アルコールが少しずつ、私の体と思考を鈍(にぶ)らせているってことは自覚しています。

勿論まだまだ真っ直ぐ歩けるし、二日酔いになるとか言動におかしなところが出るとかそういうことはないレベルですが……いつもよりも危機感が薄いかもしれません。

「……どうかしたんですか」

「うん」

「甘えたい、気分なの？」

「うん」

「アルダール？」

握られていた私の手を、引き寄せて。

ちゅっとリップ音をさせて、指先にキスが落とされました。

でも私を見つめるアルダールの目は、どこか揺れている気がします。

「……私は、嫉妬深いだろう？」

「そう、ですね？　でも……他の方を、私は知らないし」

「他の男なんて知らなくていい」

ぴしゃりと言い切られてしまいました。

それはそれでどうなのかなあって思いましたが、反論はしないでおきました。

私だって別に他の男性と付き合いたかったとかそういうわけではないので、話をややこしくする気は欠片もないのです。

「他の男になんてくれてやる気は、さらさらない。……だけど、私はこうして情けないところを見せてばかりだ」

「……それだけ、私の前で、飾らずにいてくれていると自惚れてもいいの？」

「それこそ、ずっと前からだ」

アルダールが、私の額に額をくっつけるようにして蕩けるみたいな笑顔を見せる。

いつも、彼は曖昧にしか見せてくれない部分がある。

それはきっと素直にさらけ出すのは難しい部分で、そういう部分は私にもあるからよくわかる。

だけど、私もアルダールと恋人関係になって、気が付かないうちに甘えて、随分情けないところを見せたり、正直な気持ちを言えるようになったり、変化があった。

（結婚、の話は……たまたま、あんな声が出た、だけで……）

本当に？　結婚とか、先のことまでを考えられないだけなんじゃない？

段々とアルコールが遅れて回ってきたのか、ああ、思考がまとまらない。

「私のこと、好きで、いてくれてる？」

「……どうしてそんなことを」

「えっ」

思わず考えていることが声に出た！

しまった、と思った時にはアルダールが眉間に皺を寄せていて、ああ、そんな顔をしてもマイナスにならないんだからイケメンってすごいなって少し的外れなことを考えて、自分が酔っているなとどこか冷静に思ったりもして。

（ああ、だめ。考えがまとまらない）

とりあえずこれはよろしくない。

一旦酔いを醒まさなくては危険だ。

「あ、あの。私、少し酔ってきたようなのでお水を」

「……好きだよ。私は君を不安にさせている？」

「えっ、いえ、そうじゃなくて。それは私自身の問題であって……あの、アルダール、とりあえず、おろして……」

「だめだ。私から離れないで」

真面目な顔でそう言われると、なんだか私が悪いことをしたみたいになってるんですけど。

あれえ、おかしいな⁉

体勢を変えられてぎゅうっと抱き込まれると、アルダールが長い長いため息を吐き出しました。

「今更、他の男がいいと言われても手放せない。そのくらい、君が好きだし嫉妬だってする。そのせいでみっともないところを見せているのは百も承知で、それが原因で愛想を尽かされないか心配だってしているんだ」

早口でそう告げられたことを、酔った頭が理解するのには数秒必要でした。

ええええ。

なんだこの可愛い生き物……‼

少し拗ねたような表情を見せるイケメンとか誰得ですか、私得ですね‼

（でもあの、ちょっと……これって、あの）

背中とか腰とか、手がなんかですね？

なんか、触り方が、いや、嫌だとかそういうんじゃないですが……。

「ア、アルダール？」

「なんだい」

「あの、手を」

「……ユリアからキスをしてくれたら、やめる」

なんですと⁉

今、とんでもなく難易度の高いことを要求された気がする。

甘ったるい視線を私に真っ直ぐ向けながら、アルダールが笑っています。

アルコールで思考が鈍り始めた私には、とんでもないことを言われたとわかっているのに、なぜかそれに抗えませんでした。

でも、僅かに残る理性がそんな恥ずかしいことをするなんてだめだ！　と訴えていて、手を伸ばしたはずなのに、それは随分と自分が思う以上にのろのろとした動きになってしまいました。

アルダールが触れてくるこの手を止めたいような、止めたくないような。

これ以上はなぜかおかしくなるような気がするけど、私も彼に触れたい。冷静になれと理性が訴えるけれど、それよりも触れたいという感情の赴くまま私はアルダールの肩に手をかけて、彼に支えられるようにして視線を合わせていました。

（恥ずかしい）

そう思うのに目が逸らせないのはアルコールのせいなのか、それともこの空気のせいなのか。

どちらにせよ戸惑う私を見上げる彼は、どこか楽しそうです。

それがなんとなく気に入らなくて、彼の頭をぎゅっと抱き込んでやりました。

それは予想外だったらしく、彼の悪戯な手が止まって、いい気味だと思いました。

楽し気な顔も見えなくなってちょうどいいと思ったし、触れられて満足もできましたし。

そして普段、彼の背が高くてなかなか触れない髪に触れてみると、見た目よりも硬い髪がなんだかおかしくて、でも指通りはすごく良くて何度も繰り返してしまいました。

「……酔ってるだろう」

私の腕の中からアルダールが少しだけ顔をずらして、呆れたように言いました。

(ああ、そうかもしれない……うん、きっと、酔ってる)

だって普段の私なら、こんなのって、こんなのって!

アルダールの言葉からじわっと羞恥が広がって、慌てて腕を広げると当たり前だけど、バランスが崩れてしまって「ひぇっ」と情けない声が出たついでにアルダールの首にまたしがみつくようになってしまって……ああもう、私は何をしているんだろう。

「おっと」

「ご、ごめんなさい」

「いや……私がちょっと調子に乗りすぎたせいかな」

しっかり支えてくれていたおかげで、バランスを崩してもすごい安定感があります。

私は自分の失態に思わずため息が出てしまって、アルダールはそれを怖かったのだろうと勘違いしたらしく、背中を優しく擦ってくれました。

「……早く、ちゃんとできるようにならないとな」

「え？　なにが……？」

「いや、私はユリアに甘えてばかりだからね」

「……私もアルダールに、甘えてますよ？」

「ほらそうやって甘やかす。だめだろう、私みたいな男はすぐ調子に乗ってしまうんだから」

笑うアルダールの顔はどこまでも優しくて、ああ、やっぱり甘やかされているのは私だなと思うんですよね。

でも彼は違うと言うし、ううん。

やっぱり少し酔ってしまっているのか、上手く考えはまとまりませんでした。

私を抱きしめる手は温かくて優しくて、アルダールの声は甘くて、視線なんてもっと甘くて、私が少しでも不安に思っていたことがまるで氷が溶けていくかのように消えていくのを感じました。

（でも、きっと私はこれから先、何回も不安になるんだろうなあ）

きっとそれは、終わりがないんじゃないかなって思います。

プリメラさまのことだって、悪役令嬢にならなければ大丈夫と思っても、結局彼女の恋が上手くいくのかハラハラしたり、政務とかのデビューで嫌なことがないかなってドキドキし通しだもの。

何かを乗り越えたから、その後は何もない……なんてことは人生ではありえません。

だから、私自身がいくら平凡で、それなりに出世して周囲に恵まれているからって、結局不安に思う事柄全部が消えることなんてないんだと思います。

わかっているつもりでわかっていなかったことがすとんと胸の中に落ちて、私はアルダールをじっと見つめました。

「どうかした？」

無言で、大人しくなった私を不思議に思ったのか、アルダールは小首を傾げました。

うん、相変わらずイケメンだけど可愛いなあ……世の中ってどうしてこう……。

「……アルダール」

「うん」

「私、酔ってます」

「……うん？」

唐突な私の宣言に、アルダールが少しだけ首を傾げた。

私自身、自分でもちょっとどうなのよって思わなくもないんですが。

ほら、そこはね。酔っ払いってことで許してほしいな！

今はまともに考えることができない自覚はありますし、アルコールのせいでいつもよりもちょっぴり体温が高い気がします。

（……だからって、これで翌朝記憶がなくなるとかそういうレベルではないけど）

でも、いつもより少しだけ、踏み出してもいいのかな？　なんて思うくらいには理性が弱くなっていると思います。

だから、これは酔っているせいなんです。

（……そんな言い訳がましいことを宣言してどうするのって話なんだけど）

でも、そんな〝建前〟が私には必要なのです。

だって私は、自分に自信がない女なのだから。そこは自信を持って言える。

いや、そんなところに持つなよって話なんですけどね⁉

お仕事に対してなら、結構自信ありますけどね！

アルダールに支えてもらっているのをいいことに、彼の顔を両手で挟んで、自分からキスするだなんて。なんて大胆なんだろう。

普段の私なら、考えられないでしょう？　私も考えられません。

そりゃもういつもアルダールがしてくるキスに比べたら稚拙(ちせつ)なものっていうか、ただ唇を押し当てただけっていうか、まあそれでもキスはキスです。

新年祭の時は、掠めるように奪ってしまった無意識の分を挽回するように、ゆっくりと重ねて、離れました。

（……ワインの、香りがした）

思っていたよりも恥ずかしくなくて、アルコールの力って偉大……なんて少し馬鹿なことを思いました。もう一回してもいいかもなんて思うくらいには、落ち着いています。

いやもうこれ恥ずかしさが限界突破しているだけなのか？

だから変なことを考えるのか。

そんなことを頭で考え始めた途端に、アルダールがぎゅっと私を強く抱きしめました。

ちょ、待って。ギブギブ！

今さっき飲んだワイン出てきちゃう‼

まあそこは女としてというか人として守りたい尊厳がここにあるってことで耐えましたけど。

「あ、あるだーる……？」

「まったく、ユリアは……いつもいつも」

「え、私が悪いんですか」

「無自覚なのもほどほどにしてほしい」

「だって、アルダールがキスしろって言ったんじゃありませんか！」

「確かに言ったし、それは嬉しい」

しれっと認めてしまうアルダールに半ば呆れつつ、じゃあどうしてという気持ちを込めて彼を見つめると大きなため息が返ってきました。

「ユリア、お酒を飲むのは私と一緒の時にしてほしい。特に異性とは飲まないで」

「メッタボンやセバスチャンさんは？」

「……できるならなるべく、量は飲まないでほしいかな」

「そのくらいでしたら」

そもそも、あまり飲まないしね！

それでアルダールが安心するなら、できる範囲のことくらいは受け入れますよ。

(絶対に飲むなとかそういうんじゃないし……そのくらいなら、ねえ)

私があっさりと頷くと思っていなかったのか、アルダールは微妙な顔をしました。

ええ……自分が言ったんじゃない。

「私が言うのもなんだけれどだいぶ束縛するような発言だったと思うんだけどな」

「そうですね、でも『できるなら』でしょう?」

「……まあ、そうだけど」

「大人の付き合いで軽く飲むくらいは、アルダールだって理解してくれるんでしょう?」

「まあ、そりゃあね」

「なら。いいです」

私がそう答えると、アルダールはまた先ほどよりも微妙な顔をしました。

だから言い出したのはそっちじゃないの? って思うわけですけれども。

「……ユリアは、私を甘やかしすぎじゃないかなあ」

「そうですか?」

言われて首を傾げる。

私の方が甘やかされてばかりなのになあと思いながら、でも確かに他の人だったならアルダールが言ってきた要望なんて、きっと一顧だにしなかったと思います。

あ、プリメラさまは別ですよ!

プリメラさまのお願いなら、とんでもないことではない限り、むしろ進んで叶えて差し上げたい!!

だから、私は素直に答えることにしました。

酔っ払いに怖いものはないのです。

「それはきっとあれですよ」

「うん?」

「アルダールが好きだから、ですよ」

「……だから……、ああもう……」

アルダールが脱力したように肩を落としました。

なんだよう、素直に言ったのに。そう思わずにはいられませんでしたが、彼が私を抱き留める手は揺るがなかったところに、なぜかすごく満足したので許す。

「ユリア」

「はい？」

「クレドリタス夫人が言ったようなことなんて関係ない。私個人が、ユリアのことが好きだから恋人になってもらったんだ。……バウム家のことなんて関係なく、私が君のことを好いているんだ」

はっきりと言ってくれるその内容が、私の働いていない頭の中にするすると入ってくる。

それが嬉しくて、私がぎゅっと抱きつくとアルダールはまたため息を吐いたようでした。

「……酒の力、か……」

そんな呟きは私の耳にも入ってきました。

多分私も素面に戻ったらきっと羞恥でのたうち回ると思うので、今は許していただきたい。

そんなことを思いながら、私はアルダールに強く抱きつくのでした。


翌日……私はベッドの中で案の定、ごろごろごろごろとのたうち回りましたとも。

お目覚めすっきりおはようございます！　記憶はばっちりでした!!

あああぁ、お酒って怖いぃぃぃ……。

なにが酔っ払いは怖いものなしだ、翌日に責任を先延ばししただけじゃないか！

どうしてくれるんだ昨日の私！　今日の私にダメージ絶大だぞ!!

（アルダールも苦笑しながらちゃんと最後は紳士らしく帰っていったものね）

本当にできた彼氏で頭が上がりません……。

あれっていわゆる据え膳状態だったんじゃないかと今更ながら思うわけですよ。

ええ、本当に今更で大変申し訳ございません。

手を出されなかったとかそんな落ち込みはないです。

むしろなんだかアルダールに色々気を遣わせた気がしてなりません、申し訳ございませんでしたと今なら土下座も辞さない覚悟！

……いやまあ、そんな真似をしたらあちらがびっくりしてしまうので勿論いたしませんが。

（午前半休取っておいて本当によかった……）

いや、こんな転げ回るために取っておいたわけではないんですけどね。

正直『狐狩り』で私自身も狩りに参加しろって言われたら、筋肉痛を覚悟しなきゃいけないかなって思っていたので先に策を講じていたわけです。

（……だけど、まあ）

恥ずかしいは恥ずかしいですが、アルダールが家のことなど関係なしに私個人を好いていると言葉にしてくれて安心できたことを考えれば……恥ずかしさなど乗り越えられる！

いやいやっぱだめだ恥ずかしい‼

「ああああああああ……」

結局、アルダールから私個人を好いているという言葉はもらえたものの、結婚の話が出た際に厳しい声が出た理由は聞けませんでした。

まあ恋愛と結婚はイコールで結びつくものではありません。

私だって今すぐにどうこうってイメージは持っていなくてですね、周囲が結婚するんでしょ？みたいな空気だからつい、そうなのかなって思ってしまうところがあって……。

だけど現状、私たちは仲の良い恋人同士です。それ以上でもそれ以下でもありません。

っていうか、それ以上とかそれ以下ってなんだ？

まあそれはともかく、私たちは今まで将来の話などしたことありません。

だからといってそれに対して不満とか不安があるわけではなくて……そうやって考えると周囲の熱の方が怖いかなってくらいです。

多分そんな風に、私が周りの雰囲気に踊らされているから、アルダールもそういう結婚とか、将来とか大事なことを流されて決めたりしないよう、配慮してくれているんだと前向きに捉えることにしました‼

今、こうやってお互い好き合ってお付き合いしていることが大事ですものね！

前向き、大事。

「よし！　切り替えよう‼」

思い出してのたうち回るのは、もう止めです。

いえまだ半休の時間帯なのでこうしていても大丈夫ですが、もう少ししたらメイナとかスカーレットが職務上わからないことが……なんて言って入ってくるかもしれないじゃないですか。

そんな時に私が！　この筆頭侍女たる者が!!

恥ずかしさからのたうち回る姿を晒すなど、あってはならないのです!!

（そんなの見られたら私、今度こそ本当に恥ずか死ぬ……）

とりあえず着替えて顔を洗ってみると大分さっぱりしました。

昨晩のアルコールがまだ少し残っている気はしますが気分も平気ですし、ただ食欲がないかな。

朝ご飯はもう少し後にするとして……。

（そういえば、昨日は戻ってきてすぐアルダールとお酒を飲み始めて、……あんまり食べてはいなかったんだけどなあ）

メッタボンの厳選おつまみセットでワインを楽しく飲んで、いちゃついただけだったわけですが……うっ、頭が。

いいえ、頭は痛くない。いや、やっぱり痛い。別の意味で。

次々と思い出す醜態に、これからはお酒はほどほどにしようと決意しました。

「あら」

まあそれはそれとして、私は執務室へと足を運びました。

書類や手紙が何か来ていないか、緊急性のものはないか。それを確認するためですが、案の定机の上にいくつか置かれていましたね。

とはいってても緊急性のあるものではなくて、前世風に言うとダイレクトメールが何通か届いていたっていうね。私はそれらを手に取って、どこからのものか確認しました。

（お、ミッチェラン製菓店で新作？　あ、こっちはリジル商会からドレスの新作発表会か……）

私も近頃はこういうのをよく受け取る側になりました。

なんせここ最近の私は〝お得意さま〟の仲間入りを果たしたような散財っぷりでしたからね！

別に財布の紐が緩くなったというわけではなく、必要に迫られた出費だったわけですが……。

ミッチェラン製菓店はともかくとして、社交界デビューして以来、ドレスとかアクセサリーとかを少しずつ買って増やしている状況ですから……。

やはりリジル商会みたいに大きなお店はジャンルも多岐に渡りますし品揃えの点でも豊富なので、便利なお店として利用しています。

ちなみに、ジェンダ商会からも届いていました！

新作グミができたらしいです。直筆で『食べにおいでよ』って書かれていました。

ああもう絶対行く！　楽しみ!!　ってなりますよね。

「……これは」

そしてそんな中に、エーレンさんからの手紙があるのに気づいて私は、なんとも言えない気分になりました。

ウキウキして眺めていた新作案内の書状を置き、封を切って中を見ればエーレンさんが書いたであろう少し小さくて、どこかたどたどしい文字が記されていました。

そうそう、エーレンさんってこんな字を書くのよねとちょっと懐かしさすら覚えます。

まあもともとそんなに彼女の字をよく知っているわけじゃないんですが。

（とうとう出立の日が決まったのかしら？）

次第に冬から春へと季節も移り変わってきて、雪の気配は王都では感じなくなりました。

といってもまだまだ朝方は寒いですし、地方では雪害とかあるそうなので完全に春が来たってわけじゃないんですが。

（なになに……）

『ユリア・フォン・ファンディッドさま

お元気でお過ごしでしょうか。

私事ではありますが、とうとう外宮を辞する日が決まりました。

出立の日はまた天候などを確認の上で改めて決まるかと思いますが、城を去るのだと思うと色々と寂しくもあり、今までの人との出会いが私を育て、守ってくれたのだと改めて感謝の気持ちを感じられるようになりました。

ユリアさまにも多くの迷惑をかけ、またご指導いただいたこと、忘れずに新たな地へと旅立とうと思っております。

ですが、今回このようにお手紙を差し上げたのには理由があります。

もうお察しのこととは思いますが、ミュリエッタのことになります。

彼女は、私が辺境に去る前に是非、話を聞かせてほしいと手紙をくれたのです。

それだけでしたら旧交を温めるため、また旅立つ私への激励のためともとれましたが、手紙にはユリアさまのことを知りたいといった内容が含まれており、どのようにすべきか悩んでおります。

当人であられるユリアさまにご相談の手紙を出すことは憚られましたが、かといって外宮筆頭さまにご相談というのも何か違う気がしますし、エディはあのような気質の男なのであまりあてにならず……。

私としては彼女と会って話をするにも特別なことは何も話せるものではございませんが、探りを入れるような彼女の言動にユリアさまがご迷惑をかけられていないか心配になったのです。

ミュリエッタに対しては様々な評判があり、本人もきっとそのことが不安なのだとは思いますが……私が王都にいる間に何かできることがあるようでしたら、どうぞ遠慮なくお申し付けくださいますよう筆を取らせていただいた次第です。

不安を取り除いてくださった貴女さまへ　　　　エーレン』

手紙を読んで私は、思わず天を仰いでしまいました。

ああ、うん……うん。

「……はあ」

見なかったことにしてはだめですかね。

いや、やっぱりだめだな。これはこれでほっといたらだめな案件な気がします。

エーレンさんはエーレンさんで、真摯にミュリエッタさんの暴走を止めようと思っていることだけは伝わりました。

いやその心配、実はもう遅いんだけどね……。

まさか彼女がすでにプリメラさまに対して失礼な発言をしたなんて、エーレンさんは知る由もないので仕方がないと言えば仕方がないっていうか……。

多分エーレンさんが先に知ったとしても止められる暴走じゃなかったし。

「どうしたものですかね、コレ……」

ため息が思いっきり出てしまいましたが、それは仕方のないことでしょう。

放置したらエーレンさんがどんな行動をとるか予想もできませんし、知らないふりをしてそれで何かが起きた時に『相談しようとした』なんて言われたら私にも結局波及するし。

（やはり行くべきは、ニコラスさんの所ですかね？）

行きたくはありませんが、妥当なところでしょう。

ミュリエッタさんのことで何かあったら報せろと言われていますからね。

王太子殿下も彼女が暴走しないようにと考えているのなら、きっと後のことは引き受けてくれるでしょう。

さすがに、何かしろと言われるとは思えませんし。

思ってないよ？

……そんな、こと、ないよね？

私は、げんなりとせざるを得ませんでした……。

悩んだところで、時計の針は止まりません。

午後になり、私は一旦エーレンさんの手紙のことを頭の隅に置いて、仕事モードへと気持ちを切り替え出勤すると目の前に天使が現れました。

「ユリア、昨日はお疲れさま!!」

「プリメラさま、昨日はありがとうございました。ディーンさまとの観劇はいかがでしたか？」

「すごく楽しかったわ！　観劇って今までそれほど興味があったわけじゃなかったけれど、ディーンさまとならまた観に行きたいと思ったの！　次も誘ってくださるっていうし、待ち遠しいわ」

　ああもう、このきらきらした笑顔！

　この世界になぜカメラがないのかといつも思います。

　技術の進歩で明日にでも似たような魔道具が開発されないかしらと毎日念じておりますよ！

　まあそんな自分の欲望は駄々洩れにしませんけれどね。

　プリメラさまの成長の逐一は、私の脳内カメラできちんと保存済みですから！

「でも本当にお兄さまったら、いくら王太子というお立場とはいえ、ディーンさまたちを招いておいて急務だなんて……」

「致し方ありません、王族にとって急務ともなればそれは大切なものだったのでしょうし」

「……そうよね、お兄さまはお仕事をなさっていて……。でもせっかくお約束したのになあとか、お兄さまもまったく休めていないのかしらって心配になってしまったの。お休みする時間もとれないだなんて……そんなこと、ないわよね？」

　頬を少し膨らませて不満を口にしたかと思えば、段々と自分の発言から王太子殿下が心配になってきたらしいプリメラさまの様子がなんとも微笑ましい！

　相変わらず、優しくて可愛くて……ああ、なんて愛らしいのでしょう。

私は、そんなプリメラさまに安心していただくために微笑んでみせました。

「きちんと休息をとっていただいているはずです。そのために専属執事であるニコラス殿もついているのですし、優秀な秘書官たちもおりますもの」

「……そうよね。王太子として日々立派にお仕事されているのだし……プリメラったらまた、忙しいのに時間を作ってくれたお兄さまに対して子供みたいなことを言ってしまったわ」

「いいえ、大切なお兄さまだからこそですよね？　一緒に過ごしたいと思い、そしてお忙しいお体を案じられただけですから子供のようなとは思いません。お優しいと、思います」

「そう？　でもそうね、王族として言葉に気を付けたいと思うわ」

神妙な顔で一人頷いてみせるプリメラさまったら、可愛い……。

思わず変な声が出そうになって口元を押さえてしまいましたが、幸い誰にも気づかれませんでした。具合が悪いのかって心配されちゃうところでしたよ。

「ユリアたちは狐狩りの後、どこへ行ったの？」

「私は……」

うーん。

これはどこまで話そうかと瞬時に判断して、私はにっこりと笑ってみせました。

「あの後、バウム家の町屋敷に向かいまして、偶然にもバウム伯爵夫人さまとお会いする機会を得てご挨拶をさせていただきました。それから王城内に戻り、ワインを嗜むなどして過ごしました」

「そうなのね。いいなあ、ワインかあ！　いつかプリメラもディーンさまとお酒を楽しむことができるようになるのかしら？」

「はい、そうなりますとも」

お酒にも少し興味が出てきたらしいお年頃、きっと〝大人と言えばお酒！〟……みたいなイメージがあるんでしょうね。ほら、子供の頃は大人だけが許される特権みたいで憧れるものじゃないですか。かっこいいなあって。

しかし、プリメラさまとの会話でほっこりとしたのと同時に、ニコラスさんへの用事を思い浮かべて私はこっそりため息を吐きました。

（うーん、一人で会いに行くのはいやだなあ。あの人ったら、どうあっても胡散臭いんだもの）

かといって、エーレンさんから手紙をもらったあの内容だけで、誰かについてきてもらうというのも……ねえ。

私もいいオトナなのだから、付き添いが必要ってわけじゃないですし？

ニコラスさんを怖がっているわけじゃないですからね！

ただほら、私一人だとあの胡散臭い人の口車に乗せられてなにか手伝われそうで怖いなっていう心配があるんですよ。

でも、ついてきてくれるなら誰でもいいってわけにはいきません。

メイナやスカーレットは仕事中ですし、あの子たちに飛び火したら困るし……。

だからといって一人で行って、ニコラスさんとの仲を邪推（じゃすい）されても困りますし。

（アルダールをわざわざ誘うのもなんかねえ……忙しいのに悪いし）

となると、ここはやはりセバスチャンさんの出番だろうなってことで同伴をお願いして、ニコラスさんに会いに行くことになりました。

ただ、ニコラスさんの名前を出した途端、嫌そうな顔するセバスチャンさん……いやまあ、気持ちはなんとなくわかりますけど、お二人って親族ですよね？

二人はあまり仲が良くないようですが、そこは割り切っていただきたいものです。

なにより、職務が優先ですからね！

今日の業務を一通り終えて、プリメラさまの許可を得てからですよ。勿論ですとも！

そこはセバスチャンさんともお約束して、私たちはそれぞれ仕事に取りかかっております。

終わったら私の執務室で待ち合わせして、王子宮へ行こうとね。

ちゃんとミュリエッタさん関連で何かあったら報せろっていう要望には対応しますし、それが何をおいても最優先とは言われておりません。

優先順位は間違えないようにしないと。

（ちゃんと言いに行くだけマシだと思ってもらおう）

プリメラさまも、次の行事が始まるまでは今のところ公務らしい公務は入っておらず、普段のお勉強に加えて王太后さまのお傍で学ぶことが殆どです。

今後は人脈作りのために社交的な茶会などに参加するのかなという程度でしょうか。

ディーンさまが学園に通われてお寂しいかもしれませんが、プリメラさまはプリメラさまで王女としてお忙しいことは間違いありません。

私は、それをしっかりとお傍に控えてお支えするのです！

それが王女宮筆頭である私の責任であり、専属侍女としての務めだと思っております。（とはいえ）私の元に手紙が届いた時間を考えると、おそらく狐狩りに参加する前にミュリエッタさんがエーレンさんに手紙を出して、それを受けてエーレンさんが私に……という流れだと思います。

そのため、盛大に釘を刺して周りを囲い込むような形に仕上がっている以上、私の方でミュリエッタさんに何かしてあげられるとは思えませんが……。

とりあえずエーレンさんに返事を書くにしても、そちらへの報告が済んでからじゃないとあれだしなあと思うと気が重くてたまりません。あっちもこっちもまったくもう！

そんな感じでいつも通りに職務をこなし、自分の執務室で書類を片付けているとノックの音が聞こえてセバスチャンさんが姿を見せました。

けれどなかなか中に入ってこないので、私が立ち上がって歩み寄るとなんとも言えない表情をしているではありませんか。あら、珍しい。

「セバスチャンさん、どうかしましたか？」

「先ほどの件ですが」

「茶葉の発注に関してですか？　何か問題でもありましたか？」

「いえ、そちらは滞りなく。三日以内にリジル商会から納入される予定です」

「わかりました。……では、何か心配事でも？」

「……ニコラスのことですが」

忌ま忌ましそうに孫の名前を呼ぶ祖父ってどうなのかしら。

そう思いましたが、ある意味そんなセバスチャンさんも貴重ですよね。

普段厳しい表情は見せてもそこまで他者に対して嫌悪感を露わにする人ではないからこそ貴重ではありますが、そこまで仲が悪いのでしょうか。

反抗期の時にでも何かやらかしたんですかね、ニコラスさん……。

「ニコラスさんが何か？」

「いえ、実は——」

「なんだか呼ばれているような気がしたので、ボクの方から来てしまいました」

セバスチャンさんの後ろからひょっこり顔を出した笑顔のニコラスさんに私は思わず声が出そうになりましたが、ぐっと堪えることに成功いたしました。

（おのれ、驚かせおって……‼）

淑女としても、筆頭侍女としても、矜持はなんとか守れてよかったけど……‼

この動揺を悟られまいと私はことさら笑顔を浮かべてみせました。

「……これはこれは、ご足労をおかけいたしました。ニコラス殿に用事がありましたので、手間が省けてなによりです」

「ユリアさまのお役に立てるならこのニコラス、いつなりと参上いたします」

安定の胡散臭い笑顔で私の手を取ってくるニコラスさんに若干脱力しつつ、私はすぐ一歩下がってエプロンのポケットに入れておいた手紙を取り出しました。

その封筒にちらりと視線を向けたニコラスさんが笑みの種類を変えたような気がしますが、あまり気にしてはいけない。気にしたら負けだ。

「セバスチャンさん、この後の給仕をお願いします。私もこちらの話が済みましたらすぐに戻りますので、王女殿下にそのようにお伝えしてください」

「かしこまりました」

「それではニコラス殿、中へどうぞ」

「お邪魔いたします」

セバスチャンさんが私に一礼して去っていくのを確認してから、ニコラスさんが執務室に足を踏み入れました。

「ソファへどうぞ？」

「いえいえ、すぐ失礼いたしますので」

椅子を勧めたけれど、丁寧に断られてしまいました。とはいえ、私もお茶を出すつもりはなかったのでニコラスさんもそのつもりなら話が早い、速やかに用件を済ませようじゃありませんか。

「こちらを」

「拝見いたします」

エーレンさんからの手紙、本来ならば個人情報云々あるからあまり人に見せるべきじゃないけれど、こればかりはそうも言っていられないのでそのまま渡しました。

ごめんね、エーレンさん！

なんせ、下手に隠しごとをしてもニコラスさんはどこからか嗅ぎつけてきそうだもの。

この胡散臭い笑顔のまま問い詰められるとか、なにそれ恐怖！

それなら最初からありのままを見せてしまった方が疑われたり勘繰られることもないってものなのです。私にとっても、エーレンさんにとってもこれは大事なことなんです。

「……なるほど。おそらく狐狩りの前に出した手紙でしょうけど、あのお嬢さんがこのような行動をしていたとは……こちらの監督不行き届きだったようですね」

読み終えたニコラスさんがにっこりと笑って、私に手紙を返してきました。

それを受け取りつつ、私は無言で彼を見ました。

（その笑顔が胡散臭いんだよなあ……）

思っても口にはいたしませんし、顔にも出しませんが、やはりそう思ってしまうのはしょうがない。もう、しょうがないんだ。

「そうですねえ、どうせでしたらお茶会でも開いてさしあげたらいかがです？　そうすれば彼女も案外満足するかもしれませんよ？」

「……はぁ⁉」

とんでもないニコラスさんの提案に、私は思わず声を上げていました。

今のは淑女としてはみっともないとは思うけど、絶対私だけのせいじゃないからね‼

「例のお嬢さんに振り回され続けては、手紙の主……エーレンさんでしたか、その方も気が気ではないでしょう。ここらで一度、時間を取ってあげれば満足するのではありませんか」

「……しかし、お茶会、ですか……」

「ああ、いえ。貴族令嬢が開くような正式なものである必要はないでしょう。なにせあのお嬢さんはまだ新参者ですし、他家の目があるところで彼女が知りたいという話はできそうもないと思いますしね」

「彼女が知りたいこと……ニコラス殿に、心当たりでも？」

「いえいえ、まさか！」

大袈裟な仕草でニコラスさんは両手を上げて降参するかのようなポーズを見せましたが、薄く目を開けて笑っているところが、そういうところが！　胡散臭い!!

「難しいことは何もありません。そのエーレンさんにもお手伝いいただき、お茶会を開いてもらえばよろしいんですよ」

「……なんですって？」

ニコラスさんの提案は簡単に言うなら、エーレンさん個人が私を客人として招いたプライベートな関係の、要するに友人同士で開く、『一般的なお茶会』をしたらどうだ、というものでした。

私が開けば〝貴族令嬢のお茶会〟になってしまいますから……。

となると平民であるエーレンさんは誘えないし、初めての開催で親しい人が招かれないというのでは色々なところから不満が出てくる可能性が生じます。ビアンカさまとか、ビアンカさまとか……。

それに貴族のお茶会ってなると、色々準備もあるしね！

かといって『王女宮筆頭』としてお茶会を開くとなると、エーレンさんはともかくミュリエッタさんが招かれるのは不自然ですからね……。

加えて、私はミュリエッタさんと親しい仲だと周囲に思われたくありません。

そうなると面倒になること請け合いだとニコラスさんのお墨付きです。

いらんわ、そんなお墨付き！　でも、わかる。そうなるよね。

じゃあミュリエッタさんにお茶会を開いてもらう？

それはできないこともないのですが……開いて招いてくれって誰が言うのさって話ですよ！

金銭的な負担の問題もありますし、アルダール関連で私と彼女の話題がちょいちょい貴族の茶会で話題に出ている様子だってのに、ほいほい参加となるとまた……ね、色々と拗れるじゃないですか。燃料投下的な感じで。

そういう理由で、エーレンさんがミュリエッタさんを『既知の間柄』として、身分差を考慮しつつ遠方に行ってしまうから別れを惜しむためにお茶に誘うというのが一番穏やかかつ現実的ではないかと、そういうことなのでしょう。

そして、そこに私という特別ゲスト（？）が現れて、楽しく会話して、満足してもらったらどうだ……という乱暴な計画です。

杜撰っていうか大雑把っていうか、なんだその開かれた後はこっちにぶん投げ状態な計画！

大体ですね、そもそもですよ？

「え、いえわざわざ会う必要がどこに……？」

思わず私は言ってしまいましたね！

だってエーレンさんはともかく、ミュリエッタさんと会う必要性がまるでないじゃないですか‼

私が疲れるだけの未来しか見えません。誰が好き好んで苦労するってんですか。

プリメラさまのために忙しくしている方が断然、有益ですよ。

でも一応弁明しておきますが、ミュリエッタさんのことは嫌いじゃないですよ、苦手ですけど。

初めて会った頃から色々ありますし、恋敵っぽい感じっていうか、まだアルダールのこと狙っている感は拭えないですけど。

今となってはほら、彼女も色々忙しくなることが確定しちゃってますしね。

それなら向こうがいくら探りを入れてこようとも、こちらは痛くない腹ですもの。

関わり合いにならないっていうのが一番な気がしてなりません。

（え、それが普通だよね？）

私が困惑してそう告げれば、ニコラスさんは笑みを深めました。

だからその笑顔が胡散くさ……いえ、なんでもありません。

「下手にまとわりつかれたり、誤解を受けたり、あらぬことを吹聴（ふいちょう）されるよりは良いでしょう？

ユリアさまにとっても、彼女にとっても」

「それはわかります。いえ、でもですね」

「ボクが対処してもいいですけどねえ、そうすると何をするのかわからなくてそれは可哀想……と
ユリアさまも思われるのでは？」

（……いや、それ新手の脅迫では？）

ミュリエッタさんの安全を考えてあげるなら、私が行けと？

私が年若い彼女を見捨てられないことを理解してこのセリフを言っているなら、ニコラスさんの
性格の悪さがよくわかるっていうか、うん。知ってる。性格悪いんだった。

思わずジト目になった私を見て、ニコラスさんはぱたぱたと手を振りました。

「ひどいなあ、ボクは紳士ですって。まあそれはさておき、これは悪くない話だと思いますよ」

一体全体、ニコラスさんのどこが紳士だって？

思わずそう言い返したかったですが、中身はともかく見た目と所作は紳士ですね。

その顔だけなら人が良さそうに見えるんだからタチが悪いっていうか……。

私が答えずにただその視線を受けて真っ向から見返すと、ますます笑みを深くしたニコラスさん

が言葉を続けました。

「まあ、この手紙の主も貴女に会えたら嬉しいでしょうし、出立の日に見送りに行けるかも定かではないのですから、これは本当に良い機会では？」

まあ、確かに。それはある。

エーレンさんの出立前に会えたらいいなあとは思っていたわけですし……。

「ウィナー嬢とは直接会って挨拶をして、会話はその手紙の主に任せて早々に引き上げれば良いのですよ。ああ、バウム卿との仲が順調だというのは教えてあげた方が良いかもしれませんけど。これは必要ない助言でしたか？　狐狩りの日もお二人は仲睦まじい様子でしたからねえ」

いやそこ、わざわざ言う必要あった？

確かに彼女は私たちが寄り添う姿を上から見ていたから、知っているはずだけど……。

「勿論、ボクの提案を却下されても構いませんよ。ただ、まあ……そうなると、彼女からのアプローチが今後も続くかもしれませんし、一度会ってちゃんと彼女のユリアさまに対する疑問とやらに答えてあげたなら大人しくなるかも、という程度ですし」

ほんっと、この人、性格悪いよね……!!

別に断ってもいいけどその場合は自分でなんとかしろよってことでしょ？

その上で乗っかったなら乗っかったで、何を話したのか後で聞いてくる気でしょ!?

（アルダールのことも出してきて……いや、うん。彼女の目的が基本的にはアルダールだもんね、それはしょうがないけど）

惚気を外で人に聞かせるなんて高等技術を私が持っているとでも思ってやがるんでしょうか、この男。私の恋愛初心者っぷりを知らないな？　知ったら驚くぞ！

おっと口が悪くなってしまいそうです。

「きちんとお報せくださるユリアさまのお心を疑うような真似はいたしません」

まるで空気を読んだかのように、今度は真摯な声を出すニコラスさん。

いいえ、空気を読んでいる。間違いない。

怖いわあ、王太子殿下専属執事、怖いわあ……!!

「それでも周囲が『英雄の娘』の名を使いたいと思うことは止められませんし、それに乗ってしまうかどうかまではどうしようもないのが現実です。ボクは王太子殿下の手足ではありますし、できれば残念なことにはならず、この国のために役立ってくれるのが一番だと思っています」

私が口を挟まないのをいいことに、彼はずっと喋っています。

その一つ一つがそうだなって思えるのだから、困ってしまいますよね。

ニコラスさんの声はとても落ち着いていて、胡散臭い笑顔はともかく……その喋り方と併せて説得力がすごいんですよね。

そういう話術を心得ているのでしょうが、気を付けないと私でも惑わされそうです。

「ですから、貴女のような素晴らしい先輩に触れ合う機会があのお嬢さんにも必要なのではないかなと思っただけですよ。ええ、本当に本心ですとも」

「それならばこれからの社交界でいくらでも、素晴らしい方々にお会いできるでしょう」

「言ったでしょう？　彼女の、『英雄の娘』の名を利用したい人間はいくらでもいるのです。それこそ、ええ、貴女もご想像の通り、特にこの貴族社会においては」

「……そうでしょうね」

暗に、というか割と露骨に『ウィナー嬢を可哀想な感じにしたくなかったら優しく接してあげて籠絡しろ』って聞こえるんですけど、それは気のせいでしょうか。

気のせいですよね。気のせいにしたい。

断っても構わない。……だけど、それでもし彼女が『利用される』ことになったら、ニコラスさんたちは迷いなく彼女を処断するんでしょう。

そこで感情に左右されてばかりでは、人の上に立つことはできない。わかっています。

だからこそ、そうなる前に、そうなった時に後悔しないようにやれることをやっておけ。そういうことなのだと思います。

……ついでにいうと、そうやって下っ端が末端に気を配ることで根腐れが起きにくくなるから、私も王城に勤める人間の一人として役に立てよっていう意味なんでしょうね。

「……わかりました。ではエーレンさんに返事を書くことといたしましょう。ご助言ありがとうございます、ニコラス殿」

「さすがは王女宮筆頭さまですね！　聡い方との会話は大変楽しゅうございました」

わざとらしく馬鹿丁寧に答えたニコラスさんのにんまり顔、なんて憎たらしい！

（いやいやこちらは全然楽しくない上に、別に聡くもなんともないけどね!!）

とは、口に出して言えないのが辛い立場です。

でもまあ、それもバレているんでしょうけれど。

いつか見返してやりますよ！

「提案をした責任として、当日お持ちになるお土産の代金くらい出させていただきますよ？」

「あらそうですか、ではお言葉に甘えようかしら」

いくら胡散臭くても、個人的良心ってのはさすがの彼にも存在していたらしい。

ちらりと甘い言葉を言ってくるから、私もにこりと笑ってみせました。

「ええ、ユリアさまのことでしょうから、どこぞの商会にお声がけをして土産の品を用意するのでしょう？」

「そうですね……まだはっきりとは決めておりませんけれど、ミッチェランのチョコレート菓子などいいかなと。きっと喜ばれると思うんですよね」

「ああ、女性に人気ですからねえ」

私の言葉にうんうんと頷いたニコラスさんに、私も笑顔のままで言葉を続けます。

自分で言うのもなんですが、今の私の笑顔、満点だと思いますよ！

「ええ、特にエーレンさんは遠方に行かれるのですから、ここは奮発してミッチェランでもオーダー制になっているチョコレートケーキにしようかなと思います」

「えっ」

ニコラスさんが小さく声を上げたけれど気にしない！

さすがは王太子専属執事、そのお値段もご存知でしたか。

いえ、知っているだろうなあと思ってわざわざ口に出したんですけどね。

そのオーダーケーキ、なんと私の一か月分のお給料、その三分の一を持っていくっていうスペシャルなやつです。私だって食べたことない逸品ですよ！

「ちょ、ちょっと待ってくださいユリアさま？」

「きっとエーレンさんも喜んでくれることでしょう、ありがとうございますニコラス殿！」

私が有無を言わさずお礼を言えば、ニコラスさんも笑顔が固まっているように見えました。

ええ、笑顔のままっていうのがすごいですけれども、ようやくやり返せた気分です!!

第五章　お見送りのお茶会

ニコラスさんの笑顔が若干とはいえ引きつるという珍しいものが見られましたので、溜飲はかなり下がりました。

それではよろしくお願いしますと笑顔でお引き取り願った結果、ニコラスさんはまだ何か言いたげでしたが、最終的には「わかりました……後ほど、領収書をください……」と肩を落として去っていきました。

あの哀愁漂う背中に罪悪感は……これっぽっちも感じませんでした！　ええ、勿論！

（オーダーケーキ一つで済んだのだからいいじゃないですか）

私だってやり返す時はやり返すのだと知っていただかないといけませんからね！

とはいえ、あまり反撃しすぎて今後も難題を押し付けられてはたまりません。

今回この程度で収めておけば、ニコラスさんだって私が〝ただ利用しやすい女〟だとは今後思わないでしょう。

そう……危険はないけど財布に被害を与えてくる女だと‼

いやうん、なんか格好悪いな……？

それに、金を払えばある程度は動いてくれると思われる可能性もあった……？

それはそれで取り引き材料を与えてしまったのではとちょっぴり不安を感じましたが、もうやってしまったものはしょうがない！　ケーキ楽しみですね‼

とにかくニコラスさんが退出した後、エーレンさんにお返事を書きました。

セバスチャンさんにはすぐ仕事に戻ると言いましたが、こういうことは早めに行動しないと相手のあることですから……。

色々心配をかけていて申し訳ない、もし大丈夫であれば一度エーレンさん主催でお茶会をしませんかという内容でしたが、この茶会が彼女の負担にならないか心配です……。

とはいえ、今回お茶会をすればエーレンさんの気持ちが納得できるという利点はあります。

心配しっぱなしなのも、遠くの地でずっと気になって落ち着かないかもしれません。

なので、エーレンさんが主催だと私もミュリエッタさんも『貴族令嬢』としてではなく、彼女の『友人』として集まることができるし、周囲の目もあまり気にしないで済むのではないかという理由をきちんと添えました。

きっと、理解してもらえると思います。

これでエーレンさんもミュリエッタさん相手に義理を果たしたことになるでしょう。

そしたら安心して遠方へと旅立てますよね。

当然、負担になって大変なら断ってくれてもまったく困らない旨も添えました‼

（……私はミュリエッタさんに会いたくはないけどね……）

狐狩りの時に二階の窓からこちらをぞっとするほど温度のない目で見下ろしていた彼女がちょっとしたホラーだったから、あれを思い出すと今でも少し背中がぞわぞわってするんですよ。

今も思い出してぞわぞわってした！

でも、会いたくはないけど……どうせなら私も『会って話をした』という実績をもって、彼女が私に関することで他の人に迷惑をかけないようにしたい気持ちもあるのです。

いやまあ、ミュリエッタさんが納得しなくてこれが徒労に終わる可能性の方が高いことは理解しておりますが。なんせ彼女、あそこまでアルダールに袖にされてもめげないものね……。

アルダールを攻略するためにはまず私からと思っているんじゃないでしょうか。

（まあ悩んでいても仕方ない）

エーレンさんの顔を立てることもあるし、癪ではあるけどニコラスさんの策に乗るのが一番だと私も考えた以上、やることをやるのみです。

ケーキも買ってもらうって決めましたし。

（まさかと思うけどあの嫌そうな表情まで演技で、こうなったら私が後には引けないという確信犯じゃないだろうな⁉　……違ってほしい）

私に関してはもう王太子殿下もニコラスさんも問題なしと思ってくれているのだろうとは思いますが、どうにもきな臭いお話は本当、よそでやっていただきたいですよね。

（でもビアンカさまのお茶会前に憂いは断っておきたいし）

下手な同情はしてはいけない。うん、気を付けようね！

私は単なる侍女に過ぎないのだし、彼女のように『英雄』として期待されているような人とは住む世界が違うのだ、ってことでまとめちゃだめかしら。

いえ、生粋の貴族令嬢ってものには違いないんですけどね、私も。

「……まあ、あれこれ悩んでいても仕方ありません」

手紙を書き上げて、インクが乾いたことを確認して、綺麗に折りたたんで……最後に封蝋を施して……と。

エーレンさんはどう思うのだろう。あるいは、どう思っているんだろう。

幼い頃から知っている、いうなれば幼馴染みなんだろうけど。

しかし彼女の発言を何度も耳にして思うのは、エーレンさんがミュリエッタさんに抱いている感情は、ただの幼馴染みっていうのとは違うと思うんですよね……。

畏怖に近いのだろうか？　いやまあそりゃそうか、未来予知ができるなんて、そう。エーレンさんには、彼女がまるで聖女のような存在に見えていたのだろうから。

（そういえばミュリエッタさんと、アルダール抜きで会うのって初めて……？）

思い返してみると、なんということでしょう！

彼女と会う時はいつもアルダールが一緒でしたね……そりゃ目の敵にされるな！

ミュリエッタさんからすれば、私はアルダールといつもいちゃついているいけ好かない相手なのでしょう。

（……いや、私はちゃんとした恋人だし、会っているのも休憩時間とかで公私はきちんとしているから問題ないけどね？）

いや、そもそも、ちゃんとした恋人ってなんだ。

まあ、それはともかくとして。

だとしたらミュリエッタさんは、ここぞとばかりに遠慮のない言葉を私に対して向けてくるかもしれないってことですよ。

そこで彼女と話して、転生者だとはっきりわかれば……わかれば？

あれっ、別に何も変わらないな……？

（いやうん、もうすでに私の中では彼女が転生者なのは、ほぼ確定だし。それに現実は、ゲームとはまったく違うし。別にアルダールがゲーム通りに彼女に惹かれるってこともなさそうだし……）

それこそ彼女の言動に私が惑わされなければ、今更何かが変わるってこともないでしょう。

これで『現実』を見てくれてミュリエッタさんの目が覚めてくれるなら、私とエーレンさんにとって万々歳の結果となりますが……ま、現実はそう甘くはないでしょうね。

言って聞かせて済むなら、あそこまで自信たっぷりの問題行動はしていなかったと思いますし。

そんな風に考えてため息と乾いた笑いが出た私の耳に、ノックの音が聞こえました。

「ユリアさま、今、お時間いただいてもよろしいかしら？」

「あらスカーレット、どうかした？」

「はい、こちらの書類なのですけれど……」

控えめに顔を覗かせたスカーレットに、私は予想以上に思索に耽っていたらしい自分に気が付いて慌てて立ち上がりました。

（いけない、手紙を書くだけのつもりだったのに……）

「これですけれど、かなりの癖字で誰も読めませんの。セバスチャンさんはプリメラさまの給仕中ですから質問できなくて……」

しかし幸いにもスカーレットはそんな私に気が付かなかったようで、書類を片手に難しい顔をして、私になんと書いてあるか読めるだろうかと質問してきました。

「ちょっと、貸してくれるかしら。……ああ、この人ね。いつも癖が強いのよね……でも特徴があるから、コツを掴めば大丈夫よ」

「まあ！　コツがあるんですのね、安心しましたわ。いっそ文字を綺麗に書く努力をしろと怒鳴り込んでやろうかと思っておりましたのよ！」

「それは止めてください……」

怒鳴り込む前に来てもらえて良かった!!

短絡的な行動が減ったことはスカーレットの成長ですね、本当にありがとう！

私が教えるその癖字解析のコツを楽しそうに学んだスカーレットは満足そうにして再度書類仕事に戻ると言っていたので、戻るついでに手紙を出しにいってもらいました。

（これで、エーレンさんからの返事待ちだとしても……お茶会前提で準備はしておくべきです。その日はお休みをいただくとして、服装は一般的な外出着でいいかしら）

手土産はニコラスさんに請求しますし、どうせだったら紅茶とジャムも追加しておこう。

もしあの動揺した顔自体が罠だったなら、見事に嵌まって悔しい限り！

そうじゃないならそうじゃないで、次の『お茶会の報告』で会う理由にもなるでしょうしね。

いくら王子宮と王女宮、仕える方が同じ王族だからといって、違う宮の人間が理由もなく頻繁に会っているようでは妙な誤解や勘繰りをされないとも限らない。

同僚ではありますが他部署であり、そして異性ですからね。

暇な人ほどそういうことで噂したがるってのが世の常なのでしょうか。

まったくもっと真面目に働けよって思います。

まあ私に対する異性関係の中傷が出たなら、それはほぼほぼ見目麗しい男性と知り合いであるというやっかみだと思いますがね！

美貌の人が多いとはいえ、やはり王弟殿下とかアルダール、ニコラスさんはその中でも特にイケメンですから狙っている人も多いのでしょう。なんと迷惑な……。

まあ、それを考慮に入れてもニコラスさんと二人で会うとか言ったら、アルダールが理解はしてくれても面白くないって顔をするだろうから却下です。

（……そういえばアルダールにこのことを伝えておくべきかしら）

いや、いくら嫉妬深いって自己申告をもらっているとはいえ、女性だけのお茶会でそんなことは言わないと思うけど……。

ああ、でもミュリエッタさん絡みってことで心配するかもしれない。

（アルダールは結構、過保護なところがあるからなあ）

それにニコラスさんが発案って知ったら嫌そうな顔をするだろうとそこまでありありと想像できて、なんだか笑ってしまいました。

よし、と一つ自分を鼓舞してから部屋を出て、セバスチャンさんを探しました。

プリメラさまの給仕をお任せしてあったため、当然その周辺にいるので探すほどのこともないんですけどね！

（アルダールには、終わった後に話せばいいか……）

あのお酒の醜態を思い出すと今は少し顔が合わせづらいので。

いつまでも会わないっていうのは困るので、まあそこは……私の気持ちが落ち着くまで、もう少しだけ待ってもらって、ですね……。

なんせ、ニコラスさんの名前を出して不機嫌になる恋人プラス、気まずくて照れてしまい話にならない私なんて、ノーセンキューな組み合わせもいいところですからね。

笑い話にもなりゃしない。いや、いつかは笑い話になるでしょうけど。

なんにせよ、私は自分が可愛いのです。

「セバスチャンさん、今後の予定で少しお話が」

「承知いたしました」

薄く笑うセバスチャンさんも、おそらく、ですが。

有事でなければ、ニコラスさんよりは私を優先してくれるのではないでしょうか。

我々、王女宮の人間にとって一番なのはプリメラさまですけどね！

ニコラスさんに会いたいと言った時点で、何かあったのだと気づいていたであろうセバスチャンさんですから、私が今後の予定で急にお休みをいただくかもしれないことを話しても二つ返事で了承してくれました。

いやあ、本当に頼りになる執事さんですよね!!

「……ところで、プリメラさまは寛容な方ですのですぐにでもお認めくださるでしょうが、速やかに貴女の恋人に説明した方がよろしいですぞ。差し出がましいようですが」

「ナンノコトデスカネ」

「どうせ貴女のことだから、女性のみだから大丈夫……もしくはニコラスが絡むと面倒だから事後報告でいいかなどと思ってらっしゃるかと」

「……セバスチャンさん、なんでわかるんですか……」

「ニコラスよりも貴女の方がよほど私の孫のようなものですからなあ」

「え？」

にっこり笑ってセバスチャンさんがそっと私の頭を撫でて去っていきました。

あっ、スマート……さすがのイケジジイ……。

そう思わずにはいられなかった私を誰か許してほしい。

あのニコラスさんとのやりとりから数日、エーレンさんからお返事が届きました。

アルダールにもちゃんと説明をしましたよ！　手紙でだけど。

面と向かって説明するのがあの醜態の宅飲み（？）を思い出すから無理とかそういう情けない理由では決してない。

違うんですよ、お互い忙しい社会人だからですよ。

そういうことにしておいてください。

いやほら、私もアルダールも責任ある仕事をしていますから、いつでも隙間時間を縫って会えるってほど時間が合うわけでもないので……近衛隊所属だからあまり城の外に出ないとはいえ、彼は騎士ですから。勤務時間が変則的になるのです。

その点で言えば、まだ公務の少ないプリメラさま付きの私は、毎日同じ時間に起床して就業して定時に上がることができるのですから、ありがたい話ですよね。

（……今度飲む時は、もっとおつまみ用意しよう……）

表立って労ったりすると大袈裟だって笑われそうだから、ささやかに。ね！

とりあえずアルダールに送った手紙の内容は、今回のお茶会について提案した経緯をざくざくっと説明したものです。

万が一、誰かが目にしても問題ない程度にざっくりとしたものですが、そこら辺はアルダールがきっと察してくれることでしょう。

まあそれはともかくとして、それについてもアルダールからお返事はもらっていたわけで……主に心配されているっていうか、護衛をちゃんと連れていけとか、行き帰りも馬車を使えとか、そんな感じの内容でした……。

さすがに『私は初めてのお使いに出る子供か⁉』って思いましたが、アルダールって本当に過保護ですよね……。恋人ってみんなこうなのかしら……？

（さてと）

そんなことを思い出してちょっと遠くを見つめてしまいましたが、私はエーレンさんからの手紙に目を落としました。

茶会を開くのは問題ないが、出立の予定がまだわからないので日程を指定させてほしいとのことで日付が書かれていました。そして都合が悪かったら手間をかけさせて申し訳ないが連絡してほしい……というようなことも恐縮した様子で書いてあります。

また、出立前に挨拶がしたかったからその機会が得られるのは嬉しい、ミュリエッタさんも誘うけれど、できれば彼女が来る前に先に家に来てほしい……という旨も記されていました。

私は了承の返事を書いて、それからミッチェラン製菓店へオーダーメイドケーキとそのほかジャムなどの小瓶詰め合わせの注文書を作成しました。

……勿論、請求先はニコラスさんですよ？

エーレンさんにお誘いいただいた日ならば、ケーキも十分間に合いそうで一安心！

ちょっぴりオプションのトッピングを追加しましたが、ニコラスさんならきっと気にせず受理してくださることでしょう。

いやあ、他人の財布で美味しいケーキ！　楽しみですね‼

「ああ、メイナ。書類の提出に行くのなら、これも一緒に持っていってくれるかしら？」

「注文書とお手紙ですね。はい！　お預かりします‼」

「ありがとう」

ちょうど執務室で終業間際の書類チェックを終えたメイナが立ち上がる姿が見えたので、そちらもお願いすれば今日の業務がほぼ終了したわけで……肩の荷が下りるってものです。

私は晴れ晴れとした気持ちでメイナを見送りました。

ぱたぱたと元気の良いあの子の後ろ姿に思わず笑みも零れますよね！

（とはいえ、もう少しお淑やかにするよう注意するべきだったかしら……）

はぁー、やっぱり平和が一番です。

物事は止まらず、着々とそれぞれの道に繋がっている……なんてこの国の哲学者が記した本にも書いてありましたが、それって当然だよなあと私も思います。

え、何がって？

なんとですね、まだ発表はもう少し先の話ですが、王太子殿下の婚約が内定したのですよ。

生誕祭の時にお越しの、南の国の王女さま。私はお姿を結局見ないまま帰国されてしまったのですが……一応名目としては、クーラウムだけでなく諸国に挨拶をするとのことでしたので。

ただ、王太子殿下の婚約話がいくつも出ていた中で有力な候補だと耳にしておりましたので、それがとうとう決定したんだなあと思った程度ですね。

ちなみに、私に教えてくださったのはプリメラさまでした！

（それを教えてくれた時のプリメラさまの愛らしさったら……）

思い出してはその愛らしさを噛みしめてしまうほど可愛かった……!!

王太子殿下の婚約が内定して、『お姉さまができるのよ、秘密よ、内緒よ』と言いながら『お兄さま、嬉しそうだった。わたしも嬉しい！』と笑うプリメラさまの天使さよ……。

ゲームのように『家族が盗られてしまう』って不安になるのではなく、『家族が幸せになってくれるのは嬉しいこと』と認めた上で新しい家族となる方と仲良くできるかわくわくしているその姿……あああ、なんと尊いことでしょう。

王太子殿下の婚約発表そのものは、もう少し先のことではありますが……この段階でゲームとは違う展開なのも確定です。

いやまあ、そんなこと言ったら最初から違うだろって話になりますけどね。

やっぱり現実は現実、そういうものですねっていうことを改めて感じました。

ゲームと同じ登場人物、似た状況や家族環境。

ただ似ているというには酷似しているこの状況を、偶然の一言で片付けるわけにはいかないと思っております。みんな、それぞれに生活して、暮らして、誰かと接して……当たり前の日常を送っているのですから。

（物事は止まらず、それらが繋がって今になっているのだと思うと……なんだか感慨深いものがありますね）

ご側室さまに出会い、プリメラさまのお傍にいてその寂しさを知り、ディーンさまやアルダールに出会って今に至るこの現実は、とても愛しいものです。

なんて平和を噛みしめていますが、わかっていますよ……。

これが嵐の前の静けさだってことくらい！

エーレンさんとのお茶会が終わったらその顛末を〝じっくり〟聞かせてほしいとアルダールからのお手紙に書いてあってですね……そちらに恐怖を覚えているのは秘密です。

いや、やましいことなど何もないよ⁉

（でもなんだろう、いつも通りの優しい言葉とか綺麗な文字から感じるこの圧は！）

そんな感じで日中は仕事だの手紙だのに追われた私ですが、プリメラさまの可愛らしさに癒されたから引き分けですかね。なんの勝負か知りませんけど。

（さて）

執務室で筆頭侍女として一日のまとめ業務である日誌を書き終えてから、軽く伸びをすればごきりと肩が鳴りました。今日は書くものが多かったからなあ。

残ったお茶を飲み干して、私はぼんやりと天井を眺めました。

（本来のゲームはどんな展開だっけな……）

オープニングは生誕祭。うん、そこは終わった。

で、主人公である『ミュリエッタ』は生誕祭で王太子殿下と、それ以外のキャラとは学園で次々出会う……のが登校初日だった気がする。

（うぅん、案外覚えてないな）

そこそこやりこんでいた気がするんですが、やはり前世の記憶は曖昧な部分も多いですね。今世でも覚えることは山とあるんだから仕方ないと言えば仕方ないのでしょうが……。

いや、むしろ明確に覚えている方がおかしいのかなって最近思います。

だって私は『ユリア』ですけど、前世の自分がＯＬだったことも多分、本当です。

でも色々なことが、曖昧で、それは本当なのかって自信は、ありません。

ただ、【ゲーム】とか関係なく、今を一生懸命生きていればそれでいいのではと考えてからは、前世の記憶がどんどんぼんやりしてきているような気がします。

（今を生きる上で必要じゃないって自分が思っているからかもしれない）

前世の記憶があったから、プリメラさまが寂しさから悪役令嬢になってしまう、そんな未来を回避できたんですよね。

それと、ディーンさまがドMになるとか、王太子殿下が実は妹と仲良くしたかったけど王妃さまに遠慮していた……とか、メインキャラのルートをざっくり覚えていたから、回避するために動けたこともあります。

しかし、それらを回避できた今、もうそれらの記憶は〝終わったこと〟なわけで……これからを生きるのに必要なのは、私自身がどうしたいかなんだって思えるようになったんですよね。

「……変なの」

ぽつりと呟いて、思わず自分でもおかしくなりました。

部分的にしか思い出せない【ゲーム】と現実。

それをこんなに真剣に考えて、悩んで、結局のところ私が生きている今こそが現実なのだから、侍女として真面目に生きることが大切だな、なんて改めて思うだなんて！

「そうね、あれこれ考えててもしょうがないことだった」

誰に言うでもなく、自分に言い聞かせるように。

ミュリエッタさんが私に対して何を思って、アルダールに何を感じ、想いを寄せているのか気にならないわけじゃありませんが、それだって気にしすぎてどうなるっていうのでしょう。

彼女の気持ちは、彼女のものです。

私の気持ちが、私のものであるように。

（今度のお茶会でミュリエッタさんとお話をして、私の中で区切りにしよう）

彼女が幼いと心配したり、気にかけたりする役目は、私のものではありません。

そりゃまあゲームみたいに後味悪い展開とかがあるっていうなら別ですけどね、そうだったら責任を感じちゃいそうでしょう？

でも、ここは現実世界ですからね！

(彼女が現実を認めてしゃんとしてくれたら、みんなハッピーになれるんでしょうけどね)

あえてハッピーエンドとは言いません。

だってシナリオなんてない人生、まだまだ先は長いんです。

私だって今後の予定がいっぱいですよ。

とりあえず直近だとビアンカさまのお茶会でしょ、ディーンさまが学園に入ったらお祝いの品も贈りたいし……プリメラさまの成長に合わせたドレスだってどんどん選びたいし。

大人になっていくプリメラさまの成長を、傍で見守るんですから！

(あっ、反抗期が来たらどうしよう)

プリメラさまにそっぽ向かれたら泣いちゃうかもしれない。でもでもそれって、オトナとしての自立心から起こることなんだから、むしろ娘の成長万歳と心の中で喜んで、どーんと構えて受け止めてあげなくちゃいけませんよね!!

それにメレクとオルタンス嬢の結婚式もありますし、かなり気が早いですが甥っ子か姪っ子が生まれたらお祝いも盛大にしたいですし……。

そう考えると、現実世界は先が見えなくて困っちゃいますけど、楽しいことがたくさん待っているのも事実だと思うんです。

(……アルダールと、また、どこかに出かけたいし)

恥ずかしいし、悔しいからそんなことは口に出して言いませんけどね。

言ったらどこかに連れてってくれるでしょう？　あの人は優しいから。

もう少し、面と向かって好きと言える、その日まで。

甘やかされてばかりは性に合わないの、なんて格好付けて宣言するのが目下の野望ですよ！

というわけで、手始めに……ミュリエッタさんとの対面を、決戦なんて呼び方はいたしません。

淑女らしく、年上の余裕をもって。

エーレンさんのお茶会、存分に楽しもうじゃありませんか！

（今日はとても良い天気だなあ）

王城から出て、空を見上げると雲一つない青空が広がっています。

まだ少し空気は冷たいですが、日差しが暖かいというのはとても嬉しいものだと思います。やっぱり寒いばかりでは嫌ですからね。

（春の訪れが近いのねえ）

もう少し薄手の上着でも良かったかもしれないなんて思う今日の私は、私服でお出かけです。午後半休をいただいてのお茶会ですよ。

そう、今日はエーレンさんのお宅に向かうのです！

彼女はすでにエディさんと内々に結婚をして正式な夫婦となったのだそうです。

新婚さんのお宅に伺うのだと思うと、ちょっとドキドキしちゃいますね！

とはいえ、彼らが生活するにあたって困難を迎えるのはきっと辺境に行ってからなのだろうし、エーレンさんの方がずっとドキドキしていることと思います。

私にできることはどうか元気でと笑顔でお別れを言って……それから今日のお茶会を穏やかに終わらせて、エーレンさんの懸念を晴らしつつミュリエッタさんにもこれからの学園生活に全力を傾けてもらうよう……できたらいいな？

（まあ私の管轄ではありませんしね！　なるようになれ!!）

年下の顔見知りが不幸になるのは避けたいという思いが今もないわけではありませんが、私はミュリエッタさんの保護者ではありませんので。

多少なりとも注意をすることはできても、本来彼女を導く役目を担うのは父親であるウィナー男爵であり、礼儀作法を教える教師陣の役目だと思うのです。

人が良すぎるとセバスチャンさんに呆れられることもある私ですが、そのくらいはちゃんと理解しています。そこんとこ忘れてませんよ。

ええ、なんとなくメイナとかスカーレットとか、面倒を見るのが当たり前の環境にあるからついついそれと同じように心配してしまっているのだということは私も自覚しています。

誰も彼も面倒を見なきゃいけないわけじゃないし、理由もありません。

相手の迷惑になることもありますし、私自身の許容量ってものも考えませんと。

（冷静であるべきなんだよね。そもそも私が幸せにしたいのは誰なのかって話で）

全てを救うなんてヒーローめいたことが私にできるはずもない。

だって、そもそも私、モブだし。

「ユリアさま、お待たせいたしました！」

「ああ。レジーナさん、本日はよろしくお願いいたします」

私がぼんやりそんなことを考えていると、レジーナさんが迎えに来てくれました。

本来、護衛騎士である彼女の守るべき対象はプリメラさまなのですが、今日は私の護衛としてついてきてくれるんですよね……。

よくよく考えると最初の頃、アルダールとのデートの時も城下まで護衛してくれたのは彼女でしたし、なんだか申し訳ないです。

まあ今回はミュリエッタさんと接触があるとわかっているから王家側も警戒しているというスタンスを示すために、わざわざ彼女が護衛役として選ばれたのでしょう。

心配している点が私とミュリエッタさんが接触することより、ミュリエッタさんが何をしでかすかってところなのがね！

（私の心配ってより、ミュリエッタさんの行動が心配って思われているのがなんとも……）

本来なら侍女のプライベートな休日の移動に護衛騎士が付くとかありえませんからね。

そりゃ私は筆頭侍女ですが、普通に送り迎えの御者が付く程度でもいいのですから。

お役目の際は別ですけど。ほら、何か機密を持っている可能性もありますので。

ニコラスさんが絡んでいる以上、王太子殿下……つまり、王家黙認ですからね……。

ミュリエッタさんはそこのところ、わかっていますかね……。

「それでは予定の確認ですが、件の元外宮勤務の侍女宅で個人的な茶会の後、王城にお帰りになるまで、私は近くに馬車を止めそこでお待ちする形となりますがよろしいですか」

「ええ、それで構いません。お手数をおかけいたしますが、よろしくお願いいたします」

「ユリアさまが出てこられたのを確認次第、お迎えに行きますので。その際は出口から離れず、そのままお待ちいただければと……」

「承知しました」

「では、まずはミッチェランでございましたね」

にっこり笑ったレジーナさん。いやあ、本当に頼りになる女性ですよね！

彼女がメッタボンと結婚する際には、盛大にお祝いするって心に決めております。

それにしてもその将来を考えると、なんて有能な夫婦なのかしらって思わずにいられませんけどね……？　元腕利き冒険者でなおかつ料理人な夫と、護衛騎士の妻とか！

この二人が結婚して生まれてくるお子さんは絶対強いでしょ。

いや腕っぷし以外でも強そう。もう確定。

でもレジーナさんって割と可愛いものも好きだし、お花も好きな面もあるのよね。

マシュマロ食べている時とかそりゃもう蕩けるような顔を見せてくれるっていうか。

きりっとした女性がふんにゃりしちゃうのとか可愛いったらないですよ！

……これがギャップ萌えってやつか!!

「ユリアさま？」

「いえ、なんでもありません。今日は本当にいい天気だなあと思って」

私の苦しい言い訳にもレジーナさんは目を細めて笑ってから頷いてくれるし、それ以上突っ込まないし……はあ、ほんといい女ってやつですよね。

私も見習わないといけません。

私たちはまずミッチェラン製菓店に行って特注品のオーダーケーキなどを受け取り、それからエーレンさんの家に向かいました。

伝票は王子宮に届けてもらうことにしました。それを目にした時のニコラスさんの顔が見たいところですが、まあそこは想像だけで満足しておきましょうね！

エーレンさんのお宅は騎士たちが借りられる社宅のようなもので、家族向けの造りでした。

それもあってか、出迎えてくれたエーレンさんはなんだか新妻感がありましたね！

白のふりふりエプロンでしたし……あれは夫婦どちらの趣味なんだろう……。

「ユリアさま！　いらっしゃいませ、お待ちしておりました」

「エーレンさん、お久しぶりですね。本日はお招きありがとうございます」

開いてくれとお願いしたのはこちらですが、一応形式通りの挨拶はしておかないとね！

そんな私たちのやりとりを見守っていたレジーナさんが、私に向かって一礼しました。

「それでは私はここで。また後ほどお迎えにあがりますので」

「ありがとうございます」

レジーナさんはエーレンさんにも一礼して馬車へと戻っていきました。

……いやうん、やっぱりプライベートだっていうのに騎士に護衛されてやってくるのってすごくおかしな話のような気がします。

私は貴族令嬢なので、身分上護衛が付いての外出ということに理解はあります。でも騎士たちの憧れる部署の一つである護衛騎士隊の騎士に護衛されてるんですよ？　おかしいね……？

どうせ女子会なのだからレジーナさんにも同席してもらえたら良かったんですけどね。今回ばかりはそうもいかなかったのが切ない。

さすがに面識がそんなにない彼女を交えてなんて我儘はできません……あくまで私個人が招かれたという形なのですから！

手土産のケーキはミュリエッタさんが到着してからにしようとエーレンさんと笑い合って、私は一足先にお茶をいただくことになりました。

「どうぞおかけください。今、お茶をご用意いたしますね」

「出立に向けての準備はもうよろしいのですか？」

「はい。その分、家の中が随分殺風景になってしまっていて……折角来ていただいたのに、申し訳ないです」

「いいえ、大丈夫です。忙しい中、無理をお願いしたのはこちらですもの。引き受けてくださってありがとう、エーレンさん」

迎え入れてもらった部屋は、温かな家庭の雰囲気がありました。

確かになんとなく殺風景かなって思う程度に色々質素な感はありますが、それも出立前の家庭なのだから物が最低限しかなくて当たり前です。

そんな中でもエーレンさんが用意してくれたであろう手作りのお菓子や、テーブルに飾られた色鮮やかな花が私たちを歓迎するためのものだと思えば、どうして文句を言えましょうか。

むしろ私、こういう落ち着いた感じ好きですよ！

ええ、普段、職場が煌びやかすぎるからこういうのって逆に落ち着きますよね……!!

「……ミュリエッタに報せた時間は、ユリアさまよりも少し後ですが、あの子が早めに着くよう行動しているかまではわかりません」

「そうですか」

「本日は、本当にお時間をありがとうございます。出立の日はエディの……夫の都合もありますのではっきりとしたことは申し上げられませんが、近日中に。一度辺境に赴けば、もうお会いする機会はないかもしれません」

エーレンさんが、お茶を私に出した後、立ったままの綺麗な姿勢から深くお辞儀をしました。

初めに会った頃は、美人だけれど攻撃的で、関わり合いになるべきじゃない……なんて思ったりもしましたが……。今となっては懐かしい思い出ですね。

「今まで、ご迷惑をおかけいたしました。それなのに励ましのお言葉をいただき、私はこうして立ち直れました。感謝をしてもしきれません」

「……どうぞ顔を上げてください、エーレンさん。貴女は色々なことに不安だっただけなのでしょう? これからは困難なこともあるでしょうが、どうぞご夫君と乗り越えていってくださいね」

「はい！」

顔を上げたエーレンさんが、花のような笑顔を浮かべてくれました。

彼女とのあれこれは、色々ありましたが結果として私にとっても良い思い出となるのでしょう。

エディさんがいれば、彼女はもう大丈夫でしょうしね！

（……それにしても、笑顔だとエーレンさんやっぱり美人だわあ……!!）

あれっ、ミュリエッタさんという正統派美少女と、エーレンさんっていう人妻の色気をまとった美女に挟まれてのお茶会とかナニコレ、私っていうモブ顔にとって別の意味で敗戦確定の戦いが待っていた……？

気にしたら負けだ！　というか、今更そこに気が付いてはいけない。

そんな風に考えて思わず遠い目をしてしまいましたが、現実は残酷ですね……。

いいえ、前向きに考えましょう！

これは、目の保養。美女と美少女、両手に花！

……ちょっぴり無理がある気がしてきました。とほほ。

私の精神的ダメージはそれなりですが、それはともかく、エーレンさんと他愛ない会話を楽しんでいると来客を告げるベルの音が聞こえてきました。

私もつい条件反射でその音に反応してしまいましたが、今日はお客さまの立場ですからね！

ちゃんと大人しく座って待機しました。

というか、まあ、誰が来るのかわかっているわけですしね……むしろ大人としての落ち着きを、さあ心の中で深呼吸。平穏よ、来たれ！

……いやまあだからそう呪文みたいに唱えたところで平穏は来ません。

平穏は、勝ち取るものなのです‼

（なんて思っている私以上に、エーレンさんの方が緊張してるっぽいけど）

ぎゅっと胸の前で手を握りしめて、大きく深呼吸して、……いやいやそこまで緊張する？　二人は幼馴染みなんだからもっとフランクな態度で出迎えてあげないとミュリエッタさんが変に警戒してしまうんじゃ。

そう思いましたが、久しぶりに会うようでしたし、相手は貴族になっているという緊張もあるのだと思えば仕方がないかもしれません。

(しかしそこまで鬼気迫る表情で玄関に行かなくても……逆に心配だわあ！)

思わずハラハラしてしまいましたが、エーレンさんもそこはさるもの、長い侍女経験が役立っているのかすぐに表情を切り替えてにっこりと笑顔を作りました。

彼女が玄関に向かって、すぐに聞こえてきた声は楽しそうなものです。

あ、いけない。今度は私がドキドキしてきましたよ……!!

「わあ！　本当にユリアさまがいる！」

「んもう、ミュリエッタ、エーレンまでそんな家庭教師さんみたいな物言いして!!」

「ミュリエッタ、こういう時は『いらっしゃる』よ？」

入ってくるなり挨拶もせず声を上げたミュリエッタさんに、私は『ああ、ミュリエッタさんだなあ……』と生暖かい気持ちになりました。

窘めるエーレンさんにもぷうっと頬を膨らませる姿はまあ可愛らしいこと。

だけれど妙齢の貴族令嬢としてそれはアウトですね！

まあ身内のお茶会だし、無邪気な姿を演出しているのかもしれません。

いやほら、私は狐狩りの時に見た、瞳のハイライトが飛んだミュリエッタさんを見ちゃってますからね、今との落差が激しくて。

あれはすごく……そう、ホラーだった……。

「お久しぶりですねミュリエッタさん」

「こんにちは、ユリアさま！　お元気そうで何よりです‼」

「もう、ミュリエッタったら……いくら私の家で開くお茶会だからって、そんな調子で他の貴族の方々に接したりしてないわよね？」

「大丈夫よ、今日はそういう堅っ苦しいのはナシでいいじゃない！　ねえ、ユリアさま、いいでしょう？」

「……そうですね、主催はエーレンさんですし今日は友人として彼女の門出を祝いに集まったのですから、エーレンさんがよろしければ私も構いません」

にっこりと笑って私は当たり障りない答えを口にしました。

今回の主催者は、あくまでエーレンさんです。

身分の関係では私が一番上となりますが、やはりそこはきちんとエーレンさんの意向を尊重することも客人としての大切なマナーですよね。

年齢もお前が一番上だって？　ほっといてください。

ミュリエッタさんはとても楽しそうで、ずっとニコニコしています。

狐狩りでの印象が強すぎて、今日はどうなることかと少し危ぶんでいたのですが、なんというか特にスタイルを変えたり落ち込んでいる様子はなくて、メンタル強いなって思うべきなのか、もう少しこう……自分を省(かえり)みて行動を改めたらどうだろうかって思うべきなのか。

「表にあったのはユリアさまの馬車ですか？　いいなあ、うちは専用の馬車とかないから」

「本日は町馬車をご利用ですか？」

そういやそうか、馬車を保持して御者を雇って……って当たり前ですけど、結構なお金が必要ですからね。貴族になりたてのウィナー男爵家ではなかなか難しい話です。

まあ貴族だからってみんながみんな持ち馬車があるわけではないですし、町馬車を使って移動するというのも別におかしな話じゃありません。

要は自家用車を持っているか、持っていないから必要に応じてタクシーを使うかってだけの問題ですからね。

そんな私にミュリエッタさんは朗らかに言いました。

「いいえ、今日はハンスさまが送ってくれたんですよ！」

「……そう、ですか」

へえ、ハンスさんが。

ってことは今も会ってるんだ。いやもうミュリエッタさんわかっているのかな？

異性と二人きりでエスコートされて友人宅に行くって、そ、そ、そういう関係なんだって思われてもおかしくない話っていうか……。

「えっ、ハンスさまってミュリエッタ、もしかして恋人ができたの？」

エーレンさんが心底驚いたような顔をして思わず声を大きく問えば、ミュリエッタさんは顔を顰めました。

でもそれは瞬間的なもので、すぐに可愛らしい笑顔になりましたけど。

「違うわ、例の巨大モンスターの時に知り合ってね、それ以来親切にしてくれているの！　たまたま会った時に今回のお茶会の話をしたら、ここまで送ってくれるっていうから甘えちゃった」

「そうなの？　でも異性の方に送ってもらったりって、見た人がどう受け取るのか気を付けた方がいいんじゃないの？」

「ええー、だって家から歩いて行こうと思ってるって言ったら貴族令嬢がそんなことしちゃダメだって……それで送ってくれるってあっちが言うんだもの。断るのも失礼でしょ？」

「それはそうかもしれないけど……」

「あっ、エーレン！　それよりもお土産を持ってきたのよ‼」

エーレンさんが困ったように小首を傾げましたが、ミュリエッタさんもなんとなく分が悪いと思ったのでしょう。

ミュリエッタさんはことさら朗らかな声で、エーレンさんの言葉を遮るようにして、持ってきた大きなカバンから中身を取り出しました。

瓶詰の、ポプリでしょうか？　なかなか重量がありそうですが……。

可愛らしくラッピングされたそれをテーブルに並べて、ミュリエッタさんは笑顔を見せました。

「あたしが作ったの！　あっちに行っても良い香りがあったら楽しめるかと思って」

「まあ、ありがとう。こんなにたくさん、大変だったでしょう？」

「大丈夫よ。こういうの、得意なんだから！　知ってるでしょ？」

笑顔のミュリエッタさんは、少しだけ胸を張ってエーレンさんと笑い合いました。

その様子だけ見たら、仲の良い友人なんだろうなあと思うのですが……実際のところはどうなんでしょうね。二人ともなかなか心の内を見せない曲者ですからね。

しかし、私としてはこれから引っ越しする人に大瓶のプレゼントってどうなのかしらと少し思いました。勿論、口には出しませんよ！

まあ、ミュリエッタさんなりに色々気持ちを込めてポプリを作ったのでしょう。受け取ったエーレンさんも笑顔ですしね。彼女が喜んでいるなら、いいか。

（そこは私が気にするところじゃないもんね）

そんな風に私が一人納得していると、くるっと振り返ったミュリエッタさんが笑顔で私にも幾分か小さな瓶を差し出してきました。

「勿論、ユリアさまにもありますよ！」

「まあ、ありがとうございます」

可愛らしいピンクのリボンがついた小瓶の中身はよくわかりませんでしたが、それは確かに良い香りでした。ミント系の爽やかな香りがします。

可愛らしい人は可愛らしいことをするものですねえ。

私はこういうものを作ったことがないので、純粋に感心してしまいましたよ！

「そうそう、ユリアさまが美味しいケーキを持ってきてくださったの。みんなで食べましょう？」

エーレンさんがポプリの瓶を片付けながらミュリエッタさんに声をかければ、彼女は目を輝かせました。おおう、そんなに喜んでもらえるとは思いませんでしたよ！

まあ今回はミッチェランのオーダーケーキですからね、私にとってもなかなか口にすることができない品ですが、二人が美味しく食べてくれたら嬉しいです。

きっとニコラスさんも泣いて喜びますよ！

「ほら、立派なチョコレートケーキ！」

「……チョコレートケーキ？」

「そうよ、こんな立派なケーキはなかなか口にできないんだから！　ユリアさまには本当に感謝しなくちゃ」

エーレンさん、もしかしてケーキ食べるの楽しみにしてたんですかね？

隠しきれないうきうきとしたその声音に思わず微笑ましくなりましたが、ふとミュリエッタさんを見ると彼女は眉間に皺を寄せていました。

「……チョコレート、お嫌いでしたか？」

「いいえ、そうじゃないです！　あたしチョコレート大好きですよ！」

「それならば良かったですが……難しい顔をなさっていたので」

「いえ……」

少し考えこんだミュリエッタさんでしたが、すぐに何かを思い出したかのように顔を上げて私を見つめました。

（うん？　お値段の心配でもしてるのかな？）

「……チョコレートケーキって、もしかしてユリアさまが考えたとか、ですか？」

「え？」

やだこの子、突然何を言い出すのかしら。

ミュリエッタさんの言葉に、私は瞬きをしました。

いやうん、なんだって？

「チョコレートケーキを作り出したの、ユリアさまかなって……あの、ハンスさまが、ユリアさまは王女さまのお茶菓子を手作りしてることもあるって言ってたから！」

「……そうですか」

彼女の言葉に即答しなかったのには意味があります。

例えば、貴族位にある私が料理をすることに対して嘲るパターン。

これは他の貴族令嬢でも見られた反応なので、ごく一般的な嫌がらせと言っていいと思います。

でも、彼女は庶民の出身だし、貴族令嬢が料理をしないかどうかなんてのは知らないはず。

正直、そんなの、裕福な貴族家とか領地持ちの貴族くらいだけどね！

貴族位のみという貴族の方々は、市井の人と暮らしはそこまで変わらないって以前聞いたことがあります。一般市民より多少裕福かなって程度だとか。

（……いやでもミュリエッタさんは平民出身だから手料理とかは身近なはずだし、わざわざディスってくる意味はないよね）

となると、それとは別に、ただ普通に称賛するパターンとか？

お世辞とか本音とかも含めてすごいですねって言ってくれる人もいますからね！

ヒゲ殿下とか、ビアンカさまとか宰相閣下とか……純粋にお菓子が目的な人たちの素直な賛辞は嬉しい限りです。

でも、同じように褒め言葉を口にすることで私と親しくなって、ヒゲ殿下たちと知り合うきっかけを得ようとする人たちもいますからねえ……なんだか面倒な話です。

（さて、どっちかな）

後者はない気がするなあ、私をおだててもアルダールの情報をそこから得るっていうのはちょっと考えにくいよね。だけど前者もあまりイメージないなあ……どういうことかしら。

「確かに私が提案して王女殿下にお茶菓子をお出しすることはありますが、こちらのケーキは城下で人気のミッチェラン製菓店で作られているものですよ」

「そうなんですか」

「そうよ、まあミッチェラン製菓店って言ったら城下町にある高級店で、しょっちゅう食べられるようなものじゃないんだから……」

「チョコレートの専門店ですからね、それも仕方ありません」

「えっ、専門店？」

「ご存知なかったですか？　城下でも老舗（しにせ）中の老舗ですし、お客さまへの贈答品などで喜ばれますから覚えておくと便利ですよ」

　これから男爵家のご令嬢としてお茶会に呼ばれた際などに持っていけたら、相手先もそれ相応の対応をしてくれると思うんですが。

（まあ値段との相談もあるのでなかなか難しいかな、やっぱりお値段で考えると私だって普段は我慢ですよ、我慢！）

　カロリー的な問題もありますしね。そこも重要です。

　最近ちょっとお菓子を食べることが増えた気がするから気を付けなければ！

「チョコレート専門店、の、老舗……ですか……」

　私が親切心で教えたことに、ミュリエッタさんはそれでもどこか納得できないといった顔をしていました。え、変なことを言ったかなあ。

（ミッチェランのチョコレートって言ったら、そりゃもう有名なんだけどな……）

貴族間では『ミッチェラン』の『高級菓子折り』が贈られるとか贈ったとか、そんなのが一種のステータスになっちゃうくらい有名です。

とはいえ、一般所得の方々も買えないわけではないですよ？

ただ、貴族はともかく地方に行くにつれ、知名度は下がるのかもしれません。

（あれ？　でもさっき、チョコレートが大好きだって言っていたけど……城下に住んでいて知らないってそんなことあるのかしら）

町屋敷が並ぶ区域とも近いし、王城と行き来をしていたら見かけると思うんですが。

まあお店の前を歩いたからといって、なんの店かまでわからなかったのかもしれません。

「……チョコレートって、そこでしか作れないんですか？」

「そうですね、いくつか他のお店でも心当たりはありますが……品質ではやはりミッチェラン以上のものはないかと思います。専門店は、ミッチェラン製菓店くらいでしょうか」

チョコレートを扱う店は私が知るだけでも何店舗かあります。

ただ、クッキーやお茶など他のものと併せて扱うようなスタイルのお店ばかりなので、専門的にチョコレートだけを扱っているお店はミッチェランの他に知りません。

（もしかしてミュリエッタさん、自作しようとしているのかな？）

だとしたらあまりお勧めできないんですが……。

カカオパウダーは南の国からの輸入品なのでどうしても高くついてしまうし、正直、菓子職人が丹精込めて作ったチョコレートが売られているんだから買った方が絶対に早いっていうか……。

「いくつかの商店でも研究はしているようですけれど。興味がおありですか？」

「いえ！　高級店っていうから、うちじゃ買えないかなって思って」

「ああ、そういうことですか。確かにしょっちゅう買うようなお値段ではないですが……。少量でしたら手が出しやすいかもしれません。一度お店に行ってみては？」

私の提案に、ミュリエッタさんは笑って頷いていましたが、なぜか落胆しているようでした。

そんなにチョコレートをたくさん食べたかったのでしょうか。太りますよ？

（……もしかしてチョコレートで前世と結びつく何かがあったのかな）

隠しキャラが開発したとか？

いやいや。それで行くと、ミッチェラン製菓店にチョコレートを広めたのは誰だって話になっちゃいますよね……。老舗というだけあってかなり前からある店なので、相当昔の話になるから違いますね。創業当時はチョコレート菓子とココア飲料を売りにした喫茶店で、菓子に流用して、その後ここ十五年ほどで一気にチョコレート菓子というもののパイオニアになったと聞いていますからその線は薄いでしょう。

（それに、攻略対象のキャラがチョコ好きとかそういうのはなかったと思うんだけど）

私の記憶によれば、ミッチェラン製菓店なんて名前は【ゲーム】に出てこなかった気がするし。うろ覚えだから正確とはいえないけど……多分、重要なことじゃないはずです。

「そうだ、あたしユリアさまにお会いできたら相談したいことがあったんです！」

「まあ。ですが今日はエーレンさんのお祝いを兼ねたお茶会です。あまり個人的なことは」

「そうよミュリエッタ。……今日を逃したら、しばらく私も貴女とは連絡が取れないし、今後は男爵令嬢と親しくするなんてできないんだから」

　エーレンさんがケーキを前に笑顔だったというのに、どことなくしょんぼりしてしまいました。

そうですよねえ、友人よりも自分の相談事を優先されたら少し悲しくなりますよね。

　さすがに自分でもちょっとまずいと思ったのでしょう、ミュリエッタさんは慌てて手を顔の前で振ってエーレンさんに向かってフォローするかのように言葉を連ねました。

「ち、違うのよエーレン。それに身分差なんて気にせず、あちらに着いたら手紙が欲しいわ！　無事に着いたって絶対報せてね、待ってるから‼」

「……ありがとう、ミュリエッタ」

「ユリアさまはお忙しい方でしょ、だからつい気が急いちゃったの……ごめんね、エーレンとの時間もすっごく楽しみにしていたのよ。ほんとよ？」

　可愛らしい顔を悲し気にして、縋（すが）るようにエーレンさんを見る姿はまるで捨てられた子犬のようです。あれは許しちゃうなあと思いつつエーレンさんを見ると、彼女は慣れているのか小さく苦笑を浮かべただけでした。

　いや、もしかしたらエーレンさんは美女だから、美少女の可憐アタックなんてものともしないだけかもしれない……⁉

「あまりユリアさまに迷惑をかけてはいけないわ。ミュリエッタはこれから学園に通って、そこで親しい友人を見つけるべきなのだし」

「それはわかってるの！　だからちゃんと頑張るつもりよ。そうじゃなくて……ええと……ちゃんとこういうことは伝えておくべきだって思っただけなのよ」

「……伝えておくべきこと、ですか？」

「はい！」

何かまたとんでもないことを言い出すんじゃなかろうか。

そんな予感を受けて、私とエーレンさんはそっと顔を見合わせました。

微妙な空気の中、エーレンさんが淹れてくれたお茶が美味しそうな湯気を立てていて、私たちは冷めないうちにお茶を飲み、ケーキを食べ始めたのでした。

このままなかったことに……しちゃだめだよなあ、そうだよなあ。

ミュリエッタさん、こちらをちらちら見ているしなあ！

「ユリアさま、ケーキとても美味しいです。ありがとうございます」

エーレンさんが気を遣ってか私に向かってお礼を口にしました。

本当に美味しいから、きっと本心からのお礼だと思うけど……ニコラスさん様様ですね！

……ニコラスさん？　そうだ、この手があった。

「ああそういえば、このケーキは知人の執事が教えてくれたのです」

「まあ、そうなのですか？」

「ええ、友人へのお土産にと悩んでいた私に教えてくれたんですよ。私も知ってはいましたが、彼に言われて決めたので彼が背中を押してくれたも同然です」

実際は違うけどね！　買ってくれるっていうから！

でも私が〝知人の執事〟と口にしたことでミュリエッタさんの眉間に皺が寄りました。

ええ、あの胡散臭い顔がきっと彼女の脳裏にも浮かんだことでしょう。

……ニコラスさんには申し訳ないですが、王太子殿下もニコラスさんを彼女担当みたいに扱っているんですから、私も押し付けさせていただきましょう。

これって名案ですよね、私だってやるときゃやるんです！

年下の女の子に大人げないって？

いえいえ、こういう部分を見聞きして彼女も立派な淑女へと成長するんですよ。……多分。

「相談事でしたら彼に頼ってみるのもいいかもしれません。貴女も顔見知りの方ですよ、ミュリエッタさん」

「……ちなみに、どなたですか……」

「王太子殿下の執事、ニコラス殿です。前にもお会いしたことがあるんでしょう？　なんでも学園の先輩ということで相談に乗るよう王太子殿下が命じられたと彼から聞きましたが」

「あ、あー……そう、ですね。はい、お会いしたことがあります」

可愛い顔が台無しよ！　ってならないのが美少女が美少女たる所以でしょうか。

眉間に皺寄せて嫌そうな顔をしても可愛いのが不思議だ……。

しかしそんな風に思っていることを表に出さずにいた私に、ミュリエッタさんは真剣な顔をして向きなおったのです。

「でも、あたしが相談したい……というか伝えておきたい相手は、ユリアさまなんです」

「まあ」

「あたし、未来予知の力があるんです！　……扱いきれなくて、いつも使えるわけじゃないから秘密ですけど。その力が、あたしに見せてくれたんです」

彼女の発言に、エーレンさんがさっと顔色を悪くしました。

ええ、私も彼女の口に思い切りケーキを突っ込んで止めてしまいたいくらいでした。

でももう出ちゃった言葉は飲み込めない。

やだもう、ほんと、この子ったら何がしたいのかしらね⁉

未来予知の能力。

扱いきれないにしても、それはどう転んでも便利で、かつ危険な能力。

それをなんでこう、誰が聞いているかもわからないような場所で口にしちゃうんだろう！

この子の危機管理能力どうなっているの？

「ミュリエッタさん」

「それで、あたしが見た未来なんですけど」

「ミュリエッタさん‼」

私は淑女としては注意を受けてしまいそうなくらい強く彼女の名を呼んで、それ以上軽率に喋らないよう遮りました。

私の剣幕に驚いたのでしょう。ミュリエッタさんが目を丸くして私を見ていましたが、ようやくそのおしゃべりな口を閉ざしました。

それに安堵（あんど）している場合ではありません。

「エーレンさん」

「は、はい！　直ちに‼」

私の呼びかけに何を求められているのか理解したのでしょう。

顔色は悪いですがエーレンさんは周囲で誰かが聞き耳を立てていないかを確認した後、家中のドアや窓の施錠をしっかりと確認してから戻ってきました。

うん、なかなか良い動きです。外宮筆頭が有能だと言っていたのも頷けます。

結婚退職しちゃうのは惜しい人材かも……って思うくらいに素早く的確な行動でした。

まあ、エーレンさんもミュリエッタさんの〝未来予知〟によって、園遊会でちょっとした醜聞を起こした側ですから焦りもあるでしょうね。

「ミュリエッタさん……このようなことを私から申し上げるのは大変遺憾ですが」

「は、はい！」

「貴女は、あまりにも無知です」

「えっ」

イライラした。

いや驚いたけど、この子ってば何もわかってない！

わかっていないだけならまだいいんです。それは反省を促せば済むのだから。

でもね、もう園遊会の時にエーレンさんがごたごたに遭ったってだけでも注目されてるんだと気づいた方がいい。

そもそも、巨大モンスターを英雄と一緒に倒した娘ってだけでも注目を浴びているのですから！

（生誕祭の時には王弟殿下、そしてついこの間は父親経由で王太子殿下からも……そしてそれとなくニコラスさんだって釘を刺しているに違いないのに）

それらを加味しても〝なんとかなる〟なんて悠長な考えでは、ミュリエッタさんに関わる人が今後どれだけ迷惑を被ることか！

とはいえ、私の言葉に目をこれでもかと大きく見開いた少女の姿を見て、ちょっとカッとなってしまったと反省しました。

悪いとは思いませんが、少し大人げなかったな、と。

「いいですか、ミュリエッタさん。その能力がどれほどまでに人の目を惹くものか、貴女はわかりますか？」

「わかってます！　お父さんにもすごく念押しされて、何か見えても本当に必要な時にしかそれを口にしちゃダメだって」

「……ウィナー男爵さまもご存知なのですね」

となると、王太子殿下は彼女たち父娘をどう扱うのだか。

ここは私も言葉の選び方を間違えると厄介だなあと少しだけ思いました。

エーレンさんの方はもうすでに園遊会の時に色々ありましたからね、何か言おうとして手が宙に浮いたままおろおろしています。まあそうなるのも、しょうがないか……。

「不用意にその能力について口にしてはいけません。勿論、書面に残すなど以て(もって)の外(ほか)です。私とエーレンさんを信頼し、それを言葉にしようとしてくれたことはありがたいと思いますが……私も彼女も王家に忠誠を誓う者なのですよ？」

暗にそんな便利な能力があったら、上の人に伝えてしまうぞって言ってるんだけどね！

いいえ、ミュリエッタさんだってニコラスさんとかに何か言われているだろうから、いい加減察してくれと思ったりするんですけどね？

世の中ってものは色々あって、綺麗事だけで回っていかないってことをいい加減わかってくれてもいいと思うんですよ。厄介な人たちとはもう何人も会っているのだから、彼女自身でも気を付けてくれないと……こちらまで巻き込まないでっていうのが正直な気持ちです。

とはいえそんなことを思いつつ、彼女が私を名指しして伝えたいという内容には興味がないとは言いません。口にはしないけど。

だってミュリエッタさんの〝未来予知〟は、おそらくゲーム知識です。

即ち、ゲームクリアまでの期間……そしてエンディングで語られるごく僅かなその先。

もしかすると隠しキャラ関係のことかもしれません。

現実はまったく違うわけだから登場人物が似ている、いい、いるだけに終わっているこの状況で、彼女が何を言い出すのか？　そこに興味はあります。

（まあ、あまり良い話じゃなさそうね……）

大方、アルダール関連ってとこでしょう。

だとしたら、うーん……プリメラさまとディーンさまに関してとか？

あのお二人の状況はラブラブですけど。手紙の返事が来るたびに花のような笑顔を見せて私に教えてくれるプリメラさまったらもうね……って話が逸れた。

「……わかってます、でもあたし、今回は絶対に伝えなきゃって思ったんです」

「ミュリエッタ、いい加減に……！」

「エーレンだってあたしのチカラで怖いことを回避できたじゃない！　あたしはユリアさまにもそうやって回避して、幸せになってほしいだけよ！」

「……そっ、それは……」

ミュリエッタさんの言葉にエーレンさんも覚えがあるから強く出られないようで、ぐっと抗議の言葉を飲み込んでしまいました。

（ああ、もうこれは聞いてあげないとあれだ、王城まで追っかけてきそうだ……そうなるとそっちの方が厄介なのか。それとも王城でやらかしてくれた方がニコラスさんに押し付けやすいのか？）

王城でやらかされたら私の責任度合いが増えるなと頭の中で天秤がぐらぐらします。

ニコラスさんだって指示を受けて行動をしているとはいえ、表立って大きくは動かないはずですし、王太子殿下に僅かにでも迷惑がかかるのは彼が望むところではないと思いますから……そうなると、もうここで聞いて判断するのが一番な気がします。

「ユリアさま、あたし……夢で見たんです。アルダールさまとユリアさまの歩いている横から人が来て、アルダールさまが悲しそうな顔をして離れていくことになってしまう夢を。あたし、それを助けたいんです」

「……それがなんだっていうんです？」

またこの子、アルダールのことを名前で呼んで……！

彼からも、名前で呼ぶなと注意されているのに。だけど、その注意は後回しです。

彼女の話は今それを注意したところで止まらないでしょう。

それに、悲しそうな顔をしたアルダールがいて、その話を信じるならば彼は何かしらの悲しいことがあって、私から離れる……そう、言いたいんですよね？

私が悲しみで落ち込んでその場から動けないような可愛らしいタイプの女なら、それもしょうがないかなって思いますけど……アルダールが何も言わずに私から離れようっていうなら、きっと私はどうしてなのかと尋ねるでしょう。

だって、私が悪いんなら直したいもの。

いいえ、嫌われたくないから、きっと躊躇しまくってから行動するのだろうなと自分でも思いますけど。その辺はきっと誰もがそうだと信じています!!

「ただの夢かもしれないし、私が大人しくそれを受け入れると思うんですか?」

「いいえユリアさまは、それを受け入れます。だって、ユリアさまは貴族だから」

「えっ?」

「アルダールさまを苦しめるのは、家族です。ユリアさまは子爵家の人間だし、王女さまの幸せを願っておられるんでしょう? だからアルダールさまは孤独になっちゃうんです」

「……」

「貴族として正しい道を選ぶのは大切なことです。ユリアさまは悪くありません。だけど、あたしは違います」

綺麗な緑色の目が潤みつつ煌めいて、私を真っ直ぐに見つめる。

ああ、こんな風に見つめられて真剣に訴えられたら『そうなのかな?』って思う人が続出するのも頷けますね。

そう思わせるだけの魅力をミュリエッタさんはお持ちです。それは認めましょう。

(だけど、残念でしたね)

私自身はそういう魅力とやらは残念ながら持ち合わせておりませんが!!

そういった訴え方をする女性とか、男性とか、商人とか、文官とか貴族とか、仕事をさぼってお菓子をねだる某ヒゲ殿下とか色々見てきてるんですよ。簡単には絆されません！

簡単に飲み込まれたりしませんよ、それに……私は決めたんです。

（アルダールとのことは、周りに何かを言われたことで悩むより本人とちゃんと話そうって）

誰かに言われて私のことを好いたわけじゃない。そう彼が言ってくれたんです。

なら、私がそれに見合う女として応えなければ、格好悪いでしょう？

私が動揺を見せないことに彼女は苛立ったらしく、これまでの案じているかのような表情が少しずつ、歪んでいきました。

「あたしは！　あたしだったら、あの人を自由にしてあげられるんです。クレドリタス夫人の呪縛から、あたしだけが助けてあげられるんです‼」

「……なんですって？」

おっと、とんでもない名前がここで出てきたぞ？

私が思わず反応するとミュリエッタさんは何を勘違いしたのか、嬉しそうに笑いました。

「クレドリタス夫人っていう人は、バウム家に仕えている女性なんですけど」

（おかしい。なんでここでクレドリタス夫人の名前が出るんだろう？）

私はそう思いましたが、諦めて口を挟まず彼女の言葉を聞くことにしました。

どの道、ミュリエッタさんは喋るのを止めそうにありませんからね。

……むしろ今、エーレンさんの顔色が大変なことになってますけど。

このまま彼女に話を一緒に聞かせてしまったら、巻き込む前に卒倒してしまいそうです。それはいけません。

「エーレンさん、申し訳ありませんがお茶のお代わりをお願いしても？　もし茶葉が足りないようでしたら席を外されても問題ありませんよ」

「えっ」

「ね？」

「……はい、わかりましたユリアさま」

私が頷いてみせると、意図が伝わったらしいエーレンさんがぺこりと頭を下げました。

なんのことかわからないミュリエッタさんは私たちを見比べて首を傾げていますが、すぐに可愛らしい笑顔を見せてエーレンさんに手を振りました。

「お買い物に行くの？　気を付けてね」

「え、ええ……ミュリエッタ、あの、……あまりユリアさまにご迷惑を、かけては……」

「もう！　エーレンったら相変わらず心配性ね」

いやいや、この場合はエーレンさんが心配していることの方が妥当だと思いますけどね。

エーレンさんが知らないところですでにミュリエッタさんは警告を受けている身なんですから、心配性だなんて笑っている場合ではないですよ……。

生誕祭の時に、セレッセ領で、そしてこの間の狐狩り。

ここまで来て彼女がどうして大人しく学園に通って淑女としての道を歩まないのか私は不思議でなりませんが、逆に焦って行動をしている……という可能性もありますね。

それだとなりふり構わないっていうスタンスかもしれないから、気を付けないといけません。

（こちらとしても、巻き添えで大火傷など負いたくありませんしね‼）

彼女はそこまで深刻に捉えていないかもしれませんが、王太子殿下がニコラスさんを通じて手を回しているはずです。それがどのようなものかまでは私は知りませんが。

ただ、それはきっと可愛い叱責程度で済むような優しいものじゃないってことくらいはわかります。これでも私、王城勤めが長いですから……わかります、わかりますよ……。

まるでクモの糸みたいにふわっとしているのに、気が付いたら雁字搦めになっちゃうんでしょう⁉

（本当に賢い人たちって、敵対すると怖いんだけどなあ）

ニコラスさんに関しては何かを感じているのでしょうが、先ほど名前が出た段階で彼にもこのことが伝わる可能性を考えないのでしょうか？

（それとも、知られても切り抜けるだけの自信がある、とか……？）

まさか、この期に及んで悪い人なんてこの世の中にはいないっていう性善説を信じているタイプでもないでしょう。

私もそうと言い切れるほど彼女のことを理解しているわけではありませんが……。

エーレンさんがよろめきながら出ていったのを見送って、私はミュリエッタさんと二人きりになりました。

（……聞くのが怖いんだけどな）

なんとかエーレンさんを巻き添えにせずに済んでほっとしましたし、彼女が家を出たことにきっとレジーナさんも気が付いているでしょう。

こちらの様子を確認に来てくれるか、あるいは人払いしてくれるか、そこに期待です。

後は私が、この困ったお嬢さんの話を聞いて落ち着かせることができれば……。

「お話の続きなんですけどね！」

「ええ」

「クレドリタス夫人っていう人がいて、その人がアルダールさまに意地悪をするんです」

「……ええ」

それは多分、幼少期のアルダールがクレドリタス夫人に、バウム家にとって予定外の子供だったという旨を延々言って聞かされたっていうアレですよね？

しかしその点に関してはもうアリッサさまが責任をもって対処してくださると仰っていたので、ミュリエッタさんのそれは正直、的外れではと思うわけですが、どうなんでしょう。

とはいえ、バウム家の……しかも領内にある別荘で雇われている使用人について『知っている』なんて危険な発言だと思います。

これが【ゲーム】に出てくる知識なのだとしたら、アルダールが隠しキャラで確定なのでしょうが……だとしても不用意な発言だとしか思えません。

「その人が投げかける言葉に、アルダールさまは傷ついていて……もっと自由になりたいけど、アルダールさまは優しいから、愛する家族のためにそれを我慢してるんです！」

「……」

まるで〝全てを知っている〟かのような口ぶりに、私は少しだけ背筋がぞっとしました。

自信たっぷりに言い切り、憂いを湛(たた)えた表情で心配していると訴える。

（ああ、この調子で未来を語られたら、誰だって信じてしまうでしょうね）

……ですが、私はアリッサさまがアルダールを『我が子』として愛していらっしゃる姿をこの目で見ていますし、それを照れながらも受け入れている彼の姿もはっきりと見ました。

なら、彼女が語るそれはやはり違う〝夢物語〟としか思えません。

だから、これをどう『報告』するべきかに頭を悩ませるだけで済んでいますが……やはりエーレンさんを外出させたのは正解だったかもしれませんね。

「柵（しがらみ）を一回、全部捨てて、アルダールさまは自由になるべきなのかもしれません」

「……家族を愛していると貴女も言うならば、全て捨てて……とは穏やかではありませんね」

「家族は、離れていても家族ですよ！」

輝くような笑顔でそう言い切るミュリエッタさんに、私は違和感を覚えました。

だって、彼女の言葉はとても〝良いもの〟のように聞こえますが、それは違うと思うのです。

その言葉は離れて暮らす家族が互いを想いやり、気遣い、案じるからこそ出てくる絆のようなもので……今ある立場から逃げたいと思う気持ちとは、何か違うような気がしてなりません。

勿論、アルダールだって最初は誤解があったと言っていたし、愛情はあっても家族間ですれ違っていたことも事実でしょう。

（なんだろう、なんだかもやもやする）

以前、私はアルダールが彼自身を見ないで『次期剣聖』と呼ばれてばかりなことに不満を感じました。そして今、彼女に対して似たような感情が胸の中で渦巻いていていて気持ちが悪いです。

ですが、ミュリエッタさんはそんな私に気が付く様子もなく、慈愛に満ちた笑みを私に向けていました。それがまた私を苛立たせるのです。

「あたしは、元々冒険者です。だからアルダールさまが望むままに世界を旅することも、貴族としての暮らしではご存知ないような世界も、ご一緒できます」

「……それが、彼のためになると？」

「外の世界に出ることで、アルダールさまは家族への想いを再確認できると思うんです。同時にご家族も、アルダールさまのことを見つめ直すきっかけに……」

「ばからしい」

「えっ」

思わず吐き捨てるように言ってしまってから、しまったと思いました。

ハッとしてミュリエッタさんを見ると、私がそんな風に言い返すだなんて思っていなかったのでしょう。とてもとても驚いた顔をしています。

「あっ、その……ごめんなさいね。……けれど、アルダールは今現在バウム伯爵家のみなさまと、とても仲が良く、そして幸せに暮らしています。騎士であることに誇りを持ち、終生騎士でありたいと思っているんです」

そして、そんな彼を私はとても眩しいと思う。

騎士として誇り高く、その剣は守るためにあるのだと教えてくれた人。

それを簡単に『一度捨ててしまえばいい』だなんて軽く言われて、腹が立ちました。

大人げないなあと自分でも思います。言い方もちょっときつくなってしまったし……。

まあ、言い返さないという選択肢はないんですけどね。

「で、でも！」

「アルダールの、気持ちを大事にしてあげてはくれませんか」

「でも！」

私が穏やかに諭すように言葉を重ねてもミュリエッタさんは表情を強張らせ、眉間に皺を寄せ、むずかる子供のように首を左右に振って納得できない様子でした。

ああ、しまった、興奮させてしまったのかなと思いましたが今更それを反省しても後の祭り。

彼女が落ち着けるように、すっかり冷めてしまったお茶をとりあえず勧めようと視線を外したところでミュリエッタさんはとんでもないことを口にしました。

「今どんなに仲が良くても！　クレドリタス夫人が実の母親だって知ったら、アルダールさまは心が壊れちゃうんですよ!!」

幕間　いつかを描く少女

あの【ゲーム】は、シナリオの重厚さが売りだった。
そのためキャラクターは少なくてもその分内容が濃くて、ハッピーエンドに裏エンド、バッドエンドにノーマルエンドとプレイヤーとしては満足度がすごかった。
だけど、プレミアム版で追加された隠しルート。

あたしはそれが、大好きだった。

勿論、推し声優さんがやっているキャラがいて、それがまた好みだったから……ってのもあるんだけど、一番好きなのはストーリーだった。

隠しルートはいずれもテーマ性を持っていて、王弟殿下だったら〝未来〟だったし、ニコラスだったら〝普通〟。

そしてアルダールさまのストーリーは、そのものずばり〝家族〟。

腹違いの弟は懐いてくれて可愛いけれど、正妻の子供というだけで優遇され大切にされる、それがどこか羨(うらや)ましくてたまらない存在。

父親は自分のことを疎んじているし、義母はきっと貴族の正妻として義務を果たしたに過ぎない……そう思い悩む彼の前に現れるゲームヒロインであるミュリエッタ(あたし)。

(今ならわかる。貴族社会って、すごく窮屈(きゅうくつ)だ)

そりゃもう母親の出自が低いからって理由でそれが誰かも秘密にされている上に、蔑ろにされるとか……長男としては認められているんだから、そこを強く出ればいいのにって何度ゲームをプレイしながら思ったことか！

次期剣聖って呼ばれるほど実力者なんだから、さっさと父親を打ち負かして当主の座を奪っちゃえばいいのになあとも思ったよね。

(その上で弟には要職を与えて仲良く生きていけばいいじゃない？)

でも、こうやって現実としてこの世界を生きて、ようやくわかった。そうじゃない。

ゲーム上でのセリフ、『全部捨てて自由になりたい』……ってアルダールさまの気持ちが、今のあたしには痛いほどわかる。

ストーリーが進むと、アルダールさまの幼少期に教育係としてついていたライラ・クレドリタスっていう人物が出てくる。その人が実の母親だと知って、彼はショックを受けるのよね。

伯爵家にとっての汚点、剣聖という優れた能力だって本来は弟のディーンに与えられるべきだったのにお前が生まれたせいだ……なんて、いちゃもんもいいところ。

好感度が上がったイベントであたしと遠乗りに行くんだけど、偶然クレドリタス夫人に会ってしまって酷いことを言われ、幼少期のトラウマもあってアルダールさまは辛い思いをする。

そこにそっとバウム家に昔仕えていたという人物が現れて、辛い事実を告げてしまうのよね。

『彼女は可哀想な人なんです、実の子である貴方を愛せない、それほどに心に傷を負い……そして、バウム伯爵さまをただひたすらにお慕いしている』

『では、愛されなかった私は、どうでも良いのか』

『そうではありません！　そうでは、ないのです……!!』

『もういい！』

ああ、可哀想なアルダールさま！

一緒にいたミュリエッタ（あたし）はアルダールさまの傍でそっとその背をさすって、……そしてどこか遠くに逃げたいという彼に賛同して、次のイベントに行くの。

あまりクレドリタス夫人については【ゲーム】では触れられなかったけど、それはシナリオの量が多くなりすぎて削除されたんだってファンブックのインタビューに書いてあった。

ファンブックにもう少し内容が詳しく書いてあったけど、あたし好みじゃなかったなあ。

クレドリタス夫人はパーバス伯爵家の遠縁にあたる人で、伯爵家の家人に嫁がされる。

そもそも男尊女卑で育てられた挙げ句、嫁ぎ先でも虐(しいた)げられていたところを現バウム伯爵に救われて淡い恋心を抱いていたが、身分違いを理解していたので忠義を尽くすと決めた人。

バウム伯爵家の信頼あるクレドリタス家の若旦那と再婚してそれなりに幸せに過ごして、子を産んですぐ流行り病が蔓延して、夫と子を亡くしてしまって……失望の渦にある彼女を案じてくれたバウム伯爵への想いが爆発しちゃうっていう背景があってアルダールさまが生まれるのよね。

この設定、一体どれくらい昔を題材にしてるのってくらい暗い。だから嫌い。

（大体さあ、そこで情に訴えて正妻の座をゲットしちゃえばいいのに。遠慮なんかしてないで。ロマンス小説とかだと身分差婚とか、そういうのアリじゃないの？）

あたしが彼女の立場なら、子供ができた段階で責任取ってもらうけど。

シナリオライターさん的に、彼女は忠義の人だからそれを良しとしなかったとかなんとか。

もうその辺でおなかいっぱいだったから残りの設定は見なかった。

だって結局、ミュリエッタがいれば最終的にアルダールさまは幸せになれるし、今のあたしも幸せになれる。お互いにとってハッピーだと思わない？

でも【ゲーム】と同じようで違う展開が続いている今現在、学園に通い始めたらあたしとアルダールさまは接点がなくなりそうで怖い。

だってなんだか知らないけど、お父さんは王太子殿下にやけに心酔しちゃって「男爵令嬢として立派に社交界デビューさせてやるからな！」とか言ってくるし。

そのせいで教育係さんは「それならばもっとマナーを身につけないといけませんね」って勉強を厳しくしてくるし……もうほんとやんなっちゃう!!

(……焦るなって方が無理)

貴族って華やかで、もっと楽しいものだと思っていた。

でもあたしには合わないってわかったから、早く冒険者に戻りたい。

冒険者として自由気ままに振る舞って、大きく笑ってご飯を食べて、マナーだなんだって口うるさく言われずに大股で歩いて、跳ねまわりたい。

まあ次に冒険者を辞めたいなって思った時のことを考えたら、学園は卒業しとくべきなのかなあとは思うけど……。

(あたしの実力があれば、冒険者として相当稼げると思うのよね。若いし)

アルダールさまは、貴族社会っていう煌びやかだけど窮屈で、意地悪な世界で『家族がいる』っていうことを支えに頑張ってきたんだから、もう、いいじゃない。

(そうよ、もういいでしょ?)

あたしの前に座るユリアさま。

この地味で、優しい人なら、きっとまた、誰かいい人に出会えるよ。

アルダールさまじゃなくてもいいじゃない。

きっと誰か素敵な人が現れて、彼女に似合った幸せを与えてくれるよ。

自由を知りたいアルダールさまと、自由を知っているあたしは貴族社会っていう鳥かごから飛び出したい。

（だから、わかるでしょ？）

貴女は頭がいいから、筆頭侍女なんてやっているんだと思う。だからあたしが情報を出していけば、エーレンを救ったようにアルダールさまを守ろうとするんでしょ？

この人も転生者かなって思ったけど、そうじゃなさそうだし。

チョコレートって、ラノベだと転生者が開発する定番品だけど、専門店があってそこで買ったやつなんだって言われて拍子抜けしたよね。

まあ、あの【ゲーム】と同じ世界なんだから、前世と同じお菓子があったっておかしくないのよね。それをいちいち疑ってたら疲れちゃう。

（あの肉まんじゅうがすっごい綺麗な王女さまになってたのはびっくりだけど）

みんなを幸せにしなきゃって思ってたけど、拍子抜けしちゃった。

でもこうも思ったの。

あたしが動かなくても幸せなら、その分あたしが本来幸せにしてあげたいと思った人に、その分の力を注げばいいんだって。

少し焦りすぎて、色々失敗しちゃったからなあ……思った以上に貴族社会って複雑で、意地悪だってわかったから今度は気を付けつつ急がなくっちゃ。

ちょっと強引だったって、自分でもわかってる。

だけど、エーレンが辺境に行ってしまったら、もうこうやってお茶会の時間を侍女さんがとってくれると思えない。

仲良しってわけでもないし、この人だって『貴族』だから信用ならない。

（領地持ちの、子爵家のご令嬢なんでしょ？）

家族とも問題なくって幸せなんだってエーレン情報で知っているのよ。

アルダールさまみたいに、腹違いの弟の存在を疎ましく思うこともないらしいし？

この人は優しいし、意地悪じゃない。ただ口うるさいなーとは思うけど！

（だから、あたしの話を聞いて。いいじゃない、貴女は幸せなんでしょ？）

エーレンも遠慮してなのか、迷惑をかけるなとか言ってたけど……ほんと、このチャンスを逃せないのよ！


それなのに、ばからしいとか吐き捨てるように言われたのよ？

ほんとあれはびっくりよね。

（やっぱり、貴族って人種とあたしは合わないんだ）

ああ、早くアルダールさまと遠くに行きたい。

もう少しだけ待っててね、きっと貴方を幸せにしてみせるから。

第六章　あなたと、わたし

「今どんなに仲が良くても！　クレドリタス夫人が実の母親だって知ったら、アルダールさまは心が壊れちゃうんですよ‼」

ぐっと握り拳を作ったミュリエッタさんの力説を、私はかなり奇妙な気分で聞いていました。

うん、なんか他に表現できない。

この子は、何を言い出しているんだろう。それに尽きますね!!

あと正直、イラッとします。

「……ミュリエッタさん」

「いいですか！　アルダールさまにそれを告げる人物が現れた後、アルダールさまはすべてを拒絶しちゃうんです」

「ミュリエッタさん」

「家族への愛情とかも信じられないし、貴族ってものがそもそも信じられないし、自分のルーツも信じられず逃げ出したいのに逃げることができない。なら、あたしが一緒に……」

「ミュリエッタさん！」

こちらの言葉なんて聞く気がないマシンガントークを始めた彼女に対し、少し大きめの声で制すればようやくミュリエッタさんが止まりました。

とはいえ、不満そうな顔をしていますけどね。

いやいや私の方が不満だと言いたいくらいですけど!?

まあそんなこと言いませんけどね、私の方が大人なわけですし、社会人ですもの。

「まず第一に、その話を鵜呑みにすることはできませんし、仮に真実だったとしても私にその話をする貴女のことを理解できません」

「だからっ、あたしが、あたしならアルダールさまを助けられるから……」

「第二に、アルダールから名前で呼ぶなと忠告されていましたね。そのことをお忘れですか」

「そ、れは……」

私の言葉にミュリエッタさんは一瞬、虚を衝かれたような顔をしてすぐに苦々しいものに変わりました。彼女の表情を見る限り、どうやら都合良くそのことを忘れていたようです。

そこも含めて私は彼女にきちんと、できる限り冷静に、現実を訴えることにしました。

「……わかりませんか、貴女と彼の関係は友人ですらないのですよ？　それなのに何故、そこまで自信を持てるのですか」

「……えっ……」

私に問われて、ミュリエッタさんが怯みました。

怯んだというよりも、心底驚いたと言った方が正しいでしょうか？

私としてはごくごく普通のことを聞いたつもりなんですけどね。

大体、彼女が言っていることが真実だとして、過去そういうことがありました……ってそれは予言とか予知とか、それとは違うしね！　その後の話は一応それっぽいですが。

しかし、クレドリタス夫人が実母とか……そうでないことを祈るばかりですが、まあそれはこの際置いておきましょう。

(誰が実母かとアルダールの耳に入れる人物が現れる、そしてアルダールが絶望する……というのが彼女の言っている『予言』だとして)

まず、バウム伯爵家の醜聞としか言いようのないそれを、今更家族以外がアルダールに告げる理由はどこにあるのでしょう？　何一つメリットを見出せません。

バウム家に敵対している勢力の嫌がらせかって思うのが自然ですかね。

そして彼女の発言が真実だと誰が証明してくれるっていうのでしょう、バウム伯爵でしょうか？

普通に考えて、親しくもない男爵家の娘がそんなことを言い出して、誰が家の内情を赤裸々に語ってくれると？　その前に揉み消しますよ。

貴族令嬢として貴族社会に割と疎い私ですらそのくらい思い当たるのだから……いやいや、そんな甘い話ないでしょ……。

その上で、彼女が言う『家族に対する愛情が信じられない』とか自分のルーツについてとか、それとこれはもう別問題ですからね！

貴族の矜持と体面に傷をつけるようなこと、許してくれるとは思えません。

（それに、私が知っているアルダールは）

父であるバウム伯爵さまを、言葉足らずの不器用な人だと。

義母である夫人を、弟と変わらぬ愛情を注いでくれた人だと。

ディーンさまを、可愛い弟だと。

そう目を細めて笑って私に語ったあの人が、家族を信じられなくなるなんて思えません。

たとえ、実母のことを聞いてショックだったとしても、絶対にそんなことは、起こり得ない！

「これ以上、この話を口外してはなりません。いいですね？」

「あっ、あたしは……！」

「バウム家の内情を知る危険人物。わかっていますか、貴女の発言は、そう自己紹介しているようなものです」

「き、けん、じんぶつ……？　あたしが？」

「そうです。他人が知らぬ事情を知っている？　それも聞いたのではなく〝見た〟と。わかりませんか、それがどれほど危険なことで、貴女が何を口にしたのか」

優しく聞かなかったことにしてあげる。

小さな子供の、可愛い悪戯を見逃すように。

それができれば簡単でしょうね、でもそれができないんですよ。

（そもそも、可愛い悪戯や失敗なんて範疇をはるかに飛び越えての危険発言だもの）

私個人の感情云々じゃありません。彼女自身、すでに警告を何度も受けている身です。

今更ここでの話を私が黙っていたところで、ほかの誰かが知っていたとしてもおかしくない……というのは考えすぎでしょうか？

（壁に耳あり障子に目あり……ってね）

ニコラスさんの胡散臭い笑顔が脳裏を過りましたが、あまり考えないことにしました。

背筋が寒くなっちゃうからね!!

そんな私の言葉に、ミュリエッタさんが何かを言いかけて口を噤み、きっと私を睨みます。

可哀想に、顔色は真っ青です。

だけど、その目は怒りを湛えていて、むしろその方が彼女本来の姿に思えました。

これまで無邪気な少女らしく穏やかに笑みを浮かべていたミュリエッタさんが、怒りや焦りを隠さず表情に出しているのです。

変な話ですが、ここにきて私は彼女の素顔をようやく見た気がしました。

「アルダールさまが、心配じゃないんですか！」

「……私は、アルダールを信じています」

その気持ちは少しどころではなく、ずれている気がしますが。

ミュリエッタさんが彼を案ずる気持ちは、本物なのでしょう。

「どうしてわかってくれないんですか、そうしたらみんな幸せなのに……！」

勢いよく立ち上がったミュリエッタさんは、私に向かって叫ぶように言いました。

けれど、その言葉に私は疑問を覚えずにはいられません。

正直、イライラしているのだと自分でも思いましたが、これでも努めて冷静に振る舞っているつもりです。

大人げない？　……いえいえ、そんなはずはない。

頑張っている方だと思います。

「それは、どなたの幸せですか」

私の問いかけに、ミュリエッタさんがまた驚いたように目を見開いて、私を凝視します。

緑の目を、落っこちそうなほど大きく見開いた彼女は一歩、二歩と後ずさりました。

「み、んなの……」

「ですから、それはどなたのですか」

アルダールが、本当に絶望したとして。

ミュリエッタさんの手を取って、騎士の誇りを捨てこの地を去ったとして、誰が喜ぶの？

ご家族も、同僚も、当然ながら私も。誰一人として喜べません。

彼が幸せなら、それでいいじゃないか？

そんなの詭弁(きべん)です。問題を何一つとして解決しないままじゃないですか。

(私が知っているアルダールなら、きちんと向き合ってくれる)

その上で出した結論を、ちゃんと周りの人に告げることができる。

そういう〝強さ〟をあの人は持っている。私はそう信じています。

だから、ミュリエッタさんの言葉は衝撃ではあったけれど、それだけなのです。

「あたしは！　みんなを幸せにしたいだけだよ……!!」

「あっ、ミュリエッタさん⁉」

私の言葉に顔色を一層悪くしたミュリエッタさんが、突然、ドアへと駆け出しました。

慌てて追いかけましたが、さすがは元冒険者というべきでしょうか、靴底の平たいブーツを履いていて走りやすかったからなのか、とにかく彼女の姿はあっという間に遠のいてしまいました。

追い詰めてしまったと反省はしましたが後悔はしておりません。

(……それよりもこれをどうニコラスさんとアルダールに説明するのよ……？)

脳内をフル回転させたところで良い考えは生まれず、戸口に立ってミュリエッタさんが走り去った方向を見つめているとエーレンさんの姿が見えました。

どうやら途中で駆けていくミュリエッタさんを見たのでしょう、彼女は大慌てでこちらへ走ってくると、息を整えて心配そうに私を見つめました。

「……ミュリエッタ、は……」

「……少し、話し合いが拗れてしまいまして。ごめんなさい、貴女の結婚祝いの席だったのに」

「いいえ」

エーレンさんは力なく首を左右に振って、寂しそうに笑いました。

彼女もまたミュリエッタさんが走り去った方角に視線を向けてから、そっと目を伏せました。

「これで、よかったんです。……彼女には、改めて手紙を書きたいと思います」

「そうですか」

「茶葉を買ってまいりましたので、あの、よろしければユリアさまの護衛の方も招いて、改めてお茶を飲みませんか」

泣き笑いを見せたエーレンさんに、私は申し訳なさを覚えましたが……その彼女の精一杯に応じるために、私はレジーナさんにお願いして三人でお茶会をすることにしたのでした。

初めましてのご挨拶から他愛ない世間話、未来の話、そしてお別れ。

エーレンさんとのお茶会は、少しだけ気まずかったものの無事に終えることができました。私は彼女に別れを告げた後、レジーナさんと共に馬車に乗り込み、思わず深くため息を一つ。

（あーあ、なんて報告すればいいのかしら……）

さすがにあそこまでの話になると、黙っている訳にもいきません。

統括侍女さま経由での報告が妥当でしょうか、それともニコラスさんに直接？

いやあ、もうなんだかなあ、まとまらないわ‼

（……ミュリエッタさんも厄介なことをしてくれました）

彼女の予知については、上層部だって把握しているでしょう。

ただなんでバウム家の、ピンポイントにアルダールについてなんだっていうね？

そしてなぜそれを私に話して聞かせたのか？　色恋沙汰の末だって？

（いやあ、うん……なんだそれ……）

とはいえ、平和で楽しいお茶会でしたってのは無理があるっていうか、おそらくミュリエッタさんには監視がついている気がします。

そんでもって、ニコラスさんがあの笑顔で聞いてくる未来が目に見えている……何それ怖い。

もうそれ、ただのホラーだからね!!

（憂鬱(ゆううつ)だわあ）

再び深いため息を吐いたところで、レジーナさんが心配そうにこちらを見ていることに気が付いて、私は慌てて笑顔を浮かべてみせました。

「すみません、レジーナさん。今日は護衛で来ていただいたのに、最後はお茶にまで付き合っていただいて」

「いえ……馬車で待機していたところ、途中で家主の女性が出られたので何かあったのだとは思って警戒はしていたのですが」

「……ご心配をおかけしました。でもこの通り、私は無事ですよ」

私がそう言ってもレジーナさんは心配そうでした。

そりゃそうでしょうよ、待機している間にエーレンさんが出ていくのを見たってことは最後のミュリエッタさんが爆走していったのも見たってことですもの。

何があったのかって私に質問しないのは、レジーナさんが護衛に徹していて、そして私を信頼してくれているから……と思いたい。

そんなこんなで王城で馬車から降りたところで見覚えのある文官さんから声をかけられました。

「王女宮筆頭さま、申し訳ございませんが王弟殿下がお呼びにございます」

「……それは」

顔には勿論出しませんでしたが、ゲッと思ったことを許してほしい。

淑女らしくないとしても、表面上に出さなかったのだから許してほしい……！

「……何事でしょうか、本日は非番のためこの格好では王弟殿下に拝謁（はいえつ）するには無礼かと思いますので、一旦着替えて出直したいのですが」

「そのままで結構です。すぐに、とのことでございました」

（拒否権なしですか！）

いやまあ言ってみただけなので、そんなことだろうって思っていましたよ。

ええ、そこのところは諦めも肝心だって侍女生活で学んでいますから。

それに、ミュリエッタさん関連にはヒゲ殿下も色々噛んでいることは昨年の生誕祭、先日の狐狩りでわかっているつもりです。

「……かしこまりました」

「それではご案内いたします」

レジーナさんを見れば騎士としての顔をしていて、私と一緒に来るようです。

もしかして、ですがこれは……レジーナさんが護衛なのはヒゲ殿下が絡んでいると思ってよさそうですね。あの人、どこまでどう知っているのだろう。全部か、全部なのか!!

「王弟殿下、王女宮筆頭さまをお連れいたしました」

「おう、入れ」

二度目ましてな王弟殿下の執務室。

開いた扉の先にいる人間を見て私は嫌な予感がして仕方がありませんでした。

いやあ、だって、ね？

「久しぶりだねえ、ユリア嬢！」

「キースさま……」

ヒゲ殿下とキースさま。

どう考えたって腹黒いお二方に出迎えられるとか、私の胃が荒れる……!!

「お前はもう下がっていいぞ」

「それでは失礼いたします」

ヒゲ殿下の声に、文官さんが一礼して去っていく。

室内に残されたのはヒゲ殿下、キースさま、レジーナさん、私という、どう考えても今日のことですよねわかってますよ、ええ。

「さて、報告を聞くか」

「はい」

王弟殿下の言葉にすっと前に出たのはレジーナさんでした。

えっと驚きましたが、軍関係のトップでもあり王族であるヒゲ殿下が、護衛騎士に指示を出せるのは当然と言えば当然。

今回のことでわざわざ護衛騎士がついたのは、ただ筆頭侍女としての私を案じてというだけではなかったってことですね。

「筆頭侍女さまが元侍女の家に入られたのち、観察対象が近衛騎士隊所属ハンス・エドワルド・フォン・レムレッドの馬車にて到着いたしました。またその後、一時的に元侍女が買い出しのために外出。最終的に対象が家から飛び出し、そのまま走り去りました」

「……走り去った？　いやまあ、わかった。退席していいぞ」

「……はい」

レジーナさんの報告に、ヒゲ殿下が首を傾げましたが、うん、まあそのままだからね……。

他に報告しようがないってくらい、そのままだから……。ってちょっと待ってください。

（えっ、まさかこれ、私が詳しく説明するの？）

そりゃそうでしょうね、聞きたいのはその〝詳細〟なんだってことくらいわかっていますとも。

レジーナさんは私の方を心配そうに見ましたが、すぐに騎士らしい顔に戻って一礼して出ていきました。護衛騎士の鑑ですね……！

大丈夫です、この人たちは腹黒いけど決して私の敵ではないのですから。

腹黒い相手ではあるし、私の胃はすでに痛いけど。深呼吸深呼吸。

「さてと、まずどこから、そんで誰から話す？」

「うーん、ではなぜここで我々がユリア嬢を待っていたか……からにしませんか？」

「そうか、じゃあそうするか」

ヒゲ殿下はキースさまの提案に頷いて、いつものような笑顔を見せました。

その笑顔にほっとしたのは、内緒です。

「まず、オレとこいつは別口だ。アラルバートも多忙だからな、オレも手伝ってるから今回の話も

当然知っている。レジーナに護衛につくように手配したのはオレだが、あのお嬢ちゃんを近衛騎士に送らせたのはキースだ」

「なぜそのようにしたのか、だけど……まあ色々あるので、そこは聞きたければ教えるけどね。ユリア嬢の暮らしには必要ないかなと思うよ」

「では結構です」

にっこりと笑うキースさまに、私は即答しました。

ええ、これ以上変なことに巻き込まれてたまるかってんですよ⁉

「それじゃあお前の話を聞こうか。ああ、ニコラスのやつにはこっちから上手いこと言っておいてやる。お前、アイツ苦手だろう?」

「……顔に出てますか」

「いや、そんなには」

「おやおや、ユリア嬢にそんな表情をさせる者がこの城内にいるとは面白いですなあ」

「知ってるくせによく言うぜ……」

タヌキとキツネの化かし合い。

なんでかその言葉が思い浮かびましたけれども、私は何も申し上げずにっこりと笑うだけに留めました。できる女は無駄口を叩かないものです。

というかこの人たち相手に立ち向かおうとか、無理無理無理。

「それじゃ、次はユリアに話してもらおうか」

「……その前に、お二方でしたら貴族の醜聞についてもご存知のことは多いのを承知の上で、こちらも重ねて確認してもよろしいでしょうか?」

「なんだ」

「私が今から語ることによって、その家にご迷惑がかかる可能性について、です」

「それについては安心しろ。オレが保証する」

ヒゲ殿下がきっぱりと答え、キースさまも笑顔を浮かべ無言で頷いてくださいました。このお二方を信頼していますが、私としては確認しておきたかったのです。

まあ保証してもらえたから安心……しきれないんだよなあ! これが!!

「……では、改めて。今回、ウィナー嬢は私に『予言』を聞かせてくださいました」

「それはどのような?」

「アルダール・サウル・フォン・バウムさまが実母について第三者から耳にし、絶望する。その際には自分が助けになれるはずだ……というものでした」

あえてミュリエッタさんとアルダールについて私は距離をおいた呼び方をしましたが、そこを二人も突っ込むような無粋なことはしませんでした。

それよりも私の発言の方が重要だったのでしょう、二人とも難しい表情を浮かべて口をへの字に曲げています。いやうん、まあそうなるよね?

「そしてその実母はライラ・クレドリタス夫人という人物であるとのことでした」

それは本当のことなのか。

私は二人ならばことの真相を知っているだろうと思いました。

しかしそれを聞いてしまっていいのか、アルダールのことが気になって言葉が出ません。

二人は顔を見合わせたかと思うと、難しい顔をして同時に私の方へと向き直るもんだから、こちらもなんとなく背筋が伸びますよね！

私が悪いわけじゃないんだけど！　一切悪くないんだけど!!

「あ、あの……？」

「ライラ・クレドリタス。その名前を出したんだな？　あのお嬢ちゃん」

「は、はい」

「……ユリア嬢はライラ・クレドリタスという人物については？」

「バウム家の町屋敷でほんの少しだけ」

「……そうか……」

少し考えた様子のヒゲ殿下は、じっと私を見つめたまま、悩んでいるようでした。

キースさまも難しい顔をなさっています。

そんなにもこの話題は良くないものかと思うと、より一層、胃の痛みが増した気が……。

ミュリエッタさんは、とんでもない置き土産をしたようです……。

「ユリア」

「は、はい！」

「……この話は、バウム家の、バウム伯爵の醜聞だ。どうするかも含めて、この件はバウム伯爵にオレから話す。それでいいな」

「はい、決して口外いたしません」

ヒゲ殿下は私のきっぱりとした口調にふっと表情を和らげて、いつもの顔に戻ったかと思うと私の頭を撫でてきました。

乱暴にぐしゃぐしゃってするんじゃなくて、ぽんぽんと宥めるみたいな。

え、ちょっと待ってきゅんときた。

「お前が物分かりの良いヤツで本当に助かるよ。……悪いな、詳しく話してやりたい気もするが」

「いいえ。私が知るべきではないのでしょう。……家族の、問題ですから」

「……そうだな」

私の言葉に、ヒゲ殿下は真剣な顔で頷きました。

この方も複雑な家庭環境でしたから、アルダールの気持ちがわかるのかもしれません。

「……オレが言うのもおかしな話だが、バウム伯爵は不器用な男で、それでいてとんでもなく誠実な男なんだよ。厄介なことに」

「……？」

アルダールからも、不器用な人だとは耳にしたことがありますけど。

あれでしょうか、もともとバウム家に流れるアルダールの出生にまつわる公然の秘密、あれで私がバウム伯爵さまを嫌っていると思われたのでしょうか……？

ちょっと女性目線で納得できないところはあるけれど、そこは古くから続く貴族の嫡子として色々あるんだろうなって複雑な思いでいただけで他意はなく。

いいえ、幼少時代のアルダールについて考えると腹が立ったのは事実ですが……秘密です。

「バウム伯爵さまはご立派な武人です」

「まあ、そうだろうな。だけど、……まあ知っておいてやってくれ」

よくわかりませんけど⁉

まあ、覚えておけばいいってことですよね？　わからないことを無理に聞こうとしたら、後で悔やむ気がします。後で悔いると書いて後悔ですからね！

「まあ、いい。おいキース、そういうことだからそっちの案件はその方向も視野に入れて動け」

「かしこまりました。まったく人使いの荒い……」

「あン？」

ヒゲ殿下の言葉にわざとらしいほど肩を竦めてみせたキースさまは、からからと笑って立ち上がると私の手を取ってウィンクをしてきました。

気障（キザ）なのに気障ったらしくなくて、キースさまらしいというかお茶目さん！

そんな様子に呆れたように笑みを浮かべたヒゲ殿下の姿からすると、どうやらいつもこの調子で会話をしているんでしょうかね？　砕けた喋り方をしていますし……。

「それではもうユリア嬢は解放してよろしいので？」

「ああ。ここに引き留めておくと、うるさいのがいるだろう？」

「さすがにあのお嬢さん絡みとわかっていればそこまで……と言えないのが我が後輩ですなあ、ははは、申し訳ない！」

「全然申し訳ないとか思ってないだろう。この野郎」

「いやはや、お恥ずかしいことで！」

笑い合っているお二人についていけない私ですが、そのままキースさまに肩を抱かれるようにして、あれよあれよとヒゲ殿下の執務室から退出いたしました。

勿論、ちゃんと退出のご挨拶はいたしましたよ‼

エスコートがスマートっていうか、有無を言わせない辺りがもうこの件の闇を感じるっていうか
……やだなあ、なんでこうなった。

いやわかってますよ、王家の信頼篤く、名の通った武門でもある大貴族が冒険者上がりの一代貴族、その娘に外に知らせていいいいいない醜聞を言い当てられたってのはとんでもない話です。

（ミュリエッタさんは、どうなるんだろう）

彼女の幼さゆえにとんでもない地雷を踏んだのだと私は思っていますが、彼女はそう思っていないかもしれません。

とはいえ、不憫にも思うし同情もしますが、私がここで首を突っ込んでもきっとどうにもならないと思うくらい大ごとになっているんですよね……？

（間違えちゃいけない。私が守りたいものは何か、だ）

私は物語の英雄でも聖女でも、チート能力を持っているわけでもない。

ただのモブで侍女。

なら、できることなんて限りがあって当然。

後悔だってするし、もう少し何かできたはずだって悔しく思うことは今までだってあったし、これからだってそうでしょう。

結局の所、私は精一杯やるべきことをやるだけだし、それで大切に想う人たちが笑顔でいてくれるなら……それこそが大事なのです。

（私が守りたいのは、プリメラさま。……それから、王女宮のみんな）

不安がないわけじゃない。だけどそれは、今までと同じ。

キースさまがいたということは、きっと国外とかの問題も見据えてなんだろうなあ。

園遊会の時にエーレンさんが辺境出身ということで他国との繋がり云々で疑惑の目を向けられたように、その延長線上に姿が見えていたミュリエッタさんもそうなのでしょう。

そこに加えてバウム伯爵家の醜聞問題か……いやもう私の許容範囲もはるか彼方(かなた)に飛び越えていった感じですね。

「ユリア嬢」

「はい」

王女宮への道まで雑談しつつエスコートしてくださったキースさまでしたが、ふと気が付くと真面目な顔で私を見ていました。

いつも柔和な笑みを浮かべているイメージがあるだけに緊張感があって、私も何を言われるのだろうかと身構えたところでキースさまはゆっくりと、頭を下げたのです。

「キ、キースさま⁉」

「アルダールを、よろしく頼む」

「……えっ？」

「今はそれしか言えないが、あれでも可愛い後輩だからね。……それじゃあ、ここで失礼するよ」

顔を上げたキースさまは、もういつもの笑顔でした。

だからこそ、私はなんとなく取り残された気がしました。

（……よろしく頼むって言われても）

どうしたらいいっていうんでしょうか。

どうすれば、いいんでしょうか。

わからなくて、私はただキースさまが去った方向を見ることしかできませんでした。

なんとか深呼吸をして気持ちを落ち着けてから歩き出したところで、私の部屋の前に立つ人の姿が見えます。それが誰か確認して、私はなんとなしに体をぎくりとさせてしまいました。

だって、そこにいたのはアルダールだったから。

会えて嬉しいのに、どうしたら良いのかわからない。

そんな気持ちが思わず態度に出てしまって、私に気が付いたアルダールもそれに気が付いたのでしょう。眉間に皺が……それでもイケメンってやっぱりズルいな!?

「ア、アルダール……あれ、お仕事は?」

「終わったよ。エーレン殿に会いに行っただけにしては随分遅い気がするけれど?」

「え、えっと……あの、中に入りませんか。立ち話もなんですから」

「……わかった」

一難去って、また一難! 少しは考える余裕ってものをくれませんかねえ!!

なんて文句が言えたらいいのに……ですね。とほほ。

『今どんなに仲が良くても! クレドリタス夫人が実の母親だって知ったら、アルダールさまは心が壊れちゃうんですよ!!』

ミュリエッタさんの声が、蘇る。

私が守るべきはプリメラさま、娘のように大切に想う主で……そして王女宮のみんな、私にとっての大切な部下。

じゃあ、アルダールは？

アルダールのことだって大切で、大事だけれど……私が守る、というのは違う気がする。

無条件でこの人のために何かしてあげたいという感情は、ある。

好きな人のためにできることは、なんだってしてあげたい。

アルダールがその事実というのを聞いて傷つくなら、傍にいてその傷を癒すお手伝いだってしたい。私でいいと、彼が許してくれるなら、だけど。

（でも、……言うべきじゃないと思うし、聞かなかったことに、するべきだと……思うし。王弟殿下にも、口外無用と言われているし）

ぐるん、と頭の中がごちゃごちゃして、胸の中が苦しかった。

ああ、だから考える時間が欲しかったのに。

アルダールは、とても強い人だ。

そして時には心が弱ってしまうことだってある、優しい人だ。

私のためにって、今までの確執を乗り越えて家族と自分から向き合っちゃえるような、そんな人だもの。だからミュリエッタさんの言葉に私だって惑わされなかった。

バウム伯爵さまについてもアルダールが〝不器用な人〟って言うのだからきっとそれだけで、クレドリタス夫人に対しての行動はまだちょっと理解できないけれど……いや他家のことなのだから首を突っ込んではいけなくて。

それにアリッサさまがあれだけアルダールのことを大切にしていてくれて、『アルダールは自分たち夫婦にとって大切な長男』って言い切ってくれたんだし。

だからミュリエッタさんの言葉そのものは、そこまで深刻に捉えていないっていうか。

いやうん、色々まずい発言だったとは思うから、それにアルダールも私も巻き込まれた感が半端ないからそこが心配なんだけど。

ぐるり。思考が同じところを回っている気がする。

(じゃあ、私はそれの何を心配しているのかって話で)

部屋の中に入ってアルダールに椅子を勧めて、お茶を淹れるからと立ち上がって彼に背を向けてそっとため息を一つ。

でもこんなの、なんの時間稼ぎにもならない。

侍女としての私が守りたいもの、それがイコールで全てだった時と今は、もう違う。

それはこんなにも。

……こんなにも、難しいものなんだろうか。

「ユリア?」

「そうそう、いただき物なんですけどとっておきのお茶菓子があるのでとってきますね!」

「……うん、わかったよ」

私の様子がおかしいとわかっているのに、何も言わず苦笑一つで終わらせてくれるアルダールはやっぱり、優しくて。じんわりと胸が温かくなるのを感じました。

働く私を好きだと言ってくれた彼に、侍女としての私は……口外無用と誓った以上、勝手に話すことはできなくて、でもそれは恋人としては不誠実になるのか？　そこが引っ掛かっている。じゃあ話しちゃえばって思うけど、私だって不用意に困惑させたいわけじゃないし。

（……ううーん）

頭の中がごちゃごちゃする。

でも、だからってこのままでいいわけがない。

「お待たせしました」

クッキーの缶を持って戻った私に、アルダールは小さく笑みを返してくれました。

……私がこの人にできることってなんだろうな？

（あ、そうか）

同じように実母を知らなくて、でも私は多分愛されていて、彼は愛されていなかった。

それでもちゃんと家族と向き合えたアルダールと、それに勇気づけられた私。

アルダールは、私の一歩も二歩も前を歩いている人で……憧れで、そしてちゃんと一人の人間として、異性として好きで、……できたら一緒にずっといたいと思っているけれど。

（私が、それに見合う自分なのか……かな）

侍女としてはそれなりに有能だけど、私個人としてアルダールにしてあげられることが見つけられないのか。だから頭がぐちゃぐちゃだったのかな。

「久しぶりに会うエーレン殿は、どうだった？」

「お元気そうでしたよ。すっかり新妻らしい雰囲気になられて……」

「そうか、幸せそうならよかった。私もエディ殿とは先日、別れを済ませたんだ」

「そうだったんですね」

向かい合わせに座って何気ない会話をすると、ひどくほっとします。

ああ、緊張しっぱなしだったんだなあと思うと、先ほどまで『どうしよう』とパニックになりそうだったのに現金なものだと思わず笑いが出ました。

「どうかした？」

「あ、いいえ……アルダールが来てくれて、先ほどまでのお茶会と……その後ちょっとした報告があって、それで私も随分と疲れていたみたいで」

「ふうん？」

「アルダールとこうしてお茶を飲んだら、ようやくお茶の味が美味しいなって思えたものだからおかしくなったの」

エーレンさんのお茶が美味しくなかったわけじゃないですよ⁉

ただほら、あんなこともあったし、彼女には最後くらい楽しくなってほしいっていう気持ちの方が強くてお茶の味もわかんなくなっちゃったっていうかね。

「……エーレンさん、辺境の地で落ち着いたら、子供が欲しいって言ってました」

「へえ」

「その顔を見ていたら、ちょっと思うところもあって。ねえ、アルダールは……こんなことを聞いてはいけないのかもしれないけれど、母親に会いたいって、思ったことはありますか？」

思い切った質問をして、私はそれでもアルダールを真っ直ぐに見ました。

彼は唐突な質問に驚いたようでしたが、不快な様子は見せていなくて、それに安心しつつ私は言葉を続けました。

「私は、……本音を言うと、死別は幼い頃だったから、記憶にないお母さまのこと、会いたいとあんまり思ったことがなくて。私の記憶にあるのは、ある日嫁いでこられた今のお義母さまなので」

前世の記憶ってものがあったからってのもある。

しょうがないって、割り切ってしまった部分があった。

でも大人みたいな精神をしていたその分、母親のことをうっすらと覚えている部分もある。温かい手も、私を抱いてくれたあの人がそうなんだろうなっていう感じで。

（母親を恋しがることもない子供だったから、余計に扱いづらかったのかなあ）

そう思うとお父さまに申し訳ない気持ちになります。ごめん。

この話題はある意味アルダールにとって地雷かなって思うのだけれど、唐突すぎただろうか⁉

エーレンさんの話から、自然な流れで来られた気がするんだけど！

これによってアルダールがどう思っているかで、私も色々方向性をだね……ズルではない。お茶会の内容を言えないんだからこのくらい、個人的にできることを探るくらいは許されるはず……‼

「ああ、うん……そうだなあ」

アルダールも少し考えるようにして、それからこちらの方を見て、そっと手を伸ばして私の頬を撫でました。えっ、今その行動必要あった？

「昔はちょっと思ったかな。バウム家に必要のない子供と言われていた時には、実母が現れて私をあそこから連れ出してくれないかな……なんて思ったこともあるよ」

「……」

「まあ今となっては義母上が私の母親だと、思ってる」

「アルダール……」

「義母上は、私と初めて会った時に『生まれてくる腹を間違えただけで、自分の息子だ』って言ってくれてね。……その時はなんてことを言う人だって腹を立てたんだけれど、今にして思えば相当な覚悟と愛情をくれた言葉だったんじゃないかな」

ふふっと思い出し笑いをしたアルダールに、私は先ほどまでの苦しかった、そんな気持ちが一気に和らぐのを感じました。

(ああ、そうだよね)

すべてを捨てたいほどだなんて、言わない。

アルダールは、そんなこと、言わない。

「……アルダール」

「うん？」

「今回の茶会で色々あって、言えないことが多すぎるんです。それは私が侍女として言えないと思っていることで、それでも……それでも何かあったら、アルダールのために私ができることがあったら……なんでもいいから、言ってくださいね」

「……じゃあ、そうだなあ」

私の言葉に目を和ませて笑ったアルダールは、何か察していたのでしょう。

ええ、まあ挙動不審だったからそりゃわかりやすかったでしょうね！

しかし今日ばかりは捻くれたりなんかしません。ええ、どんとこいってんですよ。

何を言うのかなと待っていると、アルダールはにっこりと笑いました。

「甘えさせてもらおうかな」

「えっ？」

「できることなら、なんでもいいんだよね？」

「そ、そうですね……」

急にそう振られると困るな？

甘えさせる、うーん……お茶とお菓子……はもう出しているし、甘えるねえ。

（あっ、そうだ）

いいことを思いつきましたよ‼

私はティーカップを置いて少し考えてから、アルダールの隣に座り直しました。

その行動を不思議そうに見ているアルダールに、私は自分の膝を叩いてみせます。

幼い頃のメレクや、プリメラさまが私に甘えたい時にやってあげていたのです！

「膝枕なんてどうでしょう！」

「……いやうん、嬉しいけどちょっと違うかな」

アルダールが口元を押さえて笑いを堪える姿に、私は少ししてからとんでもないことを言ったなとパニックになってしまいました。

反省しろ！　私！

甘やかすっていうのがつい年下の、子供相手にやるようなことしか思いつかなかった。

この失態、どう取り戻したらいいですかね……!!

とりあえず恥ずかしくて身動きが取れない私を、アルダールが笑いながら抱き寄せるとかもうなんだろう、いつものパターンなのかこれ。

いや待って私、こんな失敗はそうそうしてないからね!?

「ユリアは、私の傍にいてくれればいい」

「そっ、れじゃ、私、役立たずみたいじゃないですか」

「傍にいて、私にこうして甘やかされてくれればいいんだ」

ぎゅうっと抱きしめられて、そんな風に言われるとまた恥ずかしいんですけどね！

でも私もアルダールに何かしてあげたいんですよ。

そりゃ彼のために好物のタルトのレパートリーを増やそうかなとか、お酒を使ったお茶のアレンジを用意できるようにしようとかそういうところは気にしていますけど。

そうじゃなくて……まあ具体的にどうだと問われると、ちょっと思いつかないわけですが。

「アルダール、私は……」

「いいからいいから」

わざと私の抗議を遮って、アルダールが額にキスを落とす。

それに思わず肩が揺れたけど、……びっくりしただけで別にいやじゃない。

アルダールもそれをわかっているんでしょう。

続けて私の瞼(まぶた)に、頬にとキスを繰り返す。それがくすぐったくて思わず笑えば彼も笑いました。

「ようやく笑った」

「え？」

「私と会ってから随分と難しい顔ばかりしていたからね。一緒にいてほっとできると笑ってくれた顔も疲れていたから、心配になったんだ」

「……ごめんなさい」

そんなに酷い顔してたんだ⁉

いやまあ、うん……頭の中ぐっちゃぐちゃだったからなあ。

でもクレドリタス夫人云々は今のアルダールなら大丈夫って思えたし、アリッサさまの『生まれてくる腹を間違えた』っていう男前発言もあるし、きっと問題は起こらない。

多少はダメージがあるけど、アルダールとクレドリタス夫人が会わないようにって町屋敷のみんなが気を遣っていたのだって守ろうとする気持ちなんだろうと思うし。

「アルダール」

「ユリア？」

アルダールは大丈夫。彼の家族は、彼を大切にしてくれているから。

でも私もいるんだって主張したくて、抱きついた。

（……恥ずかしいな⁉　いやいやこれは今離れると、逆にとんでもなく恥ずかしくなって何も言えなくなっちゃうパターン……‼）

アルダールに何か言われるより前にぎゅっと抱きついて、そうですよ顔が見えない今がチャンスなんです。言いたいことは言わなくちゃ。

だって、私はアルダールの恋人なんだから。

私は甘えてばかりで、大したことはできないかもしれない。

いやうん、ちょっと過小評価しすぎたかな。

一応お菓子も作れるし、名だたる商会の会頭とかとも顔見知りだし、それなりにコネクションを持っている侍女でした。

個人としては本当に、美味しいお茶を淹れることができるくらいです。

でも、私はアルダールが、寛げる『場所』になりたい。

「いつも、ありがとう。……私にできることは、少ないですけど。でも……疲れた時は、いつでもお茶を淹れたり、話を聞いたり、するから」

「……私のためだけに?」

「アルダールのために」

私のお茶はプリメラさまがお認めになるくらい美味しいんだから、なんて冗談めいた言葉も出てこない。こんなことしかできない自分が情けないけれど、それでも伝わればいいと、思った。

いやもうなんか格好悪いことこの上ないのですが、羞恥とか動悸とか激しくて若干声が震えたり掠れたりしました。

「顔が見えない」

「見えなくていいんです！」

恥ずかしくてまだ顔の赤みが引かないから、悔しくて力一杯抱きついてあげました！

拗らせ女の愛情、受け取るがいい!!　……自分で言っていて情けないわ。

「でもこれじゃキスできない」

そう言われた途端、べりっと音がしそうな感じで渾身の抱擁が剥がされて、文句を言う間もなくアルダールが顔を寄せてきました。

思わず情けない声が出そうになりましたが、そこはぐっと耐えました。耐えきりましたとも。

どことなく拗ねた顔をしたアルダールがいると思ったら、軽く触れるだけのキスをされて眼鏡を外されました。思わずそれを視線で追う間にまたキスされて。

でもすぐ離れたなと思うとまた、の繰り返し。

(酸欠になる!!)

色気もへったくれもないって?

いやいや、呼吸は合間にしているはずなんですが、なんかいつもみたいにぐわーって流されるのと違って意識がはっきりしているのに酸欠でぼんやりとしてくるっていうか、そんな感じです。

ほかに説明ができない。語彙力？　早々にドロップアウトしていきました。

酸欠でぐったりする私を支えるアルダールはまあお察しの通り、まるで問題ないんですよね。

これも騎士と侍女の体力差なのか……？

「大丈夫？」

「誰の、せいですか……！」

「私の、だね」

くすくす笑うアルダールが、申し訳なさそうにしつつ嬉しそう。

そんな顔を見たら文句なんて出るはずもない。

嬉しそうな彼を見て、私だって嬉しいんだからもうこれは……ほら、よく言うでしょう。惚れた方が負けなんだって。

「……私を、甘やかしたい、んです、よね？」

少しだけ、躊躇いながら問えばアルダールが無言で私の頬を撫でる。

その仕草が酷く甘くて、私はまるでお酒に酔った時みたいに息を吐き出すしかできなくて。しかもそれがちょっと熱を帯びているみたいで、自分の体じゃないみたいだった。

（でも、うん。ほら）

甘やかすのが楽しいっていうならたまには、うん、たまにはね？　いいんじゃないかなって。

趣旨が変わってる？　そうかもしれない。

「じゃあ、……もっとキス、して、ください」

いつもより大胆になったのは、酸欠で頭が回らないせいなんだ。

だからいつもは躊躇って言えないことだって、するっと口から出ちゃうんだ。

私の言葉に、アルダールが少しだけびっくりした顔をしている。

それがなんだか可愛くて、思わず笑ってしまうとすぐに抱きすくめられて、何も考えられなくなってしまったわけですが……まあ、私が望んだことですからね！

「……アルダールって、キスが、好きですよね」

合間にぽつりとそう言えば、彼は首を傾げました。

すっかりお茶が冷めちゃったなあなんて思いながら、なんとなく唇が腫れてないかなと指を這わせてアルダールを見れば、彼も私の方をじっと見ています。

ああ、なんでそんなことを言ったのか、続きを待っているんだ。

「え、だってすぐ二人きりになるとキスするじゃないですか」

「そりゃまあ」

「だからアルダールは、キスが好きなんだと思って」

「私が好きっていうより、ユリアは私のキスが好きだろう？」

にっこり笑って言われて私は思わず息を呑みました。

じわじわと赤くなる顔に、隠せないこの状況！

「お、お見通し、なんですね？」

恥ずかしいなあ！　バレてただなんて。

いや、いつもされてばっかりだからアルダールがキス好きなんだろうなあって思ったのは確かなんですが……私だってアルダールとキスするのは、いやじゃないっていうか、そりゃ嬉しいっていうか。だって好きな人とする特別なこと、じゃない？

でもそれを相手に知られているっていうのはまた別の恥ずかしさですよね。

ああもう、そりゃさっきもキスしてって言っちゃったしバレるか！

思わず両頬を手で冷やすように挟みましたが、彼を見ることができません。

「アルダール？」

しかし私の言葉に笑うでもなく無言のままな彼に視線を向けると、なぜか無表情でした。

えっなにコワ。

「ご、ごめんなさい？」

はしたないって思われたのか思わず謝ってみましたが、微動だにしません。

ああどうしよう、泣きたくなってきた！

慌ててどう謝罪しようかと思う私に、アルダールが無言でキスしてきました。

それは触れるだけの、長いものでした。

「謝らないで。……もうちょっと、キスしてよう？」

甘ったるい声で、囁かれれば。

勿論いやだなんて言えるわけ、ありませんよね。

（……なんにもお話しできてないんだけど）

これはこれで、恋人同士としては、アリ……かな……？


なんだか色々心臓が強くなったような気がしないでもない時間でしたが、すごく充実していた気がします。

アルダールはこの後に用事があるとかで……いやうん、寂しくなんてないですよ？

思わず彼の手を掴んで「行かないで」とか言いそうになったことは秘密です。

バレている気がしないでもないけど！

「……行きたくないな」

「な、なにがですか！」

「もう少しユリアといたいなってだけの話だよ」

私が名残惜しそうにしていることに気が付いて、そんなことを言うアルダールのこの包容力よ……そういうところ！　そういうところが世の女性たちを惹きつけて止まないんだから気を付けて!!

でも、とても大切な用事らしく、アルダールは少し不満そうな顔を見せてからテーブルの上に置いた私の装飾眼鏡を手渡してくれました。

「……ユリア、私のために何かしたいと言ってくれる気持ちは、とても嬉しかった」

「え、ええ」

「私も同じ気持ちだよ」

甘ったるいだけではなくて、真面目な顔できっぱりと言われれば……まあ、やっぱりそこは嬉しいですよね。

大したことができない自分というのも情けないですが、それでも気持ちが通じたのなら、とりあえずよしです。できることはこれから増やす方向で。

（そう、ポジティブにいかなきゃね）

私は幼い頃からこれと言って突出した能力がなかった分、それを努力でカバーしてきました。ですから、これからだってなんとかなります。そう考えて頑張るしかありません。

頑張りすぎては周囲を心配させてしまうし、最近では自分が甘え下手であるということを自覚もしました。だからこそ、周囲に頼ることだって大切だということも再確認できたわけですし……。

「だから」

「え？」

「私も、私の立場上まだ言えないことがある。ユリアが理解してくれることに甘えてばかりだけれど、それでも何かあったら頼ってくれるかい？」

「……ええ、勿論」

そりゃね、近衛騎士隊ともなれば言えないことの方が多いと思います。

お付き合いを始める時にはお互い公務もあるし、優先できないこともあるって話をしたものね。

話してくれないから不安、教えてくれないから不安……そんなことは言いませんよ！

（いやまあ私も言えなかったりするから、ただのオアイコだと思いますけどね）

でも改めて言葉にしてくれたのは、私の言葉にきちんと向き合って対応してくれたのだと思います。そういうところが好きです。

仕事をする私を認めてくれて、色々と複雑な感じになったりもしましたけど、アルダール自身はいつだって私に対して真摯に向き合ってくれていると思います。

「貴族の子供だとか、剣聖だとか、面倒だと思うことばっかりだけれどね」

ぽつりとため息と一緒に零された言葉に、少しだけ、どきっとしてしまったのは前世の記憶のせいなのか、ミュリエッタさんから聞いてしまった話のせいなのか。

だとしたらこれからある〝用事〟っていうのもそれに関連している？

先ほどまでとは違った意味でのドキドキとした胸の鼓動が、動揺が顔に出ないように引き締めたところでアルダールが笑いました。

「まあ、ユリアの隣に立てるならありがたいか」

「ど、どういうこと、です？」

「いや。……ユリアは子爵令嬢だけどこうして王宮の奥にいるから、ディーンのことがなかったらこうして深い仲になることもなかったのかもなあ……なんてふと思ってしまっただけだよ」

「……そうですね」

言われてみれば、ゲームとは違う成長をしたプリメラさまをディーンさまが見初めなかったら、私とアルダールはほぼ接点がないんでした。

そうやって考えると不思議なものですよね。

「プリメラさまがお見合いをなさらなかったら、どうなっていたのかしら……」

「さあ。王女殿下には他の婚約者候補が現れて、ユリアは侍女をしているんじゃないかな？」

「あら、そこで私に別の出会いがあるとは言わないんですね」

嫌味ではなく。

私だってそれなりの年齢ですし、プリメラさまが社交界の表舞台に出られるようになれば、より注目されてそのお気に入り侍女は便利そうだからって声をかけてくる人がいると思うんですよ。

なんせ一般的には行き遅れ、チョロいもんだろと思われていてもおかしくありませんからね……

まあ実際はチョロくなんてありませんけどね！

……ないよね？　大丈夫だよね？

「他の男になんてやってたまるか」

一瞬ちょっぴりアンニュイな気持ちになったのを吹き飛ばすほどに地を這う低い声がアルダールから聞こえて思わず肩が跳ねましたけれど、えっ。

（えっ？　今のアルダールから出た声だよね？　聞き間違いじゃないよね？）

聞いたことがないくらい低くて怖かったので、恐る恐る彼の方を見ればいつものように優しい笑顔を浮かべています。しかし、目は、笑っていませんでした。

「もしもの話をしたのは私だけれど」

「は、はいぃ……」

「そういう言葉はいただけないな？」

「ご、ごめんなさい‼」

私は悪くないってちらっと思いましたが、即座に謝罪しました。

嫌味とかじゃなかったんですよ、本当にそういう未来もありえたっていうだけの話でね？

そんなに怒るなんてね？　思わないでしょ⁉

「……ごめん、謝らせたいわけじゃなかったんだ」

「い、いえ」

嫉妬深いとかそう言われているんだから、その辺りは気を付けるべきってことですね？

まあ……次は大丈夫でしょう。覚えた。大丈夫。

「今一緒にいるのは、アルダールですから。私にとっても仮定の話は意味がありませんしね！」

「……」

「アルダール？」

「……本当にユリアは私に甘すぎないかなあって思うよ。いや嬉しいんだけどね」

困ったように、それでも嬉しそうに笑ったアルダールがなんだか今はしょんぼりした大型犬みたいに見えたのは内緒ですよ！　知られた日にはまたお説教でしょうからね……。

「さて、名残惜しいけど、本当にそろそろ行かなくちゃ」

「あ、ごめんなさい。お引き止めしてしまったみたいで……」

「いや。……できるだけ早く済ませてくるから、夕食も一緒にどうかな」

「えっ、いいんですか⁉」

「ああ。用事といってもハンスの件でレムレッド侯爵さまに呼ばれているだけだからね、大して時間はかからないと思うんだ」

「まあ、レムレッドさまに何か？」

「ちょっと職務上のことでね」

人差し指を口元に添えて笑うアルダールに、口外できない話なのだと私も納得しました。しかしその仕草、ニコラスさんも以前やっていたけど人が違うだけでこうも違うんだなあ……。

部屋の外までお見送りをしなくちゃと思って、ふと気が付きました。

（あれっ、なんだかこれって新婚夫婦みたいじゃない？）

何度ドキッとしているんでしょう。今まで何回もしていることなのに。

私の心臓は寿命数年分の働きとかしていないか、ここのところ。

キュンキュンしすぎて心臓発作とか洒落になりませんからね……！

もうすぐ城内で健康診断もあるから気を付けないといけないのに、不整脈とか診断されたらどうしましょう。いや、ないだろうけどね。

常々みんなに『健康第一でお仕事頑張りましょう』って言っている立場の私が不健康と言われては、筆頭侍女の面目丸潰れです！

「それじゃあ、行ってくるよ。終わったら迎えに来るから……部屋にいてくれると嬉しいな」

「はい、わかりました」

気を付けて行ってらっしゃいとか、本当に夫を見送る妻みたいなセリフが口から出そうになりましたが、侯爵さまにお会いするだけで気を付けても変だなと思った私はただ笑顔でアルダールを見送るのでした。

勿論、……お察しかと思いますが。

（新婚ですかそうですか、私にもそんな憧れがなかったなんて言いませんけどええ一応お付き合いしていてなかなかにラブラブだと思っているからついそんな想像しちゃったんであってでもちょっと待って良い年齢した大人がなにしちゃってんの――!!）

アルダールが去った後に自室をしっかり施錠した後のたうち回ったのは、最大の秘密。

もうちょっと待って！

落ち着いたら、いつもの王女宮筆頭で鉄壁侍女の私になってみせるから！

いつ冷静になれるかわかりませんけども!!

番外編　不器用にもほどがある

「まったく、まさかバウム伯の不器用さがピンポイントでここにきてあのお嬢ちゃんと結びつくとは思わなかったぜ」

顎ヒゲを弄（いじ）りながら、ため息を吐く。

ユリアにこの件はオレから伝えておくといったものの、面倒でたまらない。

バウム伯爵がまだ若かりし頃の失敗。

世間ではそう言われているアルダールの出生だが、事実はもう少し面倒なものだ。

（それもこれも、息子を守るために泥を被っただけだしよ）

息子を守れるならば自分が不名誉な扱いを受けても構わないと真実を抱え込み、ようやく妻にだけそれを明かしたあの不器用な武人の性格がここにきて仇になったと言わざるを得ない。

いやそもそも、アルダールが捻くれていたことを考えれば、もっと他に方法があっただろうと思わずにはいられないわけだが……。

ライラ・クレドリタス。

その名前自体はうろ覚えだったが、ユリアが言うのだから多分そんな名前だったんだろう。

オレからすれば誰が生んだかよりも、その経緯の方が問題だ。

アルダールを生んだ女は、流行り病で夫と子供を亡くしたと聞く。

その際に酷く心を病んで憔悴（しょうすい）し、バウム伯となんやかんやあって一夜を共にしちまったもんだから正気に戻った後、顔を青くしたって話だ。

とりあえず、あのおっさんとその女の間にどんな感情があったかまでは知らない。

が、その一夜でデキちまったんだから男と女は難しい。

当時、バウム伯は独身だった。そのことが問題だったんだろう。

今の夫人が婚約者に納まっている状態で、難しい案件を抱えていた伯爵はそれを終えるまでは結婚しないと明言していた。

そこに来てこの事態に伯爵は頭を抱えて、それでも不器用な男なりに責任を取って女を愛人にすると宣言したところ、女がとんでもない、迷惑はかけられないと自殺を図ったという話だ。

バウムのおっさんの子を身籠もったことですら、喜びよりも罪の意識を感じていたらしい女、クレドリタス夫人は正気を取り戻したのではなく、より病んだだけだったんじゃないのかとオレは思う。

（まあ、昔の話だからな）

オレだって人伝いに聞いたことと、バウムのおっさんがアルダールを近衛隊に入れる時にそういった理由で、という最低限の説明を聞いただけだからな。

まああのおっさんのことだ、今回のことを聞いても息子に話すかどうか怪しいもんだが……。

知らない方が幸せなこともあるっていうのは確かだが、隠し通せるもんでもねえと思うんだよなあ、ここまできたら。

（身重の状態で自殺すらしかねない女だったから、アルダールが生まれてすぐにバウム家の長子として認めることで女の手の届かないものにしたまではよかったんだろうさ）

バウム家という存在を特別視する女からすれば、その『長子』に納まった我が子に手出しはできないだろう。箝口令を敷いて国王にその事実を述べ、バウム家に小さな問題が起こったことをおっさんは馬鹿正直に謝罪したらしい。

これは兄上から直接聞いたことだから間違いない。

（バウムのおっさんは清廉潔白すぎるから、お前が気を付けてやれって言われた時のオレの気持ちも考えてほしいもんだぜ！）

まあそれはそれとして、バウムのおっさんとしてはそれでアルダールを守りつつ、女の精神が回復するのを期待したわけだが……。

もし回復したならば、息子と女を領地内のどこかで穏やかに暮らさせるつもりだったんだろう。あのおっさんのことだから、その後の面倒まで絶対にみたはずだ。

まあ、結果は残念だったけどな。

アルダールを拒否し続けた女の気持ちとやらは知らないが、とにかくそれらの事実は子供を傷つけるからと、おっさんは悪い噂を否定せずに受け入れた。

バウム夫人は最初からそれを知っていたからこそ、受け入れる覚悟も全く違ったんだろうさ。

そのままを話さないのは優しさか？

そこはオレが判断すべきところじゃないだろう。

だがアルダールのやつ、どうやら幼少期はそれなりにやんちゃだったようだし、なんだかんだユリアと付き合いだしてからは幸せそうだし、それでいいっちゃいいんだろう。不本意だが。

アルダールが騎士隊経由ではなく社交界デビューを果たして即近衛隊に入ったのも、息子を思う親心と、次期剣聖とまで呼ばれる実力者を逃したくない王家の利害が一致したからだ。

そんなものに可愛い妹分を巻き込みたくはなかったが、まあアイツも妙な男に好かれる星の下にでも生まれたんだとそこは諦めてもらおうか。

（まあ、なんだかんだ上手くやっているようだし）

結局のところ、バウムのおっさんにしろそのアルダールの生母にしろ、その本音や気持ちってのは本人にしかわからない。

（周囲があれこれ言ったって、今は今なんだしな）

それよりも、そんな状況を詳しく知っているとは思えないにしろ、まったくもって無関係だったはずの冒険者の娘が語ったってのが大問題だ。

ユリアがあの小娘を陥（おとし）れたくて、貴族たちの噂を吹き込んで言わせた……と言ってくれた方がまだ納得できるってもんだ。そのくらい不自然な話だ。

だが、アイツがそういうことをする女じゃないのはオレが知っていることだし、そういった陰湿なことをしている報告もない。そもそもあのお嬢ちゃんを陥れる必要がない。

なんせ、アルダールの方がアイツに入れ込んでるんだしなあ。

むしろユリアに関してはあのお嬢ちゃんを心配する素振りがあったというから困ったもんだ。

（どこまでお人好しなんだと呆れるくらいだが……まあ、らしいっちゃらしいか）

しかし、そうなると本当にあのお嬢ちゃんがどこかでその情報を知って、口走ったということになるわけで……。

「手荒なことはしたくないんだがなア……」

人が知られたくないことを口にすれば、それ相応の仕置きが待っている。

それくらいはわかっているんだろうが……わかっているんだろうか？

今のところ、出る杭は打たれるんだということを教えているつもりだったが、それから逃げ出したくてとんでもない行動を起こしてこちらが匙を投げるのを待っているんだろうか？

「ま、とりあえずは矯正か」

もう少し、自由を与えるつもりだった。まだ子供だし、貴族になりたてなのだから。

そう優しく見てもらえるのは、最初だけだと誰か教えてやっただろうか。

オレには覚えがないことだし、そんな親切にしてやる理由もないからしないが。

(閉じ込めて従順になるまで教え込んだらいいと最初に言ったのは誰だっけな)

言った人間によってはその意味合いがだいぶ異なるのが恐ろしい。

それでも結局似たような収め方をする自分も同類なのだろうかとふと思って、オレは苦笑する。

「誰かいるか」

「はい、なんでしょう？」

しれっと秘書官が顔を出す。

こいつ、絶対いたよな？　そう思うがそこは口に出すだけ野暮ってもんだ。

「例のお嬢ちゃん、学園の寮にぶっこめ。折角の神童とやらが入学するんだ、付きっきりで教育できるよう、お目付け役も揃えてやれよ」

「かしこまりました」

「それからバウム伯に時間をとるように連絡しとけ。オレは今から兄上のところに行く」

手元の紙にオレの指示をメモに取る動きは、淀みない。

まるでそうすると知っていたかのようだとも思うが、さすがに考え過ぎだろう。

ただ単に仕事に真面目なんだと結論付ける。

ああ、オレはこんなにも真面目に仕事に取り組んでるってのにどうして誰も評価してくれないんだろうな？　ため息を吐くと幸せが逃げるとか、誰が言ったんだか。

ま、表立って褒めてくれ!!　って訴えるほどガキでもないから問題ないんだが。

（……その分、書類を減らしてくれりゃ言うことねえんだがな）

まあその要望を口に出したところでこの秘書官が冗談を返してくれるとは思えないし、オレとしては冗談を言ったつもりもなく、ほぼほぼ本気なんだが。

それが叶わない話だって知っているからわざわざ口に出さないだけだ。

「国王陛下のご予定を確認しなくてもよろしいので？」

「だめなら出直すさ」

肩を竦めてわざとらしい態度をとれば、秘書官は「さようですか」と眉一つ動かさずにオレに答えてお辞儀をした。

まったく可愛げがねえったら……いや、ジジイが可愛げがあっても気色悪いか。

番外編　幸福論

レムレッド侯爵との会見を終えて、自分の部屋に戻る。

思いの外、疲れた気分だったらしい。ため息が出て苦笑した。

今日はハンスも父親と侯爵家に戻ってそちらで泊まると言っていたし、一人きりの部屋だと思えば気を抜いていいいんだと思った。

まあハンスの方はといえば、どうやら楽しい話が待っているわけではなさそうだったのでなんとも言えないが。

侯爵が直接私に対して面会を申し込み、その上で謝罪をしてくるとは想定していなかった。

だがそのおかげで今後は何かあった際に、侯爵から口添えしてもらえるという約束をしてくれたのでこの会談は十分メリットがあったと言えるだろう。

ハンスには悪いが、結果的にはよかったかもしれない。

(私が知らないところで面倒に巻き込んでくれたわけだし、そのくらいは当然か)

ハンスがウィナー家の娘に近づいたのは、侯爵の指示だったというから驚きだ。

ただそれがどんな意図で、どのような理由があってその後どうしようとしていたのかとか、ハンスの本音はどうなのかとか、私には聞かせられないらしいが……。

そこは正直、どうでもいい。

レムレッド侯爵からすれば、ハンスであの少女を繋ぎ止められればと思っていたようだが、当て

が外れてむしろ同室ということから私と接点を持たせてしまったというわけだ。

だがまあ、そこはハンスが悪いわけでもないんじゃないかと思わなくもないが。

なんせ同室なのは本当に偶然なのだし、お互い仲が悪いわけでもない。

ただまあ迷惑をかけられたとすれば、それは私ではなくユリアじゃないかな。

ハンスそのものはタイミングが悪くて、いい雰囲気のところを毎度邪魔してきたくらいか？

それだってユリアと恋仲になれて、彼女の私室に入れるようになった今、問題ないし。

(離れがたかったな)

最近少しずつ、彼女が甘えてくれるようになった。

あと少し、もう少し。

どうしたら、彼女と私とが幸せになる道が見つけられるのだろう。

一緒にいるために、私は何をするべきなのか。

周りに流されることなく、そのためにしたいことを親父殿に願って、それを彼女に話さないことを前提にいくつか条件を出されている今の状況は、とても歯がゆい。

あれやこれやを彼女にきちんと話し理解してもらいたいと思うのに、それができないことがこんなにも辛いだなんて、昔の自分では到底考えられないことだ。

一人でいいと思っていた頃には、戻れそうにない。

(町屋敷では格好悪いところも見せてしまったしなあ)

まさか、クレドリタス夫人が来ているとは思わなかった、それは油断だったと言える。

あそこで義母上が言っていたように、変な意地など張らず、その場でワインを王城に届けさせる手筈だけ整えればユリアにも不快な思いをさせなかっただろうに。

そう思うと自分の未熟さに、悔しくもなる。

(その上、義母上に頭を撫でられるところも見られたし)

アレには参ってしまった。

いや、義母上からの愛情だとわかってはいるんだけれど、ユリアも微笑ましい顔をしていたし。

(違う、そうじゃない。私は彼女にとって頼れる恋人でありたいんだけどなあ)

さっきだってそうだ。

エーレン殿とのお茶会にウィナー家の娘が来るとわかっていて行った彼女のことが心配でならなかったら、案の定、疲れた様子だった。

報告があったと彼女も言っていたから、多分この件に絡んでいる〝誰か〟がいて、そこで他にも色々と耳にしたのかもしれない。

私に言えないことがあるように、彼女にも言えないことがある。

ここは王城だから、仕方がない。それは、理解している。

私たちの役目は、多くの秘密を目にしたり聞いたりすることがあるのだから。

仕方がない……だけど、心配だ。

(多分、それはお互いに)

心配だったけど、聞くことはできなくて。

だからこそ彼女を甘やかしたいと願う私に、彼女も素直に甘えてくれる。

それこそが、私を甘やかしているのと同義なのだと、ユリアはまったく理解していないことがおかしくてたまらない。

一緒にいたいと願う気持ちが強まっているのを、彼女は知っているだろうか。

他の男になんてやれるはずがない。

もし、なんて話をしたのは自分からだったけど。

それが、仮定の話であったとしても許せないなんて、狭量だと自分でも少し思う。

でもあの時、僅かでもその可能性を脳裏に浮かべた瞬間、衝動的にそれを否定していた。

だから、それは……私の、本音そのものなんだと思う。

（……本当、格好つかないなあ）

はぁーっと大きくため息を吐いて、制服を乱暴に脱いでベッドに横たわる。

侯爵と話を終えた後、ユリアと食事に行くと約束したけれど、今は少し休みたかった。

（少しだけ、休んだら……迎えに行こう）

ユリアはきっと許してくれる。

むしろ疲れているならきちんと休め、そう叱ってくるかもしれない。

私は年上だから格好つけたいと思っているくせに、ついその優しさに甘えてしまうんだ。

私がキスしてからかっても、頬を赤らめて肯定するとかどうしてそういう可愛いことをするんだろう！　離れるのにどれだけ自制心を必要としたか、彼女はきっと気づいていない。

そんなユリアだから、大事にしなくちゃとは思っている。

彼女と過ごせる時間が、大事で、仕方ない。

だから、私ができることは、なんでもしたい。

（実の母親、か）

ふと、問われたことを思い出す。

逃げ出したくて実母が救ってくれないかなと願った話をして、その頃思い描いた母親像が今では思い出せないことに気が付いた。

母親というと義母上の朗らかな笑顔が一番に浮かんだ。

そして、私とディーンを案じて叱ってくる時のその表情が思い浮かぶ。

（……クレドリタス夫人には、色々言われたが）

今でもその姿を目にしたら、かっとなるくらいには腹が立つ。

だけれど、もう私はバウム家にとって『必要ない』人間ではなかったのだと知った。

義母上が、義務としてだけではなく愛してくれていたことも、親父殿が私を疎んでいなかったことも、それはきっといくら言葉を重ねようとあの人には伝わらないのだろうと思う。

きっと私が不快に思ったのは、その事実を受け入れてもらえないことが、まるで私の家族を否定されているようで嫌だったのだろうなと今更ながらに気が付いた。

（ああ、そうか）

私もいつの間にか、あの悪夢を忘れている。

家族と仲直りをして、弟の幸せを純粋に願えるようになって、それが当たり前になっていた。

それは、なんて幸せなことだろう。

この幸せの連鎖は、どこから始まっていたのかなんて明白だ。

ボタンの掛け違えをしていた私たち家族を繋いでくれたのは、私が好いた人で、好いてくれた人だなんて。

ああ、どこまでも幸せだ。

(だから、どうか)

もうこの手は、離せない。

あの柔らかな手を、私を甘やかしてくれるあの声を、どうして手放せるだろう。

「ごめん」

ぽつりと、声が漏れた。

私は面倒くさい男だろうなと思う。

嫉妬深くて、束縛だってしていると自覚している。

だけど、どうしても君じゃなきゃダメみたいだ。

知っていたけど。

こんな風に悩んだり、願ったりできる日がくるなんて思っていなかった。

「幸せだな」

私が幸せであるように、彼女を幸せにしなくては。

私はそう思って、目を閉じた。甘い余韻に、浸るために。

今は、まだちょっとこの緩んだ顔を見せられそうにないから。

もう少しだけ。

転生しまして、
現在は侍女でございます。
7

アリアンローズ既刊好評発売中!!

最新刊行作品

騎士団の金庫番 ①～②
～元経理OLの私、騎士団のお財布を握ることになりました～
著／飛野 猶　イラスト／風ことら

ようこそ、癒しのモフカフェへ！ ①～②
～マスターは転生した召喚師～
著／紫水ゆきこ　イラスト／こよいみつき

身代わり伯爵令嬢だけれど、婚約者代理はご勘弁！ ①～②
著／江本マシメサ　イラスト／鈴ノ助

婚約破棄をした令嬢は我慢を止めました ①
著／棗　イラスト／萩原 凛

三人のライバル令嬢のうち〝ハズレ令嬢〟に転生したようです。
～前世は病弱でしたが、癒しの魔法で今度は私が助けます！～
著／木村 巴　イラスト／羽公

転生令嬢、今世は愛する妹のために捧げますっ！ ①
著／遊森謡子　イラスト／hi8mugi

ぬりかべ令嬢、嫁いだ先で幸せになる ①
著／デコスケ　イラスト／封宝

コミカライズ作品

悪役令嬢後宮物語 全8巻
著／涼風　イラスト／鈴ノ助

誰かこの状況を説明してください！ ①～⑨
著／徒然花　イラスト／萩原 凛

魔導師は平凡を望む ①～㉗
著／広瀬 煉　イラスト／⑪

ヤンデレ系乙女ゲーの世界に転生してしまったようです 全4巻
著／花木もみじ　イラスト／シキユリ

転生王女は今日も旗を叩き折る ①～⑥
著／ビス　イラスト／雪子

お前みたいなヒロインがいてたまるか！ 全4巻
著／白猫　イラスト／gamu

侯爵令嬢は手駒を演じる 全4巻
著／橘 千秋　イラスト／蒼崎 律

復讐を誓った白猫は竜王の膝の上で惰眠をむさぼる 全5巻
著／クレハ　イラスト／ヤミーゴ

悪役令嬢の取り巻きやめようと思います 全4巻
著／星窓ぽんきち　イラスト／加藤絵理子

乙女ゲーム六周目、オートモードが切れました。 全3巻
著／空谷玲奈　イラスト／双葉はづき

起きたら20年後なんですけど！ 全2巻
～悪役令嬢のその後のその後～
著／遠野九重　イラスト／珠梨やすゆき

平和的ダンジョン生活。 全3巻
著／広瀬 煉　イラスト／⑪

転生しまして、現在は侍女でございます。 ①～⑦
著／玉響なつめ　イラスト／仁藤あかね

自称平凡な魔法使いのおしごと事情 シリーズ
著／橘 千秋　イラスト／えいひ

聖女になるので二度目の人生は勝手にさせてもらいます 全3巻
著／新山サホ　イラスト／羽公

魔法世界の受付嬢になりたいです 全3巻
著／まこ　イラスト／まろ

異世界でのんびり癒し手はじめます 全4巻
～毒にも薬にもならないから転生したお話～
著／カヤ　イラスト／麻先みち

冒険者の服、作ります！ ①～③
～異世界ではじめるデザイナー生活～
著／甘沢林檎　イラスト／ゆき哉

妖精印の薬屋さん ①～③ ※3巻は電子版のみ発売中
著／藤野　イラスト／ヤミーゴ

どうも、悪役にされた令嬢ですけれど 全2巻
著／佐槻奏多　イラスト／八美☆わん

脇役令嬢に転生しましたがシナリオ通りにはいかせません！ ①～②
著／柏てん　イラスト／朝日川日和

王子様なんて、こっちから願い下げですわ！ ①
～追放された元悪役令嬢、魔法の力で見返します～
著／柏てん　イラスト／御子柴リョウ

転生令嬢、今世は愛する妹のために捧げますっ！

著：遊森謡子（ゆもりうたこ）　イラスト：hi8mugi（ひやむぎ）

トラークル侯爵家の令嬢・リーリナには妹のシエナがいた。明るく美しいリーリナと引っ込み思案なシエナは一見仲が悪そうに見えるが、実際は相思相愛な姉妹だった。そんなある日、リーリナは前世の記憶を思い出す。自信がなく、控えめだった故に早死にしてしまった前世の自分。その様子はまるで現世の妹、シエナのようだった。

「シエナには、前世の自分のような人生を歩んでほしくない！」

リーリナは愛する妹の未来をより幸せにするため、前世の知識を活かした作戦を計画する。その作戦は妹のみならず、イケメン公爵子息や従兄の騎士、親しい友人たちを巻き込んでどんどん広まっていき――!?

遊森謡子の完全書き下ろし！　前世の知識で妹を幸せにしたい姉の大改革ファンタジー！

婚約破棄をした令嬢は我慢を止めました

著：棗（なつめ）　イラスト：萩原 凛（はぎわら りん）

公爵令嬢ファウスティーナは王太子ベルンハルドに婚約破棄されてバッドエンドを迎えてしまう。次に目覚めると前回の記憶と共になぜか王太子に初謁見した時に戻っていた。

今回こそは失敗しないために『我慢』を止めて、自分の好きなことをして生きていこうと決意するファウスティーナ。

「私は王太子殿下と婚約破棄をしたいの!!」

でも王太子が婚約破棄してくれず兄や妹、更に第二王子も前回と違う言動をし始める。運命の糸は前回よりも複雑に絡み始めて!?

ＷＥＢで大人気!!　前回の記憶持ち令嬢による、恋と人生のやり直しファンタジー！

転生しまして、現在は侍女でございます。 7

*本作は「小説家になろう」(https://syosetu.com/)に掲載されていた作品を、大幅に加筆修正したものとなります。
*この作品はフィクションです。実在の人物・団体・事件・地名・名称等とは一切関係ありません。

2021年6月20日　第一刷発行

著者 ……………………………… 玉響なつめ

イラスト ……………………………… 仁藤あかね
発行者 ……………………………… 辻 政英
発行所 ……………………………… 株式会社フロンティアワークス
〒170-0013　東京都豊島区東池袋 3-22-17
東池袋セントラルプレイス 5F
営業　TEL 03-5957-1030　FAX 03-5957-1533
アリアンローズ公式サイト　https://arianrose.jp/
フォーマットデザイン ……………………………… ウエダデザイン室
装丁デザイン ……………………………… 鈴木 勉(BELL'S GRAPHICS)
印刷所 ……………………………… シナノ書籍印刷株式会社

二次元コードまたはURLより本書に関するアンケートにご協力ください

https://arianrose.jp/questionnaire/

● PC・スマートフォンに対応しております(一部対応していない機種もございます)。
●サイトにアクセスする際にかかる通信費はご負担ください。